MÖRDERISCHE WEINKRIMIS

FIESS/REISSMANN (HG.)

NUR BACCHUS WAR ZEUGE

MÖRDERISCHE WEINKRIMIS

Mit Texten von
Nessa Altura · Lilli Beck · Ruth Borcherding-Witzke
Ilse Burkert-Sauer · Martina Fiess · Monika Geier
Madeleine Giese · Juliane Göttinger · Rita Hampp
Silvija Hinzmann · Eva Klingler · Tatjana Kruse
Christine Lehmann · Susanne Mischke · Rike Moerschner
Heidi Rehn · Britt Reißmann

Emons Verlag

Umschlagzeichnung: Heribert Stragholz
Druck und Bindung: Clausen & Bosse GmbH, Leck
Printed in Germany 2006
ISBN-10: 3-89705-459-0
ISBN-13: 978-3-89705-459-2

Unser Newsletter informiert Sie
regelmäßig über Neues von emons:
Kostenlos bestellen unter
www.emons-verlag.de

Vorwort

Mörderische Weinkrimis

oder: Wie man Spannung und Entspannung harmonisch verbindet

Es sind die Gemeinsamkeiten von edlen Tropfen und fesselnden Krimis, die mich als Sommeliere so sehr faszinieren: die harmonische Einleitung und der kraftvolle Aufbau; die filigrane Finesse und die detailfreudigen Überraschungen; die prickelnde Spannung und die spielerische Spontaneität, abgerundet durch einen nuancenreichen Abgang – das sind Qualitäten, die gute Krimis und gute Weine gleichermaßen auszeichnen. Umso angenehmer, wenn sie sich so geglückt ergänzen wie in diesem »gehaltvollen« Buch.

Siebzehn bekannte Krimiautorinnen bieten uns mit dieser anregenden Sammlung von Weinkrimis die einmalige Gelegenheit, Lese- und Trinkgenuss perfekt miteinander zu verbinden.

Als bekennende Wein-Liebhaberinnen siedeln die Autorinnen ihre »Tatorte« in der Pfalz, in Württemberg, Baden, Franken, am Mittelrhein und in Sachsen an. Eingebettet in die mörderischen Machenschaften ihrer Kurzkrimis, kredenzen sie eine Vielzahl von Weinen, wie etwa den berühmten de Gaulle Eiswein vom Forster Kirchenstück von 1959, einen Château Margaux des legendären Jahrgangs 1900 oder den klassischen Lemberger vom Brackenheimer Zweifelberg.

Meine Empfehlung: Mit einem Glas des jeweiligen Weines wird das Krimivergnügen perfekt. Lassen Sie sich entführen in die Wirrungen raffinierter Verbrechen und entdecken Sie die Geschmacksvielfalt unserer deutschen und der internationalen Weinwelt.

Jutta Eiselen
Sommeliere bei den Brackenheimer Weingärtnern e.G.

Inhalt

Tatjana Kruse
8 **Die gemeine Reblaus**

Ruth Borcherding-Witzke
13 **Frauen, die Saxecco trinken**

Nessa Altura
25 **Killerkälte**

Heidi Rehn
40 **Das alte Lied**

Eva Klingler
48 **Blutrot**

Juliane Göttinger
61 **Ein Rothschild zu viel**

Monika Geier
71 **Papageienkrallen in Perlenwein**

Martina Fiess
93 **Das verhängnisvolle Video**

Silvija Hinzmann
118 **Bis dass der Tod uns scheidet**

Britt Reißmann
130 **Wein, Weib und Gesang**

Madeleine Giese
139 **Stehimbiss mit Sitzmöglichkeit**

Ilse Burkert-Sauer
150 **Letzter Einsatz**

Susanne Mischke
160 **Tod einer Weinkönigin**

Rike Moerschner
166 **Mausetot**

Lilli Beck
178 **Gefährlich samtig**

Christine Lehmann
183 **Rotkuss**

Rita Hampp
202 **Die letzte Liste**

219 **Die Autorinnen**

Tatjana Kruse

Die gemeine Reblaus

(Rausch und Rache nach alter Väter Sitte)

»Menzel, alter Freund!«

Schwer sauste die manikürte Pranke auf Menzels Schulter nieder. Sie waren allein auf der Herrentoilette im Edelrestaurant Seyffermann in Schwäbisch Hall.

Für Menzel war Hagen von Schindler das Böse in Person. Noch dazu ein impertinenter Unsympath. »Hallo, Schindler«, flötete er nichtsdestotrotz betont jovial.

Sie befanden sich auf dem Abschlussfestakt des kleinen, aber feinen internationalen Weinkenner-Kongresses, der wie immer in stilvollem Rahmen begangen wurde. Die fünfzig namhaftesten Weinkenner weltweit für drei Tage vereint. Sollte sich in diesem Moment die Erde auftun und das Restaurant Seyffermann verschlucken, wäre alles Wissen um exquisite Weine verloren, und Billigweine in Tetra Paks würden ihren Siegeszug rund um den Globus antreten.

Während Menzel und von Schindler in der Herrentoilette aufeinandertrafen, hielt Sayyed Chandighar gerade seine berüchtigte Rede über die »Önologie der Neuen Welt unter besonderer Berücksichtigung des Napa Valley«. Der Neuseeländer indischer Herkunft war eine Legende. Seine weitschweifigen Reden hätten sich – in Flaschen abgefüllt – bestens als Schlafmittel geeignet. Menzel gehörte zu den wenigen, die rechtzeitig aus dem Vortragssaal entkommen konnten.

Was hatte Menzels Vater seinerzeit getobt, als er ihm seine Entscheidung, Weinkritiker zu werden, mitgeteilt hatte. »Weinkritiker?«, hatte Menzel senior gewettert und dabei einen nässenden Spuckeregen verteilt. »Weinkritiker? Das ist doch nichts weiter als eine Ausrede, um professioneller Alkoholiker zu werden!«

Für Menzel, der großen Ehrgeiz besaß, jedoch den Umgang mit Menschen für überflüssig hielt, kam kein Beruf in Frage, bei dem nur über Teamarbeit Erfolge vorzuweisen waren. Er brauchte einen Elfenbeinturm, in dem er als Solist Großes zuwege bringen konnte. Im solitären Umgang mit edlen Tropfen fand er seine Erfüllung. Und mit seinem Ratgeber »Einführung in die Weinsensorik – Degustation für den interessierten Laien« hatte er bereits ein Werk von solcher Erhabenheit verfasst, dass es alle anderen Bücher auf diesem Gebiet in den Schatten stellte. »Über dieses Thema ist von nun an nichts mehr zu sagen«, hatte ein Kritiker geschrieben. Menzel hatte sich die Rezension ausgeschnitten und eingerahmt.

Wenn etwas Menzels Glück trüben konnte, dann nur Hagen von Schindler. Wie ein Kerl mit einer solch ausladenden Statur Weinkritiker werden konnte – *der* Beruf für zart gebaute und sensibel veranlagte Feingeister –, war Menzel schleierhaft. In seiner wöchentlichen Fernsehsendung »Weingenuss für jedermann«, die allsonntäglich auf Hessen drei lief, wirkte von Schindler wie ein gedungener osteuropäischer Auftragskiller, vollgepumpt mit Steroiden. Menzel verdächtigte von Schindler, heimlich Krafttraining zu betreiben. Außerdem trug der Mann zu seinem Kompaktkörper eine fragile Föhnfrisur. Also wirklich, konnte man ihn als geschmackssicheren Weinverkoster da überhaupt noch ernst nehmen?

Bei der gestrigen Degustation im Rahmen des Kongresses hatte sich von Schindler wieder einmal von seiner prolligsten Seite gezeigt. Für Menzel war eine Weinverkostung wie eine Sonntagsandacht: aufmerksames Eingehen auf die Weine, begleitet von stillem Insichgehen, danach ein gegenseitiger Gedankenaustausch in ehrfürchtigem Flüsterton. Von Schindler hatte dagegen fidel eine »Blindverkostung« mit anschließender Siegerehrung ausgerufen und mit seiner charismatischen Art die anderen zu dieser Perfidie überreden können. Menzel hegte keinerlei Zweifel daran, dass von Schindler bei Verkostungen immer schluckte. Er nahm sich fest vor, das nächste Mal von Schindlers Spucknapf zu kontrollieren.

Hagen von Schindler war wie eine menschliche Phylloxera,

eine Reblaus, die ihren Kollegen den Saft aus den Wurzeln saugte, bis diese faulten und abstarben beziehungsweise in Vorruhestand gingen und nur noch hin und wieder eine kleine Weinkritik in ihren örtlichen Tageszeitungen veröffentlichten.

Dennoch hatte es von Schindler irgendwie fertiggebracht – Menzel dachte spontan an Bestechung, Vetternwirtschaft oder schwarze Magie –, in den vergangenen fünf Jahren mit insgesamt drei Kolumnen in den führenden Weinjournalen dieser Erde vertreten zu sein. Er, Menzel, hatte dagegen nur einen einzigen Eintrag im »Lexikon der Kellermeisterei« unterbringen können, und selbst der war rigide gekürzt und von den Verantwortlichen bis zur Unkenntlichkeit geändert worden. Das war unfair. Und potenziell karriereschädlich.

Von Schindler und er hatten sich in diesem Sommer auf dieselbe frei gewordene Stelle in der Confrérie des Chevaliers du Tastevin im Burgund beworben, der wohl berühmtesten Weinbruderschaft der Welt. Menzels Chancen standen schlecht.

Von Schindler ratschte seinen Hosenschlitz auf. Menzel selbst vermochte im Beisein anderer Männer kein Stehpissoir zu benutzen, und es war ihm auch zutiefst zuwider, sich die Hände waschen zu müssen, während von Schindler sich erleichterte. Aber wenn er jetzt abrupt ging, stellte das wohl einen schlimmen Etikettebruch dar. Außerdem war er voller Seife. Also blieb er wie festgewurzelt stehen und starrte aus den kleinen Bullaugenfenstern der Herrentoilette hinaus auf das im Kochertal gelegene Schwäbisch Hall und die legendäre Kunsthalle Würth auf der anderen Hangseite.

Man hörte von fern das Klatschen der restlichen Delegierten. Der Ehrengast, Professor Bensonmam von der Oxford University Wine Society, war zweifelsohne soeben vor das Mikrofon getreten.

»Ah, der alte Bensonmam ist dran«, kicherte von Schindler. »Aber warten Sie, wie die Meute erst klatschen wird, wenn ich meine Rede gehalten habe. Ich habe eine sensationelle These zur Kreuzung neuer Rebsorten entwickelt. Bahnbrechend, kann ich nur sagen!«

Menzel verzog sein hageres Gesicht zu einem missglückten

Grinsen. Schindler fuhr einen roten Porsche und legte reihenweise hübsche Sommelieren flach. Und zu allem Überfluss besaß er auch noch ein umfangreiches Wissen in Sachen Wein und ein untrügliches Gespür für gute Public Relations. Warum wurde dieser Kerl vom Glück nur dermaßen favorisiert?

Menzel seifte sich nochmals ein und schrubbte sich seinen Unwillen rigoros von den Händen.

»Tut mir leid, Menzel, altes Haus, aber mit meiner sensationellen These werde ich Sie wohl in die niederen Gefilde der Obskurität stoßen. Die Mitgliedschaft in der Confrérie des Chevaliers ist mir sicher. Und Hugh Johnson wird meiner These in seinem nächsten Weinführer zweifelsohne ein halbes Kapitel widmen.« Er klopfte auf das Bündel Seiten, das aus seiner Jackentasche ragte, und lachte wie eine stumpfe Kreissäge, die auf ein Astloch stößt, wobei er ein makelloses Gebiss freilegte.

Menzel presste die blutleeren Lippen über seinem Überbiss zusammen und zerrte am Rollhandtuch. Dabei kam ihm der Deckel der Apparatur entgegen. Na bravo, das Sahnehäubchen eines verkorksten Tages! Er stand mit dem schweren Plastikteil in Händen vor dem Waschbecken und sah einfach lächerlich aus. Er, der sein Herzblut dem Wein verschrieben hatte, zum Niemand gemacht von einer muskelgestählten Föhnwelle.

Es sei denn …

Was ihm an Übung abging, machte er durch Vehemenz wett. Die Plastikabdeckung bekam eine dicke Delle, das Schädeldach Hagen von Schindlers aber auch.

Zur Sicherheit schlug Menzel noch einmal im Schläfenbereich zu. Geschah Schindler recht, mit einem billigen Plastikteil erschlagen zu werden anstatt mit einer klassischen französischen Bouteille mit Sammlerwert.

Menzel wischte die Fingerabdrücke mit einem flauschigen Baumwollhandtuch ab – Papierhandtücher gab es im Seyffermann selbstverständlich nicht – und zog das blutige Manuskript aus Schindlers Jackentasche.

Hagen von Schindler hatte sich tatsächlich nicht geirrt: Die These war spektakulär und wurde umjubelt. In der Woche nach dem Kongress wählte man Menzel einstimmig zum neuen Mitglied der Confrérie des Chevaliers du Tastevin, und Hugh Johnson widmete ihm sogar ein ganzes Kapitel – ein noch nie da gewesenes Ereignis. Menzels Buch »Illustre Weine für das 21. Jahrhundert« wurde später auch ein populärwissenschaftlicher Erfolg und mit Brad Pitt als Erzähler dokumentarisch verfilmt.

Nur bei der zwölf Monate später stattfindenden Verleihung des renommierten Château-Lafite-Preises für den besten Weinkritiker des Jahres reckte irgendwo in den Windungen seines Neokortex sein Gewissen vorsichtig das Haupt, just in dem Moment, als er ans Rednerpult trat.

Menzel räusperte sich.

Nahm einen Schluck aus der bereitgestellten Trockenbeerenauslese zum Schmieren der Stimmbänder.

Räusperte sich erneut.

Und hob lächelnd zu seiner Dankesrede an.

Ruth Borcherding-Witzke

Frauen, die Saxecco trinken

Eigentlich sind wir ganz normale Frauen, und gewöhnlich tun wir auch nichts Böses.

Wir, das sind Annegret, unsere gute Seele und Diätexpertin, Sonja mit ihrer Vorliebe für Groschenromane, Fredericke, die Jüngste, und ich, allesamt Sekretärinnen eines kleinen Weingutes in der Nähe von Meißen. Der Chef ist schon leicht ergraut und genauso gemütlich wie unser dahindümpelnder Weinbetrieb. Er pflegt noch immer die eher sozialistische Gangart. »Immer mit der Ruhe, meine Damen!«, das ist sein Motto.

Sein Sohn, der in Hamburg lebte, versuchte das Ruder herumzureißen. Der Juniorchef! Niemand mochte ihn, nicht einmal der Alte selbst. Das mag daran gelegen haben, dass er nur sein Stiefsohn war, ein Kind von der Chefin aus erster Ehe. Nach der Wende hatte Junior den Osten fast fluchtartig verlassen, sich von der Erbschaft seiner Mutter eine flotte Eigentumswohnung in Hamburg direkt an der Alster gekauft und natürlich auch einen Sportwagen. Fehlte eigentlich nur noch ein Segelbötchen, aber den direkten Kontakt zum Wasser mied er. Von Annegret wussten wir, dass er nicht einmal das Seepferdchen geschafft hatte. Sie war früher seine Sportlehrerin gewesen, die Ausbildung war aber nach der Wende nicht anerkannt worden. Eine Tatsache, die sie nie so richtig überwunden hatte. Junior hatte auch andere wichtige Sachen in seinem Leben nicht geschafft, zum Beispiel sein BWL-Studium. Da er aber unbedingt als cooler Weinbergbesitzer glänzen wollte, hatte er diverse Unternehmen beauftragt, unseren Weinbaubetrieb wieder auf Vordermann zu bringen. Und als Erstes kam eine Firma aus dem Musterländle.

Der dünne junge Mann aus Stuttgart schüttelte uns allen die Hand.

»Ich werde das Unternehmen in den nächsten Tagen analysieren, um die optimale Personalstruktur zu ermitteln. Auf gute Zusammenarbeit!« Dann bestellte er bei Annegret Kaffee. »Aber bitte keinen Blümchenkaffee!« Er verschwand ins Archiv, um Akten zu studieren.

»Hat jemand verstanden, was er will?«, fragte Fredericke in die Runde.

Annegret nahm sie beiseite: »Im Klartext gesagt: der Kerl will hier rumschnüffeln und wird uns dann rausschmeißen. So was nennt man *schlanke* Verwaltung«, zischte sie noch, da sie auf alles allergisch reagierte, was irgendwie schlank war.

Übermäßig viel zu tun hatten wir nicht. Ich glaube, in diesem Moment wurde uns allen klar, dass mindestens die Hälfte von uns eingespart werden konnte. Mindestens. Und was das in dieser strukturarmen Region bedeutete, brauchte man uns nicht zu erzählen.

Fredericke versuchte sich an einem Vorschlag. »Wir könnten doch so tun, als ob wir etwas zu tun hätten ...«

»Und womit sollen wir das machen, vielleicht mit den drei Briefen am Tag?«

Annegret schüttelte den Kopf. »Der Kerl muss weg! Das ist die einzige Lösung. Ich kümmere mich darum. Kommt ihr alle am Donnerstag? Ich koche uns auch was Schönes ...«

Donnerstagabends treffen wir uns immer reihum, diesmal war Annegret dran. Diese Treffen hatten früher dazu gedient, uns auch privat näher kennenzulernen, mittlerweile waren sie mehr eine gemütliche Fortsetzung unserer morgendlichen Tätigkeiten.

Am nächsten Tag hielten wir alle Ausschau nach dem Stuttgarter. Vorsichtshalber hatte ich meine Ablage völlig durcheinandergebracht und beschäftigte mich mit dem Neusortieren, während Sonja die Gebrauchsanweisung des Aktenvernichters studierte, da ich sie damit beauftragt hatte, ihre Groschenromane zu vernichten. Annegret brachte unsere Kaffeemaschine auf Hochglanz, und Fredericke versuchte, ihre Internetspuren zu verwischen, und löschte hektisch Dateien. Trotz aller Aktivitäten erschien der Stuttgarter nicht. Auch am darauf folgenden Tag tauchte er nicht auf, stattdessen kam ein Polizist. Der Mann aus dem Musterländle wurde vermisst. Wir gaben unsere Aussagen zu Papier, und als der Polizeibeamte die Tür hinter sich geschlossen hatte, starrten wir wie auf Kommando Annegret an.

»Tja, damit hätte sich das Problem mit dem Stuttgarter wohl ein für alle Mal erledigt, habe ich es euch nicht gesagt?«, meinte sie nur und stand auf, um uns Kaffee zu kochen.

Am Donnerstagabend versammelten wir uns dann alle bei Annegret.

Sie rief mich in die Küche. »Kannst du mir mal helfen? Ich kriege die Weinflasche nicht auf!« Ich sah auf das Etikett. Trollinger?

Wir prosteten einander zu. Der württembergische Wein war nicht so ganz mein Fall. Mir sagte da eher unser Saxecco zu, den wir normalerweise trinken. Der Saxecco ist ein trockener Perlwein in Weiß und Rosé, aus frischfruchtigen Weinsorten, die wir hier in Sachsen anbauen.

Annegret verschwand in der Küche und kam mit einer riesigen Fischplatte zurück. »Heute gibt es Karpfen blau«, verkündete sie und fing an, den Fisch zu portionieren. Täuschte ich mich, oder zwinkerte sie mir zu? Und warum? Plötzlich fiel mir unser letzter Betriebsausflug ein; wir besichtigten eine Tierzuchtanlage. Es gab dort große Karpfenteiche und auch eine Schweinemast. Was hatte der Betreiber noch gesagt: »Schweine und Karpfen sind Allesfresser.«

Und da hatte es doch auch so eine riesige Maschine gegeben, die alle möglichen Reste zu Tierfutter zermalmte.

Mir blieb der Bissen im Halse stecken, und ich flüchtete auf die Toilette. Annegret! Was hatte sie getan?

Unmöglich, sie konnte doch unmöglich ... und wie sollte sie?

Die Schlankheitspillen!

Wir hatten vor gut zwei Jahren eine heftige Diskussion mit ihr geführt. Annegret hatte sich chinesische Schlankheitspillen im Internet bestellt, da sie diese ewigen Diäten satt hatte und es auf die leichte Tour probieren wollte. Die Pillen wurden schließlich behördlich verboten, da sie den gefährlichen Wirkstoff Sibutramin enthielten, eine Substanz, die sogar Todesfälle verursacht hatte. Annegret hatte uns damals hoch und heilig versprochen, sie nicht mehr zu nehmen.

Leise öffnete ich ihren Badezimmerschrank und kontrollierte die Medikamente. Von Schlankheitspillen keine Spur.

Ich musste an den Kaffee denken, den der Stuttgarter literweise getrunken hatte. Hatte sie ihm nicht sogar noch eine Extrathermoskanne hingestellt?

Darum auch der Trollinger heute, fiel es mir wie Schuppen von den Augen. Sagt man nicht immer, dass Mörder gern irgendwie an die Tat erinnern wollen? So etwas soll ja direkt zwanghaft sein. Ich hatte mal eine interessante psychologische Reportage dazu gelesen.

Doch natürlich hatte Annegret auch gute Gründe, das musste ich zugeben. Sie war fast fünfzig, kein gutes Alter für eine Stellungssuche. Außerdem hatte sie eine arbeitslose Tochter zu versorgen, die gerade ihr erstes Baby bekam. Der Vater des Kindes hatte sich aus dem Staub gemacht; wir sammelten schon fleißig für die Erstausstattung.

Ich beruhigte mich, so gut ich konnte, gesellte mich wieder zu den anderen und murmelte etwas von einer Gräte, die mir im Hals stecken geblieben sei. Auf keinen Fall könne ich noch einen Bissen Fisch runterkriegen.

»Das verstehe ich«, meinte Annegret. »Magst du vielleicht stattdessen ein Brot? Ich habe noch etwas kalten Schweinebraten und Käse.«

Ich entschied mich für den Käse und hielt mich den ganzen Abend am Trollinger fest. Die anderen hatten anscheinend nichts bemerkt, verschlangen den Fisch und plauderten munter weiter. Überhaupt verlief der Abend wie immer. Annegret las uns die Diät der Woche vor, Sonja jammerte, dass sich ihre erwachsene Tochter mal wieder drei Tage nicht gemeldet hatte, und ich färbte Fredericke die Haare.

Wir wurschtelten auch auf der Arbeit so weiter wie bisher. Sonja bedauerte ihre Schredderaktion und überlegte, wie sie an die Ausgaben der Hefte kommen sollte, die sie durch den Aktenvernichter gejagt hatte. Fredericke klickte sich durchs Internet, und Annegret kümmerte sich um unser Wohlergehen, kochte Kaffee und diskutierte die neuesten Diäterkenntnisse.

Leider hielt das Glück nicht lange an.

Schon in der nächsten Woche erhielten wir wieder Besuch, diesmal von einer Firma aus dem Rheingau. Auf dem Firmenwagen waren hübsche kleine Laptops abgebildet, *Zukunft wird hier gemacht*, lautete der Slogan darunter.

Das war der sichere Rauswurf für Sonja. Wenn sie mal dran war, einen Firmenbrief zu schreiben, kramte sie immer die alte Schreibmaschine hervor, damit diese nicht einrostete, wie Sonja stets beiläufig bemerkte.

Herr Schöller war so um die fünfzig. Ein Blick auf seine Hände sagte uns, dass er alleinstehend war. Auch Sonja war das aufgefallen, und schon nach einer halben Stunde hatte sie ihn dahin gebracht, dass er sie am Abend ins Theater ausführen wollte. Auch er kam nicht wieder.

»Das finde ich persönlich nun nicht sonderlich bedauerlich. Allein schon diese grässlichen Krawatten, die er trug«, bemerkte Sonja.

Ich starrte den Aktenvernichter an, dessen Gebrauch Sonja seit einigen Tagen perfekt beherrschte. Man musste sich tief über ihn beugen, um ihr herrliches Dekolleté bewundern zu können.

Der leichte Rheinwein, den Sonja uns am folgenden Donnerstag servierte, schmeckte köstlich, auch wenn er aus dem Westen kam. Sonja behauptete, sie habe den Riesling bei einem Preissausschreiben gewonnen. Ich hatte da so meine Zweifel, schließlich versuchte sie sich schon seit Jahren an irgendwelchen Kreuzworträtseln in diversen Frauenzeitschriften. Und sie hatte noch nie irgendwas gewonnen, nicht einmal eine Rheumadecke.

Der Chef schaute am nächsten Tag noch bei uns rein und erklärte uns, das Projekt »Frauen an den Computer«, wie die Firma unseren Untergang freundlich umschrieben hatte, sei erst mal aufgeschoben, die Firma habe einen dringenden Spezialauftrag in einer anderen Gegend bekommen. Ich weiß nicht, wie Sonja das hingekriegt hatte, so was stand gewiss nicht in ihren Groschenromanen, und sie stieg beträchtlich in meiner Achtung.

Der Mann von der Firma OZ (*Optimales Zeitmanagement*) aus Franken verschwand im Übrigen ebenso rasch, wie er gekommen war. Auf Schnelligkeit hatte er ja ohnehin immer Wert gelegt.

Am ersten Tag hatte er uns alle begrüßt, dann auf die Uhr geschaut und gemeint: »Dieses Gespräch hat vier Minuten fünfzehn gedauert. Das ist natürlich zu lange.«

Vier Minuten? Hatte eine von uns jemals ein Gespräch geführt, das weniger als vier Minuten gedauert hatte, abgesehen vom Verschieben eines Zahnarzttermins? Das sah nicht gut für uns aus und besonders schlecht für Fredericke, die stundenlang im Internet chattete, das Handy immer nebenbei ans Ohr gepresst.

»Und dann suchen Sie mir bitte einen regionalen Staumeldeservice fürs Handy raus, ja? Ich habe eben doch bestimmt eine halbe Stunde im Stau gestanden. Das ist ebenfalls Zeitverschwendung, und die kann ich mir nicht leisten. Das mit dem Staumelder bitte sofort!«, befahl der Franke.

Der Wein aus dem Bocksbeutel, den uns Fredericke am folgenden Donnerstag servierte, hatte genau die richtige Temperatur. Ganz köstlich waren auch die Laugenbrezeln, die sie dazu reichte. Sie behauptete doch glatt, bei Karstadt in Dresden seien Fränkische Wochen und ihre Schwester, die dort arbeitete, habe den Wein und die Brezeln zu einem Spottpreis bekommen. Mir persönlich bekam der Wein aber nicht so gut, irgendwie wurde mir das Ganze zu viel.

Lieber arbeitslos als im Knast.

Der Chef steckte am nächsten Morgen den Kopf zu unserer Tür herein und teilte uns mit, dass der Franke verhaftet worden sei, das Unternehmen sei eine betrügerische Scheinfirma gewesen. Er habe soeben eine Mail von einem alten Freund aus dem Polizeipräsidium bekommen. Der schnelle Sportwagen des Franken sei an einem Abgrund in der sächsischen Schweiz gefunden worden. Sehr mysteriöse Sache.

Mysteriös?

Ich konnte direkt Fredericke Stimme säuseln hören: »Hallo, hier spricht Ihr persönlicher Staumeldeservice. Leider ist die A4 mal wieder dicht. Hier eine kleine Umleitung nach Dresden ... Ja, fahren Sie dann die kleine Straße links. Nein, nein, um das Schild brauchen Sie sich nicht zu kümmern, das ist ganz alt. Stammt noch aus DDR-Zeiten. Wenn Sie die Straße fahren, können Sie ganz locker den Stau umfahren und sparen eine glatte Stunde ...«

Und wer die E-Mail geschrieben hatte, wusste ich auch. Aus dem Polizeipräsidium? Wie hatte Fredericke das denn hingekriegt? Und hoffentlich hatte sie alles gelöscht. Diese Polizeiexperten konnten ja alles Mögliche auf den Festplatten entdecken. Allmählich bekam ich weiche Knie. War meinen Kolleginnen eigentlich klar, was sie da taten?

Die nächste Beratungsfirma gehörte einem Herrn aus Sachsen-Anhalt, der hieß Kretschmer und war eigentlich ganz nett. Inzwischen war auch Junior wieder aufgetaucht, und die beiden verbrachten viel Zeit miteinander. Gemeinsam planten sie einen Betriebsausflug auf einem Elbschiff. Wenn das mal nicht ein schöner Ort für Entlassungsgespräche war! Doch konnte man die wirklich dauerhaft verhindern?

Ich lungerte bei Annegret in der Kochnische herum und half ihr beim Aufwaschen.

»Hast du dem Kretschmer eigentlich schon den Weinkeller gezeigt?«, fragte sie mich und hantierte im Putzschrank.

Den Weinkeller? Den hatte er doch längst inspiziert, schließlich war der unser Vorzeigeobjekt. Warum fragte mich Annegret das? Oder meinte sie vielleicht den alten Weinkeller, den wir nicht mehr benutzten? In diesem Moment polterte es, und mit großem Getöse fiel ein Eimer Schmierseife aus dem Schrank und zerplatzte auf dem Boden. Ich begriff. Sie meinte den alten Keller mit dieser halsbrecherischen Treppe. Und nun? Sollte etwa ich …?

Ja, Solidarität ist eine Vokabel, mit der wir hier aufgewachsen sind, das stimmt schon. Aber war das, also *das*, immer die richtige Lösung? Es war ja auch so endgültig. Und irgendwie mochte ich den Kretschmer, außerdem war er ein Ossi, einer von uns. Und davon gibt es bekanntlich nicht mehr allzu viele. War er wirklich so ein schrecklicher Kapitalist, wie Annegret behauptete, oder war seine Firma nur eine von diesen bedauernswerten Ich-AGs? Wenn man sein Auto sah, kam wohl eher das Letztere in Betracht.

Ich beschloss daher, Annegrets Aufforderung zu ignorieren, und murmelte, dass der Chef die Schlüssel zum Keller endgültig weggeworfen habe.

Ein paar Tage war Ruhe, dann erwischte ich Sonja, wie sie mit der Jacke von Kretschmer die Firma verlassen wollte.

»Halt! Wo willst du denn damit hin?«, rief ich ihr hinterher.

»Ich bringe sie zur Reinigung. Sonderaktion: drei Teile für den Preis von zwei!«

»Hast du auch die Herztabletten rausgenommen? Er hat sie immer in der linken Innentasche!«

Sonja tippte sich an die Stirn: »Danke, hatte ich doch glatt vergessen!«

Natürlich glaubte ich ihr kein Wort. Allmählich hatte ich die Nase voll von den Aktivitäten meiner Kolleginnen. Mal ehrlich, konnten solche Aktionen wirklich unsere Arbeitsplätze retten? Da hatte ja selbst die PDS bessere Ideen. Und was war, wenn wir erwischt würden? Wenn alles aufflog? Hing ich da nicht auch mit drin? Sollte ich mich vorsichtshalber nicht schon mal nach einem guten Anwalt umsehen? Und was würde das alles kosten? Ich fing an, an den Nägeln zu knabbern. Ich brauchte Nervennahrung und öffnete die Kühlschranktür. Drinnen waren mehrere Flaschen Sekt kaltgestellt. Rotkäppchensekt.

Großer Gott! Was hatten sie nun schon wieder vor?

Dann entdeckte ich noch eine andere Flasche mit einer Flüssigkeit, die so gar nicht nach Rotkäppchensekt aussah. »Was ist denn das?«, fragte ich Sonja, die gerade wieder zur Tür hereinkam.

»Brechmittel«, sagte sie.

»Brechmittel?«

»Ja, ich arbeite seit Kurzem ehrenamtlich abends in der Giftnotrufzentrale Dresden. Da beantworte ich die Mails, die hereinkommen. Die Leute haben vielleicht Fragen. Und das Brechmittel habe ich mitgenommen, wenn sich mal jemand hier vergiftet, da kann man das verabreichen, und schon wird das Gift ausgekotzt.«

Ich bezweifelte, dass so etwas hier jemals zum Einsatz kommen würde.

»Du am PC?«

»Ja, das habe ich neulich in der Volkshochschule gelernt. Ist einfacher, als man denkt. Ich würde es auch hier im Büro machen, aber das traut mir ja keiner zu«, antwortete Sonja schnippisch.

Und die Firma mit den Laptops? Dann hatte sie ja gar kein Motiv, fiel mir ein. In diesem Moment stürmte Annegret herein.

»Guten Morgen, meine Lieben! Ihr könnt gratulieren, ich bin heute Nacht Oma geworden. Ein strammer Junge, fast vier Kilo, alles wohlauf.«

Sonja umarmte sie. »Toll, da kann ich euch ja auch ein Geheimnis verraten«, sagte sie atemlos. »Ich werde auch bald Oma. Meine Tochter ist gestern zurückgekommen. Sie war verreist und hat geheiratet. Ihr glaubt nicht, wen! Den dürren Stuttgarter, der vor ein paar Wochen hier war, ihr wisst schon, der unseren Laden auf Vordermann bringen wollte. Annegret hat ihn ins Café Elbwiesen geschickt, wo meine Tochter ausgeholfen hat. Das war Liebe auf den ersten Blick, und dann ist er mit ihr ausgerissen nach Las Vegas. Wie in einem richtigen Roman!«

Sonja strahlte. Das war genau das, wovon sie immer geträumt hatte.

»Und das hier ist wie in einem Kriminalroman«, sagte Fredericke und warf mit Schwung die Zeitung auf den Tisch. »Habt ihr schon reingeschaut? Da, der Mann aus Franken, dem es nie schnell genug gehen konnte, sieht nach vierzehn Tagen Untersuchungshaft ganz schön geschafft aus, was? Heute beginnt der Prozess. Den Wagen hat er übrigens mit Absicht in den Abgrund gefahren, um Spuren zu verwischen. Stellt euch das mal vor. Wie raffiniert!«

Ich hätte sie alle umarmen können. Wir waren eine ganz normale Firma mit ganz normalen Sekretärinnen, und was uns drohte, war eine ganz normale Arbeitslosigkeit und nicht der Knast. Ich war unendlich erleichtert, allein schon wegen der vielen Enkel, die sich ankündigten. Deshalb sah ich auch dem kommenden Betriebsausflug entspannter entgegen.

Auf dem Elbdampfer machten wir es uns gemeinsam an einem Tisch bequem, als Junior das Wort ergriff.

»Liebe Belegschaft, Herr Kretschmer«, begann er. »Leider habe ich schlechte Nachrichten. Die Mitarbeiter werden in den nächsten Monaten entlassen. Der Weinanbau rentiert sich nicht mehr. Der Weinberg und die dazugehörigen Gebäude werden an eine bekannte Hotelkette verkauft, die alles in ein exklusives Erlebnishotel umwandeln will. Dies konnten auch die Betriebsanalysen von Herrn Kretschmer nicht verhindern, die er mir immer wieder vorgelegt hat, um den Betrieb und die Mannschaft zu retten. Leider konnte er mich nicht überzeugen, zumal die Hotelkette ein mehr als großzügiges Angebot gemacht hat. Morgen werde ich den Vertrag unterschreiben und meinen Vater in Kenntnis setzen. Tut mir ehrlich leid, das können Sie mir glauben. Aber ich bin mir auch sicher, dass die Bundesagentur für Arbeit Sie alle in neue Jobs vermitteln wird. Sie dürfen mir vertrauen, schließlich bin ich hier geboren und damit einer von Ihnen.«

»Das Schwein!«, zischte Annegret. »Einer von uns? Das glaubt er doch wohl selber nicht.«

Ansonsten herrschten Stillschweigen und Betroffenheit. Das war das Ende. Junior blickte sich um. Niemand bot ihm einen Platz an.

»Darf ich mich zu Ihnen setzen?«, fragte er uns schließlich.

»Aber natürlich!«, Annegret setzte ein gar liebliches Lächeln auf, während Sonja hektisch in ihrer Handtasche wühlte.

»Vielleicht holen Sie uns ein Fläschchen Wein?«, meinte Fredericke und deutete auf unsere leeren Gläser.

Junior stand auf und kam mit zwei armseligen Flaschen zurück.

Geizig war er auch noch. Inzwischen hatte sich Sonja an seinem Glas zu schaffen gemacht. Was sollte das denn? Polierte sie das Glas desjenigen, der uns morgen in eine trostlose Zukunft schicken wollte? Ich wusste ja, dass sie eine nette Frau war, doch das hielt ich wirklich für übertrieben. Und für Junior war sie eindeutig zu alt.

Kretschmer machte die Flaschen auf, schenkte ein, und wir prosteten einander zu. Der Wein wollte nicht so recht schmecken, dazu sah unsere Zukunft zu düster aus.

Plötzlich sprang Junior auf und hielt sich den Magen.

»Hilfe, ist mir schlecht. Was war denn da drin?« Er deutete auf sein Glas. »Ein Brechmittel?«

Bingo! Ich nahm mir vor, Sonja nie wieder zu unterschätzen. Plötzlich wussten wir alle, was wir zu tun hatten.

»Raus mit Ihnen!«, kommandierte Annegret. »Über die Reling beugen und Fische füttern.«

Junior torkelte mit unserer Hilfe nach draußen. Wir hatten ihn in der Mitte und hielten ihn über die Reling. Wegen des starken Windes mussten wir ihn ziemlich nach unten halten, um nicht vollgekotzt zu werden. Irgendwie entglitt er uns und stürzte in die Elbe.

Erschrocken starrten wir uns an.

Dann fiel es Annegret wieder ein. »Mensch, der kann doch nicht schwimmen!«

»Dann spring hinterher«, forderte ich sie auf, »du warst doch früher Sportlehrerin.«

Annegret schüttelte den Kopf. »Das ist doch schon ewig her, und anerkannt wurde das nach der Wende auch nicht, das weißt du doch. Außerdem habe ich striktes Badeverbot. Wegen meiner Diätpflaster, die helfen nämlich wirklich. Ich habe auch schon drei Kilo …«

Hilfesuchend wandte ich mich an Fredericke, die mittlerweile auch nach draußen gekommen war.

»Spring hinterher! Oder ruf sofort die Feuerwehr oder die Polizei an!«

Fredericke zog ihr Handy im Zeitlupentempo aus der Tasche und tippte auf der Tastatur herum. Dann zuckte sie mit den Achseln und sagte seelenruhig: »Der Akku ist leer. Hinterherspringen? Ich? Schwimmen kann ich auch nicht so besonders. Außerdem habe ich meine Tage.«

Die Rettungsringe! »Schmeißt Rettungsringe über Bord! Da rechts ist etwas. Das könnte Junior sein!« Ich deutete auf die schäumenden Fluten der Elbe.

Kretschmer kam angerannt, griff sich den Rettungsring und schmiss ihn mit aller Kraft ins Wasser, allerdings in die falsche Richtung.

»Sorry!« murmelte er. »Irgendwie habe ich links verstanden. Warum flüsterst du auch so?«

»Erkältung«, krächzte ich.

Auf der Beerdigung waren nicht sehr viele Gäste, Freunde hatte Junior wohl auch keine gehabt. Es gab nicht einmal einen Leichenschmaus.

Als Entschädigung lud uns der Chef am darauf folgenden Donnerstag in seine Villa ein. Natürlich wurden sächsische Spezialitäten serviert. Dazu spendierte der Chef eine Kiste Wein.

Saxecco. Was sonst?

Nessa Altura

Killerkälte

Franz hatte die Flamingopflanze von einer Frau bekommen, in die er einige Hoffungen gesetzt hatte; vergebens, wie sich nach einer Woche des Wartens herausstellte. Obwohl er diese Frau außerhalb seines Arbeitsplatzes kaum kannte, war sie ihm seither nicht mehr aus dem Sinn gegangen. Wenn er zu viel trank oder melancholischer Stimmung war, stellte er sich ihren kräftigen Körper vor, ihre heisere, befehlsgewohnte Stimme, ihr kehliges Lachen, ihre dunkelblauen Chefinnenaugen, und dann dachte er, zunächst amüsiert über die eigene Torheit, dann sarkastisch-zynisch und schließlich verzweifelt, dass sie diejenige hätte gewesen sein können, die für ihn bestimmt war. Seine Abteilungsleiterin. Diejenige, mit der sich alles zum Besten gewendet hätte, diejenige, mit der Glück machbar gewesen wäre.

Natürlich waren das Phantasien, das wusste er, aber er hegte sie und pflegte sie aus einer Art unerklärlichem Masochismus heraus. Weil sie nicht greifbar war, transferierte er seine Sehnsüchte auf die Flamingopflanze, die sie ihm zu dem einzigen Abendessen, zu dem es zwischen ihnen gekommen war, mitgebracht hatte; er hatte gekocht.

Bis zu diesem Zeitpunkt eher desinteressiert an Pflanzen und Gärtnerischem, schien ihm dieses grüne Gewächs plötzlich überlebenswichtig zu werden. Kurz nach der unglückseligen Begegnung hatte die Topfpflanze ihre beiden rosa-orangefarbenen Blüten abgeworfen. Er glaubte, er könne sein Glück herbeizwingen, wenn er die Pflanze wieder zum Blühen brächte – eine alberne, unsinnige Obsession, wie er wohl wusste. Dennoch hielt er daran fest.

Er hatte gehört, dass Pflanzen durchaus Präferenzen hatten,

was den Standort betraf, Licht oder keines, feuchte oder trockene Raumluft, Dünger, viel oder wenig, Musik oder Stille. Er wechselte den Ort der Flamingopflanze systematisch, um herauszufinden, wo es ihr am besten behagte: im Bad oder auf der Toilette, auf dem Küchentresen oder auf den Fensterbrettern des großen Mietshauses, in dem er lebte. Schließlich kaufte er eine sündhaft teure Marmorsäule, auf der er die Flaminga, so hatte er sie getauft, platzierte, im Halbschatten, nahe an der Musikanlage, aus der entspannender Mozart erklang, sooft er daran dachte. Nach einigen Wochen formten sich die grünen, glänzenden Blätter zu einer Rolle, in deren Innerem sich so etwas wie eine zusammengefaltete Blüte entwickelte. Er war ganz aufgeregt – ein gutes Omen, glaubte er. Das Glück ließ sich zwingen, sagte er sich, wenn man es planmäßig anging.

Im Radio hörte er von der Kältewelle, die aus Richtung Sibirien Moskau erreichen würde. Flaminga durfte keinen Zug bekommen, er würde aufpassen müssen. Sofern die Kälte weiter nach Westen kam.

Just zu der Zeit, als er die Frau kennengelernt hatte, zog ein neuer Mieter in die benachbarte Wohnung ein, mit der er den gleichen Balkon, nur durch ein Absperrgitter getrennt, teilte. Der alleinstehende Mann, der mehr oder weniger in Franzens Alter zu sein schien, war nicht unsympathisch, zumindest dem äußeren Anschein nach. Er hieß Georg Gutenberg und arbeitete, so erzählte er, als man sich im Aufzug begegnete, in einer Buchhandlung, die auf Krimis spezialisiert war. Das gefiel Franz, er mochte es, wenn jemand auf einem ganz speziellen Gebiet Bescheid wusste, so wie er selbst. Er war Gruppenleiter in einer großen Papierfabrik – so hatte man doch neben Adresse, Alter und Familienstand einen Werkstoff gemein: das Papier. Franzens Papiersorten waren zwar weniger edel als diejenigen von Georg, was Gelegenheit zu etlichen Witzeleien geben würde, aber das war er gewohnt.

Nach einigem Zögern lud er den Neuankömmling auf ein Glas zu sich herüber ein – es konnte nicht schaden, wenn man sich besser miteinander bekannt machte. Georg Gutenberg freute sich über die Einladung und brachte eine Flasche roten Nebbiolo aus Alba mit, was Franz nun wiederum äußerst großzügig fand. Er war stolz darauf, ein Weinkenner zu sein. Der Nebbiolo gehört zu den großen Weinen des Piemont, wird dort, wie Franz gelesen hatte, schon seit mehr als siebenhundert Jahren angebaut und hat seinen Namen vermutlich deshalb erhalten, weil die Rebhänge der Langhe auf hellgrundigen Löß- und Tuffsteinhügeln liegen, die im Herbst, Winter und Frühjahr wie Inseln aus dem Nebel tauchen. Die Feuchtigkeit des Nebels verleiht den Trauben eine geschmeidige Schale, was dem Wein, der darunter entsteht, gut bekommt.

»Zwölfeinhalb Prozent«, sagte er anerkennend, als er sich das Etikett besah.

»Kann noch ein paar Jahre in der Flasche aufgehoben werden«, sagte Georg lächelnd, »kann aber auch gleich getrunken werden!«

»Wunderbar«, sagte Franz, »ich hole die bauchigen Gläser, so ein Tröpfchen braucht Oberfläche, um seine Aromen zu entfalten.«

»Ist vielleicht noch ein bisschen kühl«, meinte Georg entschuldigend.

Franz war entzückt. Nicht nur der Grundstoff Papier vereinte sie, sondern auch die Liebe zum Wein. Welch glückliche Fügung, dass sie in unmittelbarer Nachbarschaft wohnten!

Anerkennend blickte Georg sich in der Wohnung um.

Franz fand ihn beeindruckend, Georg war der Typ, der einen Raum sofort ausfüllte. Von großer physischer Dominanz, eine Eigenschaft, die Franz von jeher bewundert hatte, weil sie ihm so ganz und gar fehlte.

»Nett hast du es hier«, sagte sein Gast, »und die Marmorsäule, die ist das Tüpfelchen auf dem i, wirklich. Eine Wohnung sollte schlicht eingerichtet sein, so wie deine, aber dann braucht es eben auch einen Stilbruch dazu. So ein bisschen Kitsch kommt gut!«

Franz wusste nicht, ob er sich freuen sollte. Kitschig hatte er die Säule nicht gefunden, eher elegant.

»Erzähl mir von deinem Job«, bat Georg ihn. Franz fiel auf, dass dieser Georg ihn spontan geduzt hatte, und auch das mochte er; er selbst litt manchmal an seiner eigenen Reserviertheit Fremden gegenüber. Wie gut, dass dieser Mann ihm die Peinlichkeiten der Anrede, den für Franz immer schwierigen Wechsel vom Sie zum Du, der früher oder später angestanden hätte, erspart hatte. Sofort war eine gewisse Vertrautheit zwischen ihnen. Allerdings gab es nun eine neue Hürde.

»Du darfst nicht lachen«, sagte Franz, »wenn ich dir erzähle, womit ich mein Geld verdiene.«

Georg schlug die Beine übereinander und runzelte gespielt die Brauen, um seinem Gesicht einen bekümmert-fragenden Ausdruck zu verleihen. »Warte, bis ich dir erzähle, womit wir den meisten Umsatz machen. Dann ist es an mir, mich zu schämen«, sagte er.

Das ermutigte Franz: »Klopa. So nennen wir es. Anderes Wort für Toilettenpapier.«

»Klopa von Klopapier?« Georg lachte schallend. Franz stimmte zögernd ein.

»Ein Bombengeschäft«, beeilte sich Franz zu erklären. »Wusstest du, dass jeder Deutsche mehr als einen Kilometer davon im Jahr verbraucht?«

»Im Ernst?«

»Doch, ja. Aber um diesen Kilometer buhlen achtzig Sorten von zahlreichen Herstellern. Zewa und Hakle sind die Marktführer.«

Georg schüttelte amüsiert den Kopf: »Hakle Feucht?«

»Die Konkurrenz«, Franz machte eine wegwerfende Handbewegung, »und außerdem ein Irrweg. Feuchtes Klopa kann Irritationen auslösen, und außerdem verrottet es in den Toilettenrohren schlecht. Trockenes zersetzt sich nach drei Minuten, feuchtes erst nach Tagen.«

»Interessant«, sagte Georg und sah sich demonstrativ um, »Irritationen an delikater Stelle ... meinst du nicht, der Wein ist jetzt angewärmt?«

»Sicher«, Franz sprang auf. »In Moskau sind schon die ersten Obdachlosen erfroren«, sagte er.

Als sie sich das nächste Mal trafen, wusste Franz, was Georg, wenn er darauf angesprochen wurde, unter dem Ladentisch verkaufte. Es hatte ihn beschäftigt – die Pornographie war eine Welt, in der er sich nicht auskannte.

Sorgsam hatte er die Flasche Dolcetto in Seidenpapier eingeschlagen, bevor er an Georgs Tür klingelte. Ganz im Gegensatz zu den schmierigen Pamphleten, mit denen Georg in seiner Buchhandlung hantieren musste, war seine Wohnung eine Kreation aus blitzendem Chrom und strengem Schwarz und Weiß. Mies van der Rohe, Bauhauskunst und Lampen von Artemide.

Franz pfiff durch die Zähne. »Phantastisch!«

Er überreichte Georg die Flasche. »Exakt achtzehn Grad«, sagte er, »sofort trinkbereit. Nur dekantieren musst du ihn, aber eine Viertelstunde sollte reichen.«

Anerkennend studierte Georg das Etikett. »Ein 1999er«, sagte er genießerisch, »ein fabelhafter Jahrgang!«

Beim Anstoßen fand Franz, dass Georg ihm ungewöhnlich tief in die Augen blickte. Franz war sich nicht sicher, ob es angemessen war, aber prickelnd, prickelnd war es schon. Der feuerfarbene Wein floss träge durch die Kehle.

»Nussig im Abgang, nicht?«, sagte Georg.

»Und ein Hauch von Brombeer«, ergänzte Franz. Er war unruhig. Hatte er Flaminga heute gegossen, oder hatte er es vergessen? Er konnte sich nicht erinnern.

Er versuchte, sich abzulenken. »Was, ähem, für Krimis gibt es denn bei euch?«

»Och, alles, Pulp, Noir, Regio, Thriller ...«

Franz war verblüfft. Noir, Pulp, Regio, was waren das für Sachen? Nur unter einem Thriller konnte er sich etwas vorstellen.

»Und unter dem Ladentisch, was geht da?«, fragte er, um weltmännisch zu wirken.

»Hardcore. Gender.«

Hardcore? Gender? Was war das nun wieder? Er ahnte etwas, konnte es aber noch nicht in Worte fassen. Irgendwie war er froh, dass Flaminga nicht im Raum war, sie hätte sich erschreckt.

Georg machte eine weltumspannende Handbewegung und erzählte Franz Dinge, die diesen erröten ließen.

»Die Kälte soll morgen Polen erreichen«, sagte er, um ein anderes Thema einzuführen.

»Ich muss jetzt aber ...«, unterbrach ihn Franz, »es ist spät geworden.«

»Samstagabend bei dir«, sagte Georg zum Abschied. »Ich bring was ganz Exzeptionelles mit! Und: Zieh dich warm an!«

Franz war mulmig zumute, als er seine Wohnungstür aufschloss. Flaminga ließ die Flügel respektive Blätter hängen. Er hatte doch vergessen, sie zu wässern! Flugs eilte er mit der kleinen Gießkanne zur Marmorsäule und netzte ihren Stamm. Besprühte dann das Grün mit einem eigens dafür erstandenen Wäschesprenger. Rückte die Säule aus dem Zug. Hoffentlich würde sie morgen wieder wohlauf sein.

Der Samstagabend war schneller da, als Franz lieb war, aber nachdem er oberflächlich etwas aufgeräumt hatte, freute er sich doch auf Gesellschaft. Dieser Georg war zwar ein wenig primitiv, aber von Wein verstand er etwas.

»Barbaresco. Von Fontanafredda. Jahrgang 97 ...«, las er leise vor, als er die Flasche mit dem typischen runden Glasrand aus dem Papier schälte. »Mein Gott, Georg, der muss ja ein Vermögen gekostet haben ...«

»Hat er«, nickte Georg zufrieden. »Aber für dich ist mir nichts zu viel, das weißt du doch.« Er ließ sich auf das Sofa sinken, dessen Kissen aprikosenfarben und neu waren. Franz hatte sie gekauft, um ein farbliches Echo auf Flaminga zu haben, die sich am vergangenen Tag voll entfaltet hatte. Er war ihr das einfach schuldig gewesen, fand er. Georg klopfte auf den Platz neben sich.

»Komm näher, Franz«, sagte er freundlich. »Ich muss dir etwas gestehen. Letztens habe ich dir nicht alles gesagt ... ich habe gemerkt, dass dir nicht ganz klar war, was ich meinte. Wir verkaufen zwar Pornographisches, wie ich gesagt habe, aber unsere Spezialität sind ganz besondere Bücher, nicht das Übliche, das man überall bekommt.«

Franz setzte sich zögernd, Flaminga im Blick.

»Was meinst du?« Er fragte nicht, weil er es wissen wollte, sondern weil Georg ihn so erwartungsvoll anschaute, dass es unhöflich gewesen wäre, wenn er sich desinteressiert gezeigt hätte.

»Nun tu nicht so unschuldig«, sagte Georg ungeduldig, »du weißt doch längst, worauf ich hinauswill. Wir sind doch beide aus demselben Holz, nicht wahr?«

Aus demselben Holz? Was bedeutete das nun wieder? Während Franz noch nachdachte, legte sich eine Hand auf seinen Oberschenkel. Franzens Fleisch unter dem Hosenstoff schien zu schrumpfen. Sprach er davon, dass sie beide Weinkenner zu sein glaubten?

Georg konnte offenbar Gedanken lesen.

»Sei kein Frosch«, sagte er, »kein Franzfrosch. Natürlich meine ich den Wein. Und die Wahrheit, die darin liegt ...«, er lächelte, »Franzfrosch«, sagte er noch einmal, und es klang, als schmecke er den Tönen, die diese ungeheuerliche Wortverbindung in seinem Gaumen auslöste, nach. Er nahm einen Schluck und spülte gluckernd hinterher.

Eilig rückte Franz weg von der besitzergreifenden Hand und erhob sein Glas: »Fruchtig in der Nase«, sagte er mit bebenden Nüstern und schnüffelte, »hoch im Ausdruck und Erde im Nachklang. Tannin, oder? Trüffel?«

»Tannin? Natürlich, die Piemonteser werden doch alle in Eichenholz gebunkert. Ganz besonders die Edellagen Barolo und Barbaresco. Und dann die Rebsorten Barbera, Dolcetto und Nebbiolo.«

Alle? Das hatte Franz nicht gewusst. Nebbiolo, Barbera, Dolcetto – alles Rebsorten? Barolo und Barbaresco waren Lagen? Interessant.

»Der ... ähem ... Lesestoff für Männer wie uns ist nicht eben reichhaltig«, plauderte Georg weiter, »da darf man nicht wählerisch sein ...«

Franz wurde ganz kalt. Draußen sank das Thermometer, die klirrende Kälte würde demnächst Berlin erreichen, hatte es heute Morgen geheißen. Nur gut, dass Frankfurt weiter im

Westen lag, am Main. Der Fluss würde das Schlimmste verhüten.

»Hoffentlich erfrieren bei uns keine Menschen«, sagte er, »Alkohol und Minusgrade, das kann tödlich sein.«

Georg stand auf. Das Thema Frost schien ihn zu langweilen. Er schlenderte durch das Zimmer.

»Bist du etwa ein Hobbygärtner?«, fragte er, als er bei Flaminga, die nun zu voller Schönheit erblüht war, vorbeikam.

»Nein, nein.«

»Hübsches Kerlchen.« Georg sah Flaminga mitten ins rosige Gesicht. Plötzlich riss er mit einem harten Ruck den länglich geformten Stempel aus der Mitte des Blütenblattes, das wunderbar gewellte Schwünge besaß, wie Franz am Morgen noch gedacht hatte. Ein Meisterwerk der Natur. Schwünge wie auf einem unberührten Tiefschneehang im Gebirge. Franz krümmte sich, als litte er Schmerzen.

Georg zwirbelte den Stempel zwischen Daumen und Zeigefinger hin und her: »Erinnert dich das an was?«

Franz schüttelte stumm den Kopf. Am liebsten hätte er die Hände vors Gesicht geschlagen und geschluchzt. Flaminga verstümmelt!

»Feiner Stängel, langer Schwengel«, röhrte Georg.

Franz schluckte.

Das konische, mit feinen Rauten ziselierte Herz der Pflanze war die eigentliche Blüte, kein Stängel – das hatte er im Pflanzenbuch nachgesehen, als er nach den geeigneten Standorten forschte.

In Franz erwuchs plötzlich ein eiskalter Zorn, der ihm aus den Eingeweiden hoch in die Kehle stieg und in Dampfwölkchen aus seinem Mund stob. Dieser Georg war ein Pflanzenmörder.

»Ich muss morgen früh raus«, sagte er gepresst »Du verstehst ...?«

»Ein Rausschmiss«, sagte Georg gespielt vergnügt, »schade ... ich hätte noch so viel vorgehabt, und jetzt muss ich stattdessen in die Stadt ...«

Das lockere Lächeln, das er aufgelegt hatte, straften seine

kalten Augen Lügen. Sein Blick hatte etwas Lauerndes, fand Franz.

»In die Stadt?«

»Tu nicht so«, sagte Georg und warf das ausgerissene Naturwunder auf den Boden und zertrat es mit dem Absatz, als sei es eine Zigarettenkippe, »schon kapiert, Franzfrosch. Ich gehe. Aber ich komme wieder.«

Mit seinen dicken Lippen formte er einen Kuss in die Luft, und schob ihn mit der flachen Hand hinüber zu Franz.

Franz saß noch wie gelähmt auf dem Sofa, als die Tür hinter Georg ins Schloss fiel. Er saß noch immer auf dem Sofa, Flamingas Herz in seinem Schoß, als er unten ein Auto anspringen hörte. Georg ließ den Motor drohend lange laufen, während er vermutlich das Eis von den Scheiben kratzte.

Am nächsten Morgen war die Killerkälte auch in Frankfurt. Über Nacht hatte sie die Welt mit einer Haut von stark haftendem Eis überzogen; es gelang Franz kaum, die vereiste Autotür aufzubekommen. Er hatte die Rollläden in seiner Wohnung heruntergelassen, als er auf dem Außenthermometer minus zwölf Grad entdeckt hatte. Heizkosten sparen und Flamingas Nachkommen Genesungsruhe nach dem Schock gewähren, dachte er. Wenn die Mutterpflanze die rohe Gewalteinwirkung überhaupt überlebt hatte … Auf dem Heimweg hielt er bei Jacques' Weindepot und kaufte einen Barolo von 1989. Ein Abschiedsgeschenk, die Scheine, die er der Verkäuferin hinhielt, waren ihm gleichgültig. Ein Abschied mit Stil, das war er sich und Flamingas Familie auf der Säule schuldig.

Am Abend klingelte er bei Georg.

»Wer da?«, fragte eine müde Stimme hinter der Tür. In diesem Haus gab es keine Spione, gut so, man sah durch die Fischaugenoptik immer so lächerlich aus.

»Franzfrosch«, sagte Franz, wobei er sich innerlich seltsam hohl fühlte, »ich komme, weil ich es mir überlegt habe …«

Georg schloss auf.

Franz blieb draußen stehen und schob nur den Arm mit der Baroloflasche durch den Türschlitz: »Ein Friedensangebot.«

Schweigen. Dann: »1989! Ja, bist du verrückt?«

Auf ging die Tür und ein strahlender Georg hielt die Flasche an seine Brust gedrückt.

»Ein Jahrtausendjahrgang!«

Franz nickte bescheiden und trat ein.

»Coming in, coming out!«, sagte er bedeutungsvoll. Das hatte er sich vorher zurechtgelegt.

Georg zog die Augen zu Schlitzen zusammen. Unter seinem Blick fühlte Franz, wie das Fleisch seiner Fußsohlen hinwegschmolz. Es war ihm, als ginge er auf dem bloßen Knochen, als er in das Wohnzimmer trat. Er hatte Angst. Was, wenn der Abend anders verliefe, als er es geplant hatte? Unwillkürlich duckte er sich. Georg stand breitbeinig vor seinem Fernsehsessel, dessen Chromgerüst Franz plötzlich spitz und gefährlich vorkam. Während Georg beim Lesen des Weinetiketts die Lippen bewegte, als sei er ein Grundschüler, musterte Franz Georgs Mitte. Dort würde, wenn er es nicht rechtzeitig abwenden konnte, der Stängel aus dem Gekröse der Jeansfalten stehen. Wie bei Flaminga – der Vergleich kam ihm heute ebenso geschmacklos vor wie gestern und ließ sogleich den alten Zorn wieder aus dem Käfig der Vernunft. Nur deshalb hatte er dorthin geschaut, nur deshalb. Damit seine Entschlusskraft nicht erlahmte.

Georg hatte seinen Blick bemerkt.

Er lächelte breit, als er den Korkenzieher ansetzte.

»Auf dein Coming-out!«, sagte er, als der rubinrote, sämige Wein wie Blut in die Gläser floss.

»Ahhh!«

»Köööstlich!«

Sie setzten die Gläser wieder ab.

»Jeder Schluck drei Euro, nicht?« sagte Georg und leckte sich die Lippen. »Wir lassen uns Zeit … erst der Wein, dann das Spiel. Soll ich Musik anmachen?«

Franz nickte. Diesen kostbaren Wein zu trinken war kein … Akt der Genusssucht, es war … es war ein Gottesdienst.

»Manneskraft«, sagte Georg, als Louis Armstrong aus dem Apparat erklang, »Manneskraft in Flüssigkeit verwandelt, rot wie Blut, rot wie das Fegefeuer, rot wie die Liebe ... kennst du das Sprichwort: Es ist Gott, der die Trauben erschaffen hat, aber es ist der Mensch, der den Wein daraus gemacht hat?«

Franz nickte. Ja, er kannte es. Fand es blasphemisch.

»Angst, Franzfrosch?«, sagte Georg leise. »Brauchst du nicht zu haben, glaub mir, ich kann ganz zärtlich sein ...«

Franz dachte an Flamingas ausgerissenes Herz und sagte wahrheitsgemäß: »Ja.« In Gedanken addierte er ein Nein. Nein, er glaubte nicht, dass dieser Georg zärtlich war, nicht bei diesen großen, gewalttätigen Händen.

Dann goss er nach, achtete aber darauf, dass Georgs Glas mehr von dem Rubin bekam als seines. Schließlich war der Barolo ein Geschenk für ihn. Die Henkersmahlzeit in flüssiger Form. Vor oder nach dem letzten Gottesdienst?

»Hast du ein Außenthermometer?«, fragte er.

»Minus achtundzwanzig Grad«, sagte Georg stolz.

»Soll bis auf dreißig gehen, heute Nacht.«

»Gut, dass wir es hier so warm haben, nicht?«

Das Saxophon schmeichelte durch den Raum; die Gläser leerten sich.

»Trink schneller, Franzfrosch«, sagte Georg und kratzte sich zwischen zwei Hemdknöpfen das Brusthaar, »das macht dich mutig, glaub mir. Ich weiß noch genau, wie mir beim ersten Mal zumute war ... ein bisschen Alkohol hilft«.

Er setzte zu einer langen Erzählung an.

Franz lauschte, obwohl er sich in seiner Vorstellung die flachen Hände auf die Ohren presste. Gleichsam durch Watte erreichten ihn dennoch die kruden Worte. Wie ein Automat goss er immer nach, sobald Georgs Glas einen gewissen Pegel unterschritten hatte.

»Du hast es aber eilig«, sagte Georg und blinzelte ihm zu.

Er hatte jetzt vielleicht sieben Zehntel der Flasche in seinem Blutkreislauf, Zeit zu handeln.

»Ich bin schon ganz blau«, sagte Franz.

»Du hast doch kaum ewas getrunken«, antwortete Georg. Seine Zunge arbeitete schon ein wenig schwerfällig.

»Doch, doch«, sagte Franz, »Vierzehn Pozent … das bin ich nicht gewohnt«.

Er ahmte Georg nach, hoffentlich merkte der es nicht. Franz stand auf und ging leicht schwankend zu der digitalen Wetterstation, die auf Georgs Schreibtisch stand. Er klopfte dagegen. »Wölf Grad plus«, sagte er, »das Ding muss kaputt sein!«

Mit dem Rücken zu seinem Gastgeber verstellte er die Anzeige; mit digitalen Apparaturen kannte er sich aus – damit hatte er in der Papierfabrik täglich zu tun.

»Nichdoch«, sagte Georg, »der Außenfühler ist auf dem Balkon. Vielleicht zieht es waam aus dem Fenser, kann sein. Ich benusse das Ding selten, ein Geschenk von einem Exfeund. Michi. Dieser Michi war gessern, heute bist du.«

Einunddreißig Grad, Franz hatte es genau gesehen. Wie lange hielt man das aus?

»Lass uns rausgehen«, sagte er, »ein Schluck frischer Luft macht den Kopf wieder klar, und dann legen wir den Fühler annerswohin, und dann …«.

Georg begann schon, die obersten Knöpfe seines Hemdes aufzuknöpfen. »Mir ist so heiß«, sagte er, »das macht deine Nähe, Franzfrosch. Zieh auch dein Hemd aus, komm schon. Mit bloßer Brust in die Killerkälte wie diese Eismänner in Moskau, das bringt's.«

Franz tat wie ihm geheißen, obwohl seine Finger zitterten. Georgs Brustmuskeln waren beeindruckend. Sein dunkel kringeliges Brusthaar auch. Und der kleine Haarfaden, der oberhalb des Gürtels am Unterbauch nach oben kroch. Faszinierend, aber auch furchteinflößend.

Georg erhob sich und ging unsicher auf Franz zu. Der öffnete die Balkontür, der Schließmechanismus war in beiden Wohnungen der gleiche, ließ Georg an ihm vorbei nach draußen treten. Die Kälte traf sie wie eine Faust.

Sie standen auf dem Balkon.

Georgs Hand schlüpfte in die seine.

Es ist lebensgefährlich heute Nacht, dachte Franz, dessen Haut sofort bläulich anlief. Nicht so Georgs, er dampfte förmlich. Man sah ganz feine Schwaden von ihm aufsteigen.

»Sssuper«, sagte er.

Franz löste seine Hand aus Georgs Fingern und legte sie auf das Balkongeländer. Ein heißer Schmerz rauschte wie feines Kristall durch seine Sinneszellen, die Haut klebte fest. Er hatte Mühe, sie vom Metall zu lösen.

Georg ließ sich auf den Plastikgartenstuhl plumpsen.

»Hinter dieser Wand ist mein Balkon«, lockte Franz. »Sieh mal, wir können uns auch direkt besuchen, man muss nur mit dem einen Fuß auf diesen Vorsprung ... und dann kann man ganz leicht hinüberklettern.«

Georg rührte sich nicht.

Er saß auf dem Gartenstuhl wie ein Sack. Er hatte die Augen geschlossen.

»Georg?«

Georg antwortete nicht. Es war vergebens, ihn auf den Mauervorsprung zu locken, von wo aus man ihn leicht hätte in die Tiefe stoßen können.

»Georg?«

»Seisstill, ich träume von dir«, murmelte Georg.

Franz fror entsetzlich. Wenn er jetzt nicht handelte, würde die Kälte sie beide umbringen. Er trat durch die Balkontür ins Zimmer zurück. Gott, war das kalt!

Georg blieb sitzen. Er hatte es nicht einmal gemerkt.

Es war ja alles so einfach, dachte Franz. Er brauchte das, was er vorgehabt hatte, nicht auszuführen. Er war kein Mörder, dazu hatte er nicht das Zeug. Georg schon, der hätte es gekonnt, daran zweifelte er keinen Augenblick.

Er schlüpfte in sein Hemd, die Ohren konzentriert auf Geräusche von draußen; nichts rührte sich.

Schloss die Balkontür. Lauschte. Ließ die Rollläden, so leise er konnte, herunter.

Wusch sein Glas in der Küche, stellte es auf das Abtropfbrett. Er hörte ein kratzendes Geräusch an den Rollläden. Rasch verließ er die Wohnung, das Licht ließ er brennen. Seinen Namen wollte er nicht hören, das hätte er nicht ertragen.

Als er den Schlüssel in seinem Schloss herumdrehte, hörte er es auf seinem Balkon poltern. Er schlüpfte aus den Schuhen und betrat auf leisen Sockensohlen sein Wohnzimmer, das Fleisch unter seinen Fußknochen war wieder da und assistierte bereitwillig und geschmeidig. Die Rollläden tanzten in ihrer Halterung, weil von außen jemand dagegenschlug. Der Lärm war dumpf und moderat, niemand im Mietshaus würde sich darüber wundern. Franz blieb im Dunkeln sitzen, bis das Geräusch leiser wurde, dann abbrach. Vielleicht versuchte Georg es jetzt wieder drüben, auf dem Nachbarbalkon. Sollte er.

Flamingas Herz ruhte auf dem Couchtisch und hatte die rosige Farbe des Lebens verloren. Die winzigen Punkte, die auf jeder der feinen rostroten Rauten lagen, einem Tannenzapfen nicht unähnlich, hatten einen goldschimmernden Ton bekommen. Das geschwungene Blatt, das einst so herrlich rot gewesen war, hatte seine Wellen behalten, war aber braun wie getrocknetes Blut. Der Schwengel war steinhart.

Er lag nicht unangenehm in der Hand.

Sein Coming-out. Er würde es selbst zelebrieren, mit einem anderen als mit Georg.

Er schloss die Augen, glitt in wundersame Träume hinein.

Mit einem Ruck wachte er auf. Mehr als drei Stunden waren vergangen, genug Zeit? Er erhob sich und sah nach dem Thermometer: Minus vierunddreißig Grad. Vierunddreißig Grad!

Er machte sich einen heißen Kaffee, um sich zu stärken. Er musste nun nur noch einmal hinüber zu Georg, um die Rollläden hochzuziehen und die Balkontür zu öffnen.

Er sah auf die Uhr: vier Uhr, genau richtig. Alle im Haus würden im Tiefschaf liegen.

An Georgs Tür lauschte er.

Kein Geräusch. Wie auch, Georg lag draußen erfroren auf dem Balkon. Schrecklich war der Tod durch Erfrieren nicht, das wusste Franz. Man dämmerte einfach hinüber. Leichtfertig und angetrunken hinausgegangen, um frische Luft zu schöpfen. Ohne zu ahnen, wie kalt es war. Sein Thermometer war ja kaputt, und der Alkohol im Blut machte, dass man die Kälte nicht empfand. In Moskau ebenso wie in Warschau, in Prag wie in Berlin und in Frankfurt – ein Gesetz der Natur, das allerorten Betrunkenen dieser Nacht zum Verhängnis werden würde.

Er drückte Georgs Wohnungstür, die er zuvor einen Spalt offen gelassen hatte, vorsichtig auf.

Eine Flasche Barolo kam aus dem Nirgendwo auf ihn zu und zersprang auf seinem Schädel.

Unter Glassplittern sackte Franz zu Boden.

Georg zog ihn an den Füßen ins Zimmer.

Ganz zärtlich.

Heidi Rehn

Das alte Lied

Zu Bacharach am Rheine
Wohnt' eine Zauberin,
Sie war so schön und feine
Und riß viel Herzen hin.
(Clemens Brentano, Lore Lay, 1800)

Wolfram wusste es auf einmal genau: Das Jahr 1840 war ein vielversprechendes Jahr für den Riesling. Und ein gutes Jahr, um alte Rechnungen zu begleichen. Entschlossen zerdrückte Wolfram eine Traube zwischen Zeigefinger und Daumen der rechten Hand. Die Zeichen für Rache standen endlich gut. Zäh rann ihm der Traubensaft über die Fingerkuppen. Eine Weile sah er zu, wie der Saft zu Boden tropfte, dann schnippte er die letzten Reste der Frucht weg. Schluss mit der Trägheit! Charlottes Tod hatte ihn lang genug gelähmt. In der linken Hand blitzte der Stahl des Messers auf. Er hatte es vorhin benutzt, um die Trauben vom Rebstock zu schneiden. Damit einmal fest zugestochen, und es war um den Dichter geschehen. Wolfram lachte auf.

Zufrieden schweifte sein Blick über die steilen Hänge der Weinberge. Unten im Tal glänzte das silberne Band des Rheins. Die Kähne formierten sich zu einer ordentlichen Reihe. In der Strömung flussabwärts suchten sie den günstigsten Weg. Bis zur Loreley war es nicht mehr weit. Umso wichtiger, dass die Schiffe hier oben schon die beste Position für die gefährliche Enge an dem Fels vorbei fanden.

Im Schatten der Ruine Stahleck duckten sich die Häuser von Bacharach. Die Sonnenstrahlen blitzten durch das dürre Mauergerippe der Wernerkapelle. Seit Generationen lebte Wolframs Familie in der Stadt, verdingten sich seine Vorfahren als Winzer und Händler. Unter Napoleon waren die Zeiten nicht so rosig gewesen. Oft hatte der Vater über die Repressalien geflucht. Mit den Preußen war es für den rheinischen Weinhandel langsam besser geworden. Seit Wolfram die Geschäfte allein führte, ging es endgültig bergauf. Nur Charlottes Tod hatte noch einmal einen dunklen Schatten geworfen. Wie trunken war Wolfram seither von Kummer. Warum hatte ausgerechnet er seine Geliebte auf so grausame Weise verlieren müssen?

Genug!, schalt er sich und richtete sich kerzengerade auf: Der lang ersehnte Tag der Abrechnung war gekommen!

Die Haut an den Händen fühlte sich klebrig an von Traubensaft. Wolfram schnupperte noch einmal dem süßlichen Geruch an den Fingern nach. Fünfunddreißig Jahre war er inzwischen alt. Höchste Zeit für einen neuen Anfang, am besten mit einem vielversprechenden neuen Jahrgang.

Die Vorräte in den Kellern neigten sich dem Ende zu. Erst letzte Woche hatte sich der Händler aus Köln darüber beschwert, dass der Nachschub ins Stocken geraten war. Sollte der diesjährige Bacharacher den hohen Ansprüchen nicht genügen, würde die Kundschaft aus England und Schweden bald Weine aus anderen Ländern bevorzugen. Wolfram hatte nur mit den Schultern gezuckt. Er wusste, dass es nicht allein an den Trauben lag, dass der Riesling vom Mittelrhein an Güte verloren hatte. Es war der Fluch, der über den Weinbergen des schroffen Flusstals hing: Geschwätzige Dichter schrieben zu viel über die holde Loreley und dachten doch zu wenig edel über sie. Erzürnt darüber hatte sie aufgehört, ihr goldenes Haar zu kämmen und sich tatsächlich in den Rhein hinuntergestürzt. Doch Märchen mochten es nicht, wenn sie wahr wurden. Die Trauben an den Hängen waren seither nicht mehr ganz so süß, und der goldene Rebsaft war ein freudloses Getränk geworden.

Wolfram schluckte. Damit war es vorbei. Jetzt würde alles anders werden. Die Rückkehr des Dichters und die Güte der diesjährigen Trauben bewiesen, dass er das Ruder herumreißen konnte. Drei Jahre waren seit dem Sprung seiner geliebten

Braut vom Fels vergangen. Drei Jahre voll Kummer, drei Jahre mit viel zu viel schlechtem Wein. Er sah hinauf in den makellos blauen Himmel, studierte den Zug der Wolken. Das Wetter würde noch ein paar Tage halten, ein weiteres gutes Zeichen.

Er schickte sich an, den steilen Hang hinabzusteigen. Stellenweise ging es fast senkrecht hinunter. Der Boden war ausgetrocknet. Auf dem brüchigen Schiefer fanden seine Stiefel kaum Halt. Mehrmals geriet er ins Rutschen, einmal konnte er erst im letzten Moment die knorrigen Rebstöcke packen und so gerade noch dem Sturz entgehen. Der Wein war schon immer sein Retter gewesen.

Auf halber Höhe nach unten, beim Postenturm, erblickte er einen Maler. Wieder einer von den Künstlern, wie sie in den letzten Jahren überall in der Gegend herumlungerten! Die stießen Wolfram nicht erst seit Charlottes Tod bitter auf. Seit die Preußen vor mehr als zwei Jahrzehnten die Gegend von der Franzosenplage befreit hatten, fielen die wie Rebläuse ins Rheintal ein. Sie nannten sich »Dichter« und »Maler« oder einfach nur frech »Künstler«. In Wahrheit waren sie vor allem Trinker und Mädchenverführer. In ihrem wüsten Treiben brachten sie keine rechte Kunst mehr hervor, von alles verändernden, neuen Ideen ganz zu schweigen. Seit einer von ihnen das Märchen von der Loreley erfunden hatte – ausgerechnet einer, der selbst vom Rhein stammte! –, besang jeder die holde Maid auf ihrem Felsen hoch oben über dem Fluss. Als ob es im Rheintal keine anderen Motive gäbe! Die Bücher und Schriften und Bilder der immer gleichen Machart überfluteten alles. Das jährliche Frühjahrshochwasser war seicht dagegen. Wolfram schüttelte den Kopf. Keiner der Einheimischen mochte es mehr hören, was man sich überall in der Welt an edlen Rittersagen und schauerlichen Geschichten vom Rhein erzählte. Es war doch alles gleich. Hatten Land und Leute und vor allem die Mädchen nichts Besseres verdient als solche Lügenmärchen? Den feinen Herren Künstlern fehlte es schlichtweg an Phantasie, sich etwas tatsächlich Schönes über den Rhein auszudenken!

Was ihnen aber nicht fehlte, das war der Einfallsreichtum,

wenn es darum ging, die Mädchen und jungen Frauen zu verführen. Es war das immer gleiche Lied, doch seltsamerweise war es abwechslungsreich genug, um jedes Mal aufs Neue ans Ziel zu führen: Immer größeren Ruhm und nicht enden wollende Ehre versprachen die selbst ernannten Dichterfürsten und Pinselgrafen den einfältigen Mägdlein mit den blauen Augen und dem blonden Haar. Am Ende bereiteten sie ihnen aber doch nur Schande. So wie Charlotte, die ihrem tumben Dichter all den Unsinn von der Fee und der Engelsgestalt hoch oben auf dem Felsen über dem Fluss tatsächlich geglaubt und alle Ehre und Vernunft darüber verloren hatte. Das Erwachen war furchtbar, die Scham so groß, dass sie sich zuletzt selbst von dort oben in die Fluten hinabgestürzt hatte.

Der Groll in Wolframs Brust schwoll an. Das Messer lag fest in seiner Hand. Der Stahl kühlte die Haut. Wolfram wusste, was er zu tun hatte, sobald er den Dichter unten im Gasthaus fand.

Eine Weile beobachtete Wolfram noch stumm den Maler. Angestrengt starrte der auf den Fluss hinunter, blickte müde auf die Stadt. Sein Pinsel verharrte reglos in der Hand, die Leinwand blieb leer. Ihm fehlte ganz offensichtlich das rechte Motiv, hier oben im Weinberg, zwischen all den vielen Reben, wo kein braves Rheintöchterlein als dankbares Opfer zu greifen war. Wolframs Blick schweifte ab, hinüber zu den Rebstöcken.

»Das ist mal ein Gesicht!«, rief der Maler plötzlich aus.

Erschrocken sah Wolfram ihn an. Er hatte nicht bemerkt, dass der Künstler ihn entdeckt hatte.

»Darf ich Sie malen?« Der Fremde kam auf ihn zu.

»Keine Zeit«, wehrte Wolfram hastig ab und zog sich die Mütze tiefer ins Gesicht. Schon rannte er weg, schnurstracks den schmalen Steig zwischen den Rebstöcken hinunter.

Er hielt den Kopf gesenkt, stolperte mehr schlecht als recht hinunter zu Tal. Ein Maler, der ihn malen wollte! Ausgerechnet jetzt, wo er Wichtigeres zu tun hatte! Immer wieder schlugen ihm losgebundene Zweige der Reben entgegen. Vorsichtig bog er sie mit den Armen zurück, trotz aller Hast stets darauf bedacht, keine Trauben abzureißen.

Mitten im Laufen hielt er inne. Von unten kam ein Mann herauf. Behände erklomm er die steilen Hänge, als wäre er es von seiner täglichen Arbeit gewohnt. Die breite Krempe an seinem Hut verhinderte, dass er rechtzeitig sah, wer oder was von oben auf ihn zukam.

Wolfram aber erkannte ihn genau daran. Charlottes Dichterfürst! Nie würde er den vergessen können. Seine Rockschöße flatterten bei jedem Schritt rechts und links auf, verfingen sich in den Rebstöcken. Erzürnt riss er am Stoff, kümmerte sich nicht um die kostbaren Trauben, die dabei zu Boden fielen, trat sogar noch mit den Füßen darauf. Kein Zweifel, er hatte es eilig.

Wolfram ahnte, wo er hinwollte. Ganz sicher hinauf zum Postenturm, bei dem sich die Künstler gern trafen, um die Aussicht auf den romantischen Flusslauf zu genießen.

»He, passen Sie auf! Die Trauben!«, rief Wolfram empört. Seine Hände zitterten. Die unerwartete Begegnung in den einsamen Weinbergen war ein weiteres Zeichen. Kaum konnte er abwarten, bis der Dichter nah genug herangekommen war.

Er maß nur ein paar Zoll weniger als Wolfram, dafür schleppte er einen weitaus dickeren Bauch mit sich herum. Mit seinen dunklen Augen blinzelte er unter der Hutkrempe schräg nach oben in die Sonne empor. Auf seinem erstaunlich jung wirkenden Gesicht zeichnete sich Entsetzen ab, sobald er das Messer in Wolframs Hand entdeckte. Sein Mund öffnete sich zum Schrei, doch kein Laut kam heraus.

Jetzt oder nie!, sagte Wolfram sich und stürzte sich auf ihn, das Messer zum Angriff weit nach vorn gestreckt. Erschrocken duckte der Dichter sich weg. Er war flinker und schneller, als Wolfram erwartet hatte. Sogleich wagte er einen neuen Angriff.

»Du mieser Lump!« Er stieß die Klinge nach vorn, verfehlte aber wiederum knapp sein Opfer. In dem steilen Hang genügte dem ein einziger Dreh zur Seite, um dem Stich zu entgehen. Wolfram geriet auf dem unebenen Boden ins Wanken. Die Wucht der Bewegung tat ihr Übriges. Fast wäre er kopfüber ins eigene Messer gekippt. »Mir entkommst du nicht!«

Vor Wut kochend rappelte er sich wieder auf. Um besser zielen zu können, kniff er die Augen zusammen. »Du wirst deine Strafe schon kriegen.«

Erneut fiel er über den Dichter her, fuchtelte mit dem Messer gefährlich nah an seinem Körper herum. Wieder traf er nicht. Geschickt wich der nach links oder rechts aus, als könne er voraussehen, in welche Richtung Wolfram das Messer stoßen würde. Das Gelände war zu schwierig, das Opfer zu wendig und Wolfram zu glücklos: Er fügte dem Dichter nicht den geringsten Kratzer zu. Je öfter er aber mit seiner Waffe danebenstach, umso lauter brüllte er auf.

»Was soll das?«, fragte der Dichter keuchend. »Empfangt ihr all euere Gäste so ungestüm?«

»Alle nicht, nur die, die es nicht besser verdienen«, entgegnete Wolfram und schleuderte das Messer weg.

Verblüfft sah der Dichter ihm nach. Wolfram nutzte den Moment sofort. Unter lautem Geschrei rammte er den Kopf in den Bauch seines Gegners, umklammerte dessen Leib mit den Armen und wollte ihn gerade mit sich zu Boden stoßen. Da spürte er auf einmal, wie der schwere Leib des Mannes kraftlos auf ihm zusammensackte. Es war, als kippte ein ganzer Trog Most auf seinen Kopf. Fluchend drehte Wolfram sich unter dem Körper weg. Ein dunkler Schatten schob sich über ihn. Erstaunt sah Wolfram auf.

Der Maler von vorhin hielt noch den Stein in der Hand, mit dem er zugeschlagen hatte. Dunkel zeichnete sich an der spitzen Kante ein rötlich-brauner Fleck ab: Blut! Mit den Stiefelspitzen stieß der Maler den Dichter an. Der rührte sich nicht mehr. In weitem Bogen warf der Maler den Stein ins Tal, Wolframs Messer hinterher.

»Verfluchter Hund! Endlich bin ich den los«, knurrte er. »Lange hätte ich das nicht mehr ausgehalten. Der hat nur noch von dieser Charlotte erzählt. Immer nur Charlotte, nie mehr Loreley! Über keine andere hat er mehr geschrieben. Deshalb mussten wir auch wieder hierher. Dabei hat er doch schon genug Unglück über die Frau und ihre Familie gebracht. Von einem Fels ist sie gesprungen. Seinetwegen. Ich sollte die Frau für ihn malen, immer wieder aufs Neue. Ein Bild wie das andere. Ich habe schon selbst nichts anderes mehr auf meiner Leinwand gesehen. Erst als ich Sie vorhin oben bei den Reben beobachtet habe, kam mir endlich eine neue Idee. Nach drei Jahren die erste neue Idee!«

Sein Lachen klang schrill und hoch.

Wolfram richtete sich auf, klopfte sich den Staub aus den Kleidern.

»Deshalb haben Sie zugeschlagen?«, fragte er, als er wieder zu Atem gekommen war.

»Nicht nur«, erwiderte der Maler. »Ich hatte Angst, dass er auch noch Sie ins Unglück stürzt.«

»Mich?«

»Ja. Viel hätte nicht gefehlt und da unten lägen jetzt Sie statt seiner.«

»Danke«, sagte Wolfram und sah beschämt zur Seite. Plötzlich erstarrte er: Von dem Fels da vorn war Charlotte damals gesprungen, diesen Blick hatte sie zuletzt gehabt. Die alte Wunde riss auf.

»Nein, glauben Sie mir. Sie werden noch gebraucht«, hörte er den Maler sagen.

»Von wem?« Zweifelnd drehte Wolfram sich zu ihm um.

»Von mir zum Beispiel. Dank Ihnen weiß ich endlich wieder, was ich malen muss.«

»Was denn?«, fragte Wolfram.

»Das fragen Sie noch? Schauen Sie sich doch um!«

Er streckte die Arme aus und zog einen weiten Bogen durch die Luft. »Überall diese prall vollen Weinberge, diese überschäumende Natur! Wird es nicht ein vielversprechender Jahrgang für den berühmten Riesling vom Rhein?«

Wolfram zögerte mit seiner Antwort. Langsam folgte er dem Arm des Malers. Der hatte Recht. Aber die Erinnerung an Charlotte lastete noch schmerzhaft auf ihm. Er fühlte sich hin- und hergerissen zwischen dem alten Kummer und dem Entschluss, den Neubeginn zu wagen. Sein Blick fiel auf einen Rebstock. Dick prangten die Trauben in der untergehenden Sonne. Nicht mehr lange, und ihr Saft würde sich in süßen

Wein verwandeln. Der würde gut dieses Jahr. Darum musste er sich kümmern. Das war seine Aufgabe.

»Ja, da haben Sie Recht«, stimmte er schließlich zu.

»Darf ich Sie jetzt malen?«, fragte der Maler.

»Jetzt?«, fragte Wolfram und deutete mit dem Kopf nach unten, auf den toten Dichter.

»Der hindert uns nicht mehr!«, sagte der Maler entschlossen und packte den Toten an den Beinen.

»Helfen Sie mir!«, befahl er keuchend.

Gemeinsam zerrten sie den Leichnam zum Felsvorsprung.

»Da unten soll er ruhen!«, rief der Maler aus und versetzte dem Toten einen letzten Tritt. Zunächst schwerfällig, dann immer schneller werdend rollte der tote Körper zu Tal.

»Jetzt ist endlich Ruhe.«

Eva Klingler

Blutrot

Jean Meckenburger hätte nie gedacht, dass er, der Weinkenner – manche nannten ihn gar Weinfanatiker –, sich in eine Frau verlieben würde, der man den Unterschied zwischen einem Grauburgunder und einem Riesling erklären musste. Und die zu einem schönen Portugieser Weißherbst »das hellrosa Zeug da!« sagte.

Wie Flaschen im Regal hatten sich seine Freundinnen im Laufe seines Lebens aus dem Winzermilieu rekrutiert. Hübsch der Reihe nach, eine nach der anderen. Meistens aus der Gegend rund um Schweigen, aus der er selbst stammte, manche aber hatten ihn ein paar Kilometerchen gekostet.

Seine erste Liebe, die Fanni, stammte aus einer Winzerfamilie in der Nordpfalz, aus Freinsheim. Man war vierzehn gewesen, getroffen hatte man sich an der legendären Stadtmauer, und als ihre Lippen sich das erste Mal schüchtern berührten, hatten feine Tröpfchen eines staubtrockenen Rieslings die Besitzer getauscht.

Schüchtern war Jean allerdings nicht geblieben. Vielmehr hatte er sich zu einem vitalen, manchmal cholerischen, immer aber charmanten Burschen entwickelt, der nichts anbrennen ließ. So war die Fanni bald abgelöst worden durch die Christel aus Bergzabern, deren Vater Wein nach Karlsruhe in den Metro-Großmarkt exportierte. Gelegentlich war das Etikett bei einer guten Flasche beschädigt, oder ein winziges Splitterchen Glas fehlte an einem Flaschenhals. Diese gern gesehenen Rückläufe sorgten für gute Stimmung bei mehr als einer Party – Zusammenkünfte, bei der man pro forma ein paar Worte sprach, bevor das Haus nur noch aus Ecken zu bestehen schien, in die sich die Pärchen schmiegten, als seien sie eins mit ihnen. Auch Christel wurde irgendwann Vergangenheit, und die Frau, die Jean dann kurz darauf heiratete, teilte seine tiefe Liebe zum Wein mit Leidenschaft. Viele Jahre hatte diese Ehe gehalten. Viele Male hatte man miteinander angestoßen.

Jean schmunzelte in der Erinnerung an seine sinnenfrohe Vergangenheit. Und an seine Zukunft, die neben ihm nach Jasmin duftete.

Heute war er auf dem Weg zu seiner Frau, um ihr zu erklären, warum es vorbei war und wie vorteilhaft er ihr Dasein als Geschiedene auszupolstern gedachte. Regina war vernünftig. Sie würde keine Probleme machen. Und so war ihm zwar unbehaglich, aber Angst hatte er nicht.

»Sie wird es verstehen«, sagte er zu seiner Begleiterin, die verunsichert auf dem Beifahrersitz hockte. »Es war schon lange mehr Freundschaft als Liebe zwischen uns. Und was für Regina wirklich zählt, ist Geld. Geld und guter Wein.«

Betty neben ihm lachte, wobei sie versuchte, dieses Lachen so klingen zu lassen, als sei sie an dieser Sache namens Geld überhaupt nicht interessiert, sondern nur an ihm, dem männlich charmanten Jean, der so französisch aussah, wie es nur die Pfälzer zustande bringen. Dabei war auch sie an Geld interessiert, sehr sogar, denn die Arbeit in der Parfümerie Douglas sah vielleicht für die Kundschaft gut aus, war aber in Wirklichkeit unglaublich öde. Immer diese dicke Schicht Schminke auf dem Gesicht, geradezu abkratzen musste man den Mörtel am Abend.

Darunter kam graues Durchschnittsgewebe zutage, so wie die ganze Betty nur Durchschnitt war. Das wusste sie, und diese Erkenntnis hob sie aus der Masse ihrer Kolleginnen heraus. Sie war jetzt neunundzwanzig, die Dreißig lauerte bereits dreist im Pass, und sie ahnte, dass die Chancen vorbeiglitten wie die Sushischüsselchen auf dem Laufband der Japanbar, in der sie abends nach Geschäftsschluss mit den albernen Mädels aus dem Laden zusammensaß. Die waren meistens jünger als sie – eine Tatsache, die Betty mit wachsender Ungeduld erfüllte.

Und als sie letzthin eine neue Pflegeserie auspackte, die »Carpe Diem« hieß, fragte sie ihre Chefin: »Was heißt denn das – Diiieem?«

»Ich hab meine Nichte gefragt!«, erwiderte die Chefin sachlich. »Die war mal auf dem Gymnasium. Nutze den Tag, heißt das!«

Betty betrachtete von da an die Pflegeserie mit neuem Respekt. Auch sie musste den Tag nutzen.

Und als sie Jean Meckenburger in der Weinabteilung des Karstadt traf – sie wollte eigentlich keinen Wein kaufen, sondern den Prosecco aus dem Sonderangebot – und als sich aus der flüchtigen Begegnung erst ein Gespräch, dann eine Kaffeeeinladung, schließlich ein Kuss im Auto, weiterhin eine Liebesnacht im Hotel, dann ein Liebeswochenende in Bettys Wohnung und zuletzt eine Affäre entwickelt hatte, beschloss Betty zuzuschnappen. Jean schien ihr ein guter Fang.

Er hatte keine lästigen Kinder aus seiner Ehe, die sie insgeheim jetzt schon als seine »erste« bezeichnete. Er betrieb einen soliden Weinhandel, belieferte Läden und Restaurants mit Edelweinen aus der Pfalz und besaß daneben noch ein sehr nobles Weinantiquitätengeschäft in Schweigen, welches seine Frau führte.

Liebestaumel und erotische Höhepunkte vorzuspielen bereitete Betty dabei weniger Mühe, als ein solides Interesse für Wein vorzutäuschen.

Sie trank nicht besonders gern Wein. Weißwein ließ ihr den Gaumen zusammenschrumpeln, und Rotwein verursachte dumpfes Kopfweh und machte sie außerdem müde. Doch sie hatte natürlich bemerkt, dass Jean von Wein geradezu besessen war. Ständig las er Weinzeitschriften, brachte ihr feine Tröpfchen mit. »Da, probier mal diesen Gewürztraminer. Da steckt Erde drin – schmeckst du den Lehm, Löß und Kalkmergel seiner Heimat?«

Misstrauisch hatte Betty daraufhin das Glas beäugt und nach braunen Erdspuren gesucht. »Da kann man den Pfälzer Boden geradezu schmecken. Das Würzige, Archaische – voll ausgegoren, wunderbar trocken!«

Betty hatte geschnuppert wie ein Karnickel. »Riecht für mich einfach nur nach Alkohol.«

»Was? Etwa brandig?«, hatte Jean entsetzt gerufen und auch gerochen. »Nein, nicht kantig, kein Kork – das Bouquet ist tadellos!«

Sauer, dachte Betty verdrossen. Hoffentlich würde sie nicht ihre ganze Ehe über solchen Essig trinken müssen. Und dachte seufzend an die bunt garnierten Caipirinhas, die sie mittwochabends auf der Afterworkparty mit den Mädels zu trinken pflegte. Doch Jean ließ sich nicht beirren.

Atemlos vor Stolz brachte er ihr manchmal eine teure Flasche mit, die er hatte ersteigern können. Allein bis der Korken draußen war. Und dran gerochen! Und dann wurde alles in ein Glasding umgefüllt. In der Zeit hätte Betty schon zwei Campari Orange trinken können.

»Eine Beerenauslese, Jahrgang 2003. Nein, noch nicht trinken. Er atmet noch nicht lange genug. Da – ein leuchtendes Rubinrot. Da ist einfach Abendsonne im Glas. Und schau mal, da unten das Depot!«, jubelte er, und Betty verdrehte stumm die Augen. Obwohl ... *Depot,* das hörte sich immerhin nach Geld an. Jean hatte ihr diverse Weinführer geschenkt und auch Bücher über Anbaumethoden, doch Betty hatte sie nur so durchgeblättert, dass man den Eindruck hatte, sie seien gelesen.

Natürlich müsste sie jetzt sofort wissen, was eine Beerenauslese war und wie sie sich von einer Trockenbeerenauslese unterschied, aber sie hatte es schon wieder vergessen. Vage geisterte nur das Bild einer verschrumpelten Traube in ihrem Kopf herum. An manchen saß sogar irgendein Faulpilz, und das machte sie angeblich besonders gut. Eklig.

»Depot?«

»Depot ist der Bodensatz, hier schau – nur Weine hoher Qualität haben so etwas.« Betty nickte, und Jean fühlte flüchtig eine kleine Enttäuschung. Bettys andere Vorzüge und ihre Jugend waren jedoch so betörend, und sie roch so gut, vor allem an den entscheidenden Stellen ihres jugendlichen Körpers, dass Jean Meckenburger die kleinen Unsicherheiten nicht bemerkte, die sich einschlichen, wenn er sie im Restaurant fragte: »Schatz, möchtest du denn wirklich den 2001er Kürnbacher Schwarzriesling? Der ist ein klein wenig leise im Abgang! Ich meine, ich sage das jetzt nicht als Pfälzer. Die Kraichgauer Rotweine sind wunderbar zu einem einfachen Essen ... und, nun ja, aber ich habe den Eindruck, du schätzt den Schwarzriesling … grundsätzlich freut mich das.«

Betty starrte ihn an. Abgang! Sie hatte lediglich auf den ersten offenen Rotwein auf der Karte gedeutet. Sie seufzte. Nächstes Mal würde sie eben auf den zweiten deuten.

Jean fand ihr betretenes Schweigen niedlich. Endlich eine Frau, die ihm bedingungslos zuhörte, ihm alles glaubte und sein Wissen bestaunte.

Regina hatte ihm zeitlebens ein wenig Angst gemacht. Sie war eine große, stattliche Frau mit scharfen Gesichtszügen. Nicht unhübsch, aber auch nicht gefällig. Intelligent und scharfzüngig. Manchmal ironisch. Ihre Worte waren oft geschliffen wie ein Bleikristallglas, sogar im Englischen. Die Meckenburgers hatten viele steinreiche Kunden aus Amerika, die durchaus bereit waren, fünfhundert Euro für eine seltene, fünfzehn Jahre alte Trockenbeerenauslese aus den herausragenden Lagen rund um Deidesheim oder Edesheim zu zahlen.

Vor zwei Jahren hatten ein Amerikaner und seine Frau eine derartige Flasche Wein gekauft, und Jean hatte sie ihm vorsichtig – in der in Spezialpappe eingehüllten Schutzbox – zum Auto getragen. Eine halbe Stunde später hatte er das Pärchen gesehen, wie sie mit dem Auto am Weintor standen – offenbar veranstalteten sie eine Art Picknick. Zu seinem namenlosen Entsetzen stand neben ihnen die geöffnete Flasche Burgunder, deren Inhalt sie gerade genüsslich in Plastikbecherchen gossen. Er hätte sie umbringen können!

»Liebling, sie wird über mich herfallen, sie wird mir das Gesicht zerkratzen«, hauchte Betty, als sie jetzt die Rheinbrücke bei Karlsruhe überquert hatten, und schmiegte sich zitternd an ihn. Sie zitterte natürlich nicht wirklich. Doch es konnte nichts schaden, die Ehefrau schon mal im Vorfeld ein wenig zu dämonisieren.

Zwar kannte Betty dieses Wort nicht, aber sie ahnte instinktiv, wie man einen Ehemann für sich gewann.

»Nein, das wird sie nicht. Regina ist intelligent. Und verständig. Sie lebt für ihren Laden und für ihre noble Kundschaft und für gutes Essen in guten Restaurants – Sex gehört nicht zu ihren Leidenschaften.«

Jean sah aus dem Fenster. Die Pfälzer Berge begannen sich am Horizont abzuzeichnen. Das gute Essen würde er allerdings bei Betty vermissen. Das höchste der Gefühle waren Spaghetti mit Parmesan. Er hatte ihr einmal eine weiße Trüffel mitgebracht und ein Reibchen, um sie über die Pasta zu raspeln, dazu einen schönen trocken ausgebauten Sylvaner, aber sie hatte die Trüffel in der Knoblauchpresse ausgequetscht und den Rest weggeworfen. Nun ja, dachte er zärtlich, sie wird es schon noch lernen. Die bewussten anderen Sachen musste sie ja auch mal gelernt haben.

Ihm war auch nicht ganz wohl, wenn er an das vor ihm liegende Gespräch dachte. Andererseits – und jetzt schlug sein Herz –, dahinten im Wagen, da lag sein Schlüssel in die Freiheit.

Es war fast detektivisches Gespür notwendig gewesen, um ihn zu finden, diesen besonderen Wein. Diesen einmaligen, beinahe historischen Wein. Drei Flaschen: zur Völkerverständigung serviert – nur zwei davon getrunken. De Gaulle war bekanntlich kein Feinschmecker gewesen, sonst wäre das nicht passiert. Und Adenauer hatte damals andere Sorgen gehabt.

Die letzte Flasche war bei einem Koch versteckt, der ihn nur preisgab gegen einen gewissen Gefallen und gegen eine Summe, die mehr als stolz war. Doch noch stolzer würde die Summe sein, die Sir John Knockworth aus Cambridge für ihn zu zahlen bereit war.

Ein reicher Engländer – natürlich verrückt –, der behauptete, eine Unterschrift von Shakespeare zu besitzen, und von dem man wusste, dass er ein winziges Flussbildchen von William Turner im Esszimmer hängen hatte, und der Einmaliges und Teures sammelte so wie andere Briefmarken.

Regina würde den Wein an ihre Brust drücken, ganz vorsichtig, um ihn nicht aufzuwecken, und würde ihn – Jean – von ihrer Brust entlassen.

Jean warf diesbezüglich einen Seitenblick auf Betty. Er hatte ihr nichts davon erzählt – sie sollte nicht das Gefühl haben, wie eine Ware verschachert worden zu sein – junger Sex gegen alten Wein sozusagen. Jean unterdrückte ein Grinsen.

Der Besuch war angekündigt worden. Sachlich, männlich und knapp hatte Jean seiner Frau mitgeteilt: »Regina, ich habe etwas sehr Persönliches mit dir zu besprechen. Etwas, das uns beide betrifft. Und ich werde einen Gast mitbringen.«

Die Ehe war seit Langem abgekühlt. Schon seit einigen Wochen hielt sich Jean mehr in der Karlsruher Stadtwohnung auf als in Schweigen, obwohl er sich tief im Herzen sehnlich wünschte, in die Pfalz zurückzukehren. Wenn alles mit Regina geklärt wäre, war das gewiss möglich. Sie sollte den Laden behalten, und er würde weiterhin Weine an teure Restaurants liefern.

Am Weintor herrschte der übliche Bustourismus-Betrieb, der sich in den Gassen in Richtung der Weinhänge des Sonnenbergs tröpfelnd verlor.

Jeans und Reginas Wein-Antiquitäten-Laden in einem malerischen alten Bauernhaus war geöffnet. Regina hatte noch einen Kunden und stand aufrecht und freundlich-gelassen wie immer hinter der Theke aus dunkel gebeiztem Eichenholz, als Jean den Laden betrat. Stilisierte Weinfässer zum Anlehnen, echte zum Probieren, Weinflaschen lagerten dekorativ in kleinen Eisenregalen oder standen, von feinem Staub bedeckt, auf den runden Probiertischen, daneben Weinranken, Bilder, Korkenzieher, kleine Tabletts mit Gläsern, eine Bacchusfigur und völlig unpassend das römische Weinschiff von der Mosel. Das hier natürlich nichts zu suchen hatte, was aber die meisten nicht wussten.

Regina verabschiedete den Kunden, einen Japaner, der stolz einen Träger mit sechs Weinen herauswuchtete – Jean warf einen neugierigen Blick auf seinen Schatz: ein halbtrockener Dornfelder von 1999, nun ja. Halbtrocken!

»Grüß dich, Jean. Du siehst gut aus.« Regina reichte ihrem Mann eine trockene Hand. Sie wies freundlich in den Hintergrund, wo sich die kleine Tür zu der Schatzkammer, einem kühlen dunklen Raum, öffnete, der ohne jeglichen Schnickschnack eingerichtet war.

Hier fanden sich die wahren Kenner ein, um die wahren Weine anzusehen. Ein Verkosten war bei einmaligen Tropfen oder bei beinahe historischem Gewächs oft nicht möglich. Da musste der Glaube an den Jahrgang, das Anbaugebiet und die Beerensorte sowie der gute Name des Hauses Meckenburger reichen.

Jeans Blick überflog liebevoll die Glasvitrinen, in denen ein ausgeklügeltes Klimasystem für dem Alter und dem Status des Weines angepasste Temperaturen sowie Lichtverhältnisse sorgte. Es gab da dieses neue Verfahren aus Italien, das die Situation in einem tausend Jahre alten Klosterkeller simulierte. Öffnete man die Vitrine, schien es, als atme man feuchte, kühle, ein wenig dumpf-muffige Steinluft.

Die Weine lagen je nach ihrem Bedürfnis waagerecht oder halb stehend, und einige wurden mit einer Lampe angestrahlt, die entfernt an die Beleuchtung in einem Brutkasten erinnerte. Bei anderen gab es kein schädliches Licht, sondern eine spezielle Taschenlampe wurde kurz – elektronisch gesteuert – auf das verwitterte Etikett gerichtet, um gerade nur die Jahreszahl aufschimmern zu lassen. »Die Burgunder Spätlese von 1972 ist weg?«

Regina nickte mit verhaltenem Stolz. »Ja, ein Frankfurter Banker. Ich zeige dir nachher die Belege, oder möchtest du sie gleich …?«

»Nein, nein, lass uns nach hinten gehen. Ich … ich habe jemanden mitgebracht, und wir hätten etwas zu besprechen.« Jean räusperte sich. Regina war stattlich, ein wenig knochig mit einem intelligenten und aufmerksamen Gesicht. Früher war sie ganz hübsch gewesen, jetzt war sie interessant. Vor zwei Jahren hatte man ihren Fünfzigsten gefeiert, und man sah es ihr an. Sie gehörte nicht zu den Frauen, die jünger aussehen, und sie wollte es auch nicht.

»Gut. Gehen wir nach hinten. Ich habe eine Kleinigkeit zum Essen vorbereitet. Du, ihr werdet hungrig sein.«

In einem weiteren Nebenraum im hinteren Teil des Antiquitätenladens befand sich eine Art kleiner Gastraum, an den eine Küche angegliedert war. Von Zeit zu Zeit wurden hier winzige Köstlichkeiten serviert, um den Charakter eines bestimmten Weines herauszustreichen. Fast immer endeten diese Diners mit einem Kauf. Erst letztes Wochenende konnte Regina hier eine Gruppe aus München von den Vorzügen des Barriqueausbaus überzeugen.

»Kleine Eichenfässer, meine Herren, nur 225 Liter Volumen.«

Die Herren hatten beeindruckt genickt. Kleine Fässer waren immer gut. Schließlich war das hier keine Bierschwemme. Hier lagerte man kultiviert.

Jean schlenderte so unbeteiligt wie möglich zum Auto, bat eine sich verunsichert auf die Lippen beißende Betty aus dem Wagen.

Regina trat vor den Laden.

Man musterte sich und reichte sich die Hand.

Wenn ein Lächeln um Reginas Mund spielte, so zeigte sie es nicht.

Jean widerstand der Versuchung, Betty mit der Hand auf dem wohlgerundeten Hinterteil voranzuschieben. Er räusperte sich. »Geh schon vor, Betty, und nimm in der Gaststube Platz. Regina, würdest du ihr bitte zeigen ... Ich hole in der Zwischenzeit etwas aus dem Wagen. Etwas für dich ...«

Regina nickte unbewegt. Ihre Augen wanderten rasch über ihre Nachfolgerin. »Guten Tag. Kommen Sie weiter. Dahinten ist der Gastraum. Nehmen Sie Platz. Wir kommen gleich. Ein Aperitif?«

»Könnte ich ein Cola haben?«

»Ein Cola?« Regina ließ sich nicht anmerken, ob ihr der Atem stockte oder nicht. »Wir haben Lachscanapés und halbwarme Mangold-Käsetörtchen sowie Rucola-Salat mit schwarzen Tomaten!«

Betty zuckte bei jedem Gericht zusammen, als habe man sie geschlagen.

»Dann Mineralwasser, bitte!«

»Kommt sofort!« Regina ging in die Küche. Dort fand sie den Mann vor, mit dem sie seit siebenundzwanzig Jahren verheiratet war. Unbewegt lief sie zum Schrank, holte ein Glas heraus und goss Mineralwasser ein.

»Und?«, fragte sie ruhig.

Jean fingerte etwas nervös seinen Spezialkoffer hervor, in dem *er* war. »Regina, bitte nimm das nicht persönlich. Sie ...

sie ist anders als du jetzt ... es ist einfach passiert ... da sind Dinge ...«

»Ich kann sie mir vorstellen, diese Dinge«, erwiderte Regina immer noch ruhig. »Es ist gut, Jean, machen wir kein Drama draus. Wir werden nächste Woche Rechtsanwalt Treiber anrufen und den Steuerberater. Ich denke, es ist in Ordnung, wenn ich den Laden behalte?«

»Ja!« Jean fühlte, wie ihm ein Stein vom Herzen fiel. »Du bist wirklich eine tolle Frau. Und deshalb habe ich auch etwas für dich. Zur Hochzeit habe ich dir damals den Platinring geschenkt, heute habe ich etwas Vergleichbares – und das wird für dich alles aufwiegen.«

Regina hob die Augenbrauen.

»Wir beide haben lange danach gesucht«, sagte Jean feierlich. »Jetzt haben wir ihn. Frage mich bitte nicht, wie ich ihn bekommen habe. Nimm ihn als Zeichen meiner ewigen Wertschätzung und unserer seelischen Verbundenheit, auch wenn unsere Körper ...« Hier räusperte er sich, »andere Wege gehen!«

Regina lächelte warm. Doch als sie ihn sah, da stockte ihr beinahe der Atem.

De Gaulle und Adenauer. Sie hatten sich 1963 getroffen – ein heimliches, ein inoffizielles Treffen. In einem versteckt liegenden Schlossgut in der Pfalz. Nähe Dürkheim.

Und dort hatten sie ihn getrunken: den Eiswein des Jahres 1959. Den einmaligen Wein. Die allerbeste Lage der Pfalz: Forster Kirchenstück. Die Rarität. Ein Monument der Völkerverständigung. Ein Schatz für jedes Weinantiquariat.

»Der De-Gaulle-Eiswein von 1959!«, sagte sie andächtig. »Riesling von feinstem, scharf geschliffenem Aroma. In den Morgenstunden des 10. Januar gelesen. Perfektes Mostgewicht. Die charakteristische elegante Säurenote seiner Lage. Nur noch zwei Flaschen blieben übrig; die zweite hat Jacques Chirac mit Kanzler Gerhard Schröder getrunken. Es gab Flusskrebse mit Pfifferlingen. Man weiß daher auch, dass der Wein nicht gelitten hat ...«

»Du sagst es. Und diesen Wein schenke ich dir!«

Regina ging auf ihren Mann zu. Hauchte ihm einen kleinen, fast unspürbaren Kuss auf die seit Neuestem duftende Wange. »Danke!«, sagte sie nur.

Beide trennten sich, als hätten sie etwas Verbotenes getan.

»Komm, lass uns essen. Der erste Gang steht schon auf dem Tisch. Ich muss nur noch den Salat anrichten.«

Gemeinsam gingen sie in den kleinen Gastraum. Beinahe wieder wie ein Paar.

»Entschuldige bitte, Betty«, sagte Jean, trat hinter Betty und legte ihr in einer besitzergreifenden Geste die Hand auf die Schultern. »Wir hatten etwas zu besprechen. Ich lasse euch zwei Frauen kurz allein. Hab noch ein paar Sachen im Auto!«

»Geschafft, alter Junge«, dachte er nicht ohne Stolz, als er nach draußen ging. »Es hat eine Stange Geld gekostet, aber wenn man die Weiber richtig nimmt, dann kommt man schon ganz gut durchs Leben!«

Drinnen musterten sich Regina und Betty kurz und schweigend.

»Es tut mir leid«, sagte Betty beinahe kindlich. »Aber er sagt, es ist schon lange nur noch Freundschaft zwischen Ihnen!«

»Da hat er Recht«, lächelte Regina. »Reine Freundschaft! Kommen Sie ... probieren Sie die Lachscanapés. Ich muss rasch in die Küche, den Salat machen.«

»Kann ich helfen?«, piepste Betty. Die Frau war ja ganz cool, aber sie traute ihr trotzdem nicht recht. Sie hatte einmal eine Kundin gehabt, die dieser Regina glich. Stundenlang hatte Betty sie wegen einer neuen Pflegeserie beraten, und hinterher hatte sie nichts gekauft, sondern sich bei der Chefin beschwert, Betty habe sie zugelabert!

»Ja, wenn Sie möchten. Kochen Sie gerne?«

»Es geht so«, erwiderte Betty muffig.

Sie folgte Regina in die kleine Küche und wollte zeigen, dass sie sich nicht vor einfacher Arbeit scheute. Überall standen Weinflaschen herum. Natürlich. Die war genauso besessen von dem Zeug wie Jean.

»Soll ich den Salat putzen?«

»Ach, nein, das ist so mühsam bei den feinen Rucolablättern. Nein, machen Sie doch schon den Wein auf. Ich denke, mittags trinken wir lieber Schorle, sonst wird man so müde!«

»Den da?«, fragte Betty ein wenig unsicher und wies auf die kleine Flasche auf dem Tisch.

»Ja, den da«, sagte Regina. »Aber probieren Sie erst, ob er gut ist, die Flasche ist ein wenig staubig – die Serviette – ja, schon besser, und dann füllen Sie ihn in diese Karaffe. Gießen Sie einfach nur kaltes Wasser dazu, das mag Jean am liebsten!«

Betty hatte Jean zwar bisher noch niemals Schorle trinken sehen, aber Regina war seine Ehefrau, sie musste es besser wissen.

Schweigend arbeiteten und werkelten die beiden Frauen, bis sie Jeans Schritte und ein fröhliches Pfeifen aus dem Gastraum hörten.

»Tragen wir auf!«, schlug Regina heiter vor.

»Gerne.«

Jean betrachtete den geschmackvoll rustikal gedeckten Tisch mit Behagen. Ah, da kam der Rucolasalat mit altem geriebenem Parmesan, gewiss von diesem Bauern im Périgord, wo sie auch immer das Trüffelöl ... na ja. Wohlwollend wanderte sein Blick zu Bettys appetitlichen Formen, die sich über ihn beugten, als sie die Karaffe mit dem Wasser vor ihn stellte.

Regina legte das Besteck auf den Tisch, man setzte sich, stand dann wieder auf, Betty schenkte allen ein – Schorle in Wassergläser.

Jean wollte etwas dazu anmerken, doch dann dachte er gerührt, dass er lieber nichts sagte. Betty gab sich wirklich Mühe, in dieser schwierigen Situation zurechtzukommen. Alle drei hoben die Gläser, ein Sonnenstrahl bahnte sich seinen Weg durch das kleine efeubewachsene Fensterchen.

»Auf die Zukunft!«, sagte Jean.

»Genau!«

»Auch!«, piepste Betty.

Man trank.

Regina lächelte.

Betty trank noch einen Schluck. Brrr. Süß. Verdünntes Zuckerwasser!

Jean trank auch, einen kleinen Schluck, einen zweiten. Der Atem stockte ihm. Er ließ den dritten Schluck im Gaumen rollen, gurgelte. Erneut. Zog ihn zwischen die Zähne, auf die Zungenspitze, dann bis zum Oberkiefer. Betty beobachtete ihn mit einem gewissen Widerwillen.

»Was – ist – das?«, fragte er.

Regina hob die Augen.

»Wie meinst du das, lieber Jean? Betty hat sicher irgendeinen von den einfachen Weißweinen, die in der Küche herumstehen, aufgemacht. Die Kochweine, weißt du. Sie trinkt lieber Schorle ...«

Jean erhob sich langsam und schwer.

»Komm – mit – in – die – Küche, Betty!«, sagte er.

»Was ist los?«, kreischte Betty und schüttelte seine schwere Hand ab. »Du immer mit deinem verdammten Weinfimmel. Einer ist doch wie der andere, und das ist doch sowieso nur eine blöde Schorle!«

Die Küchentür schlug zu. Eine Sekunde verstrich.

»Nein!«, schrie Jean. »Hast du etwa ...? Ja?« Regina hörte im Gastraum ganz deutlich, wie Betty beinahe trotzig »Ja, und?« antwortete. Dann ein weiterer Schrei aus der verwöhnten Kehle ihres Mannes: »Weißt du überhaupt, was du da zerstört hast?« Dann unterdrückte Worte. Und Bettys Antwort. Regina schmunzelte.

»Leck mich doch am Arsch mit deinem Gesöff. Und das da war sowieso ganz alt, guck mal genau, da, irgendwas mit 50 ... wahrscheinlich längst abgelaufen ...« Ein Klirren.

Bettys Worte endeten in einem erstickten Schrei, der sich in ein Gurgeln verwandelte und schließlich erstarb.

Regina, drin in der Gaststube, lächelte und pickte sich ein Stück Parmesan aus dem Rucola.

Sie würde den Laden weiterführen, während Jean im Gefängnis saß. Und wenn er herauskam, würden sie ein richtiges gutes Glas alten Spätburgunder trinken!

Juliane Göttinger

Ein Rothschild zu viel

Drohend schwang er seine Hippe,
Drohend sprach das Furchtgerippe:
Fort, du treuer Bacchusknecht!
Fort, du hast genug gezecht!

Lieber Tod, sprach ich mit Tränen,
Solltest du nach mir dich sehnen?
Sieh, da stehet Wein für dich!
Lieber Tod, verschone mich!
(Lessing)

Wie erstarrt steht Schwester Gertrud in der Blutlache. An Blut als solches ist sie seit Jahren gewöhnt, schließlich arbeitet sie in einem Krankenhaus. Aber für gewöhnlich suhlen sich nicht zwei ältere Herren darin, die beim Abendessen noch sauber und annähernd lebendig in ihren frisch bezogenen Betten gelegen haben.

»Weinflaschen und zwei Tote auf Zimmer 108.«

Dass sie ausgerechnet jetzt dem pedantischen Oberarzt in die Arme laufen muss, passt so gar nicht in ihren Plan. Im Laufschritt schließt sie die letzten drei Knöpfe ihrer Tracht. Erst gestern hat sie eingehend den Dienstplan studiert und – zwar mit Hintergedanken, aber freiwillig – die Wochenendschicht übernommen.

»Schwester Gertrud, hauchen Sie mich bitte an. Waren Sie schon wieder am Medizinschränkchen?«

Wolfgang Wolschewski schiebt den Einkaufswagen wehmütig durch die Gänge. Schon wieder alles umgeräumt, denkt er traurig. Noch vor zwei Jahren gab es die nette Bäckereifachverkäuferin, die ihm kurz vor Ladenschluss das Brot für den halben Preis über die Theke reichte, jetzt gibt es Plastikzangen zum Brötchenangeln. Die Pfandflaschen wurden von einem netten jungen Mann gleich in Bargeld umgewandelt, heute nimmt der silberne Automat weder Wolfgangs Leergut an, noch spuckt er ein paar Münzen aus.

»Aber junger Mann! Der Automat kann doch nichts dafür. Die Flaschen in Ihrer Hand gehören in den gelben Sack.« Die alte Frau schaut keck nach oben und zeigt ein strahlend weißes Gebiss.

Wolle starrt auf blaue Pudellocken herunter. »Sie hatten wohl noch keinen Schlaganfall?«

»Aber junger Mann! Frage ich Sie, ob Sie unter Schweißfüßen leiden? Einen guten Tag noch.«

Die Supermarktbeschallung drückt mächtig auf seine Tränendrüse. »Der kleine Kevin sucht seine Mutter.« Ständig gehen irgendwelche Blagen verloren. Hätte sich seine senile Mutter auf die Funktion ihrer Gehirnarterie konzentriert, wäre er heute und auch in den kommenden Wochen mit Sicherheit nicht vor die Tür gegangen. Im Gegenteil. Seine Mutter hätte ihm den Eintopf per Zimmerservice serviert und auch nicht das Anklopfen vergessen. Er würde nicht durch die Gänge schleichen und nach Babynahrung Ausschau halten, sich keinen wehmütigen Gedanken über seine letzte Behausung im Knast Duisburg Hamborn, Goethestraße, machen.

Wolle fühlt sich von jedem angeglotzt. Kein Wunder. Mitten im Juli hat er die Hautfarbe eines scheintoten Eskimos.

Alles Übel fing ganz harmlos an. Der Sturz von einem Dach hatte ihn vom Dachdeckermeister zum Frührentner degradiert. Nach Krankenhaus und Kur begann sein zweites Leben. Er schwor dem Dosenbier mit Pfandaufschlag ab. Viel Freizeit und ein Büchereiausweis für Rentner ließen ihn über jede Menge Bücher stolpern, aber eines davon veränderte alles. Das Buch »Denkmäler und Zeugnisse zur Geschichte von Weinanbau, Weinhandel, Weingenuss« gab ihm neue Lebensziele. Er verkostete, was es zu verkosten gab. Auf der schier unendlichen Jagd nach den teuersten Rebensäften versoff er alles. Seine Rente, Muttis Sparbücher und sogar seinen Computer. Danach wurde er kriminell und schlitterte nicht ganz unschuldig in einen Gerichtssaal. Seine Demut vor Justitia und der gutgläubigen Richterin brachte ihm eine Bewährungsstrafe ein. Auf dem Weg in die Freiheit lief er zum ersten Mal Günter Kunkel in die Arme, und der hatte eine Idee und einen guten Rotwein. Wolle verschob den Vorsatz, den Anonymen Alkoholikern einen Besuch abzustatten.

Seine Gedanken kehren in die Gegenwart zurück. Aus der Haft entlassen, hat er seine kranke Mutter am Hals. Seit dem zweiten apoplektischen Insult liegt sie nutzlos im Bett und kann sich noch nicht einmal mehr umdrehen. Die Chance auf pflegende Unterstützung oder gar einen Heimplatz hat er verflüssigt.

Vor dem Regal für Kleinkindernahrung nimmt Wolschewskis Nase Witterung auf. Wie ein Jagdhund, der Wild aufstöbert, gelangt er in die Weinabteilung. Die krächzende Stimme aus dem Lautsprecher unterbricht erneut das gewollt herbeigeführte Freisetzen kauflustiger Energie, übersetzt die Kaufhausmusik: »Verzweifelte Mutter sucht ihren Kevin.«

»Der Günni. Du kriegst die Tür nicht zu.«

Günter Kunkel bekommt einen Schlag in den Kleiderschrankrücken, der ihn zum Straucheln bringt. Er kann sich soeben noch fangen und dem floristisch gekonnt dekorierten Tisch ausweichen. Den rubinroten Inhalt seines Glases kann er allerdings nicht mehr retten. Der ergießt sich in den feschen Ausschnitt der Wasserstoffblonden, mit der er soeben auf Tuchfühlung gehen wollte. Der Schock lässt Günters Doppelkinn gefährlich zittern und ihn reflexartig zu den bereitgestellten Kräckern greifen.

»Wie is?«, ertönt Wolschewskis Stimme.

Günter Kunkel würgt an den Krümeln, greift sich ein neues Glas und leert es in einem Zug. »Muss – und selbst? Wieder im Lande? Hatte dich noch gar nicht erwartet.«

Anstatt seinem Kumpel eine Antwort zu geben, dreht Wolle eine Runde um Tisch und Dame, ehe er sich ein Glas Rheingauer greift. »Etwas blass. Rotweine sollten in ihrer Jugend eine kräftige rote Farbe haben. Sie können sogar ins Rotviolett hineinspielen. Der Wein ist zu blass. Ein deutscher, der zu wenig Sonne hatte.«

»So wie du«, erdreistet sich die Bekleckerte mit dem Silikonbusen zu sagen, bevor sie erneut ihre Botoxlippen schmollmundig zurechtrückt und nach der versteckten Kamera sucht.

Wolle achtet selten auf Frauen. Im Alter riechen sie schlecht, legen sich ins Bett und stehen nicht mehr auf. Noch nicht einmal, um auf die Toilette zu gehen. Er begutachtet noch eine Weile die Farbe, bevor er seine zu groß geratenen Nasenflügel aufbläht. »Spülmittelreste. Eindeutig.« Seine kurzen beschleunigten Atemstöße, für mehr Luft in der Riechschleimhaut, lassen die Gefärbte einen Schritt zurücktaumeln.

»Und so etwas nennt sich Weinprobe. Anfänger!«, wettert Wolfgang, während sein Kumpel vom Ort des Geschehens flieht.

»Das war gar nicht nett von dir. Kein einziges Mal hast du mich in Hamborn besucht.« Wolle Wolschewski überkommt eine Welle von Selbstmitleid. Unbeholfen, in einem abgetragenen Trenchcoat seiner Mutter, stolpert er hinter seinem Freund her. Keiner der wenigen Passanten, die ihnen in der Dinslakener Einkaufsstraße entgegenkommen, achtet auf den schwitzenden Dicken und den Hageren, eine Parodie Helge Schneiders, im Damenmantel.

»Nimm endlich die Knarre aus meinem Rücken. Vollidiot.«

»Wen meinst du jetzt? Etwa mich?«, Wolfgang drückt seine vermeintliche Waffe noch etwas tiefer in Günters Fettgewebe. Unverständliche Grunzlaute bleiben zwischen massigen Schultern und dem Weg ans Tageslicht stecken.

Wolle will gar nicht verstehen, er will jetzt auch beleidigend werden. Das braucht sein Selbstwertgefühl.

»Hackfresse! Du entwickelst dich langsam zu einem fetten Fleischklops und …« Wolschewski nimmt den bohrenden Zeigefinger aus der weichen Masse. Wie ein Westernheld streckt er ihn senkrecht in die Höhe und pustet Speichelnebel in Günters Richtung. »... wer hier der Vollidiot ist, wird sich noch herausstellen.«

»Ich bring dich um. Das verspreche ich dir.«

In Günter Kunkels Altbauwohnung angekommen, sieht sich sein Freund erst einmal interessiert um. Der hat es zu was gebracht. Gehobene Ausstattung. Designermöbel für etwas besser Verdienende mit gewissen Ansprüchen kennt Wolle aus »Schöner Leben«, der Lieblingslektüre seiner Mutter, als sie noch den rechten Zeigefinger mit Speichel befeuchten und danach die Seite umblättern konnte. Was heute nicht mehr geht und völlig sinnlos ist, weil sie nur noch an die Zimmerdecke starrt.

Der helle Teppich nimmt seine Schuhe fast ganz in sich auf.

»Verdammte Scheiße. Zieh die Schuhe aus«, brüllt Günni.

»Was sagst du?« Ungeniert nimmt Wolle Platz und streicht über den Stoffbezug. »Ich will mein Geld. Verstehst du? Mein Geld.«

»Jetzt mach mal keine Hektik. Begrüßungsschluck? Ich kann dir einen guten Tropfen anbieten. Garantiert echt.«

»Ich habe für dich gesessen, weil du so ein schlechter Panscher bist. Wir machen das große Geld, hast du gesagt. Ich hab Ahnung, meintest du. Ich lach mich heute noch kaputt über diesen Witz. Dreihundert Flaschen Château Margaux des legendären Jahrgangs 1900. Du hast dafür den billigsten Rotwein von Aldi genommen. Einen italienischen.«

Wolschewski nimmt den edlen Korkenzieher, der auf dem geputzten Glastisch liegt, in die Hand und malt damit Muster auf den Sofastoff. Er muss nicht allzu lange über den Vorschlag nachdenken. Einen guten Schluck Wein könnte er schon vertragen. Nur nicht von dem Gepanschten. Das würde er sofort herausschmecken und müsste sich übergeben. Für diese Kleinigkeit hat er schließlich gesessen. Das gäbe Krieg, und Günni würde das nicht überleben.

»Lass das. Lass das sofort. Guck ma, watte anrichtest. Wenn dat meine Olle spitzkricht. Ich bring dich um!« Vor Wut vergisst Günni Kunkel seine Hochschulbildung und fällt kurzzeitig zurück in seine Kindheit und in ein reines Ruhrdeutsch.

»Das sagtest du bereits.«

»Das ist ein Château-Laguiole-Sommeliermesser. Der Griff ist aus dem dunklen Horn der Auvergne-Rinder geschnitzt. Das kostet über hundert Euro.«

Der reißende Stoff lässt Kunkel zusammenzucken und augenblicklich verstummen. Seine Schweinsaugen vergrößern sich und nehmen die Größe von Espressotassen an. Schweißperlen sammeln sich auf seiner Stirn.

»Mir scheint, dafür hast du am Polster gespart.«

Günni hebt entschuldigend die Hände in die Höhe. »Meine Olle. Ich habe ihr gleich gesagt, dass das Zeug nichts taugt«, versucht der Dicke die Situation zu entschärfen. Er darf den Schmalen jetzt auf keinen Fall verärgern.

»Ich will Knete. Zaster. Wir fahren jetzt sofort zu deiner Bank. Danach bist du mich los.«

»Warte. Nicht so schnell.« Wie konnte er dem Exsträfling, ohne sein Gesicht zu verlieren, beibringen, dass er keine Kontovollmacht besaß?

»Ich habe einen echten Château Lafite-Rothschild. Jahrgang 1945. Na? Das sagt dir doch etwas.«

Wolschewski leckt sich über die Lippen und denkt kurz nach. Günnis Vermögen würde sich nicht innerhalb einer Stunde in Luft auflösen. Es sei denn, irgendein Idiot käme auf die Idee, einen kleinen Banküberfall zu tätigen. Viel zu heiß für Strumpfmaske und Handschuhe. Also, eher unwahrscheinlich. Geringes Risiko. Außerdem schien der einzige Idiot in diesem Kaff gerade in den Keller zu gehen und einen Rotwein ans Tageslicht zu befördern, der in der heutigen Zeit nur noch in elektrischen Weinklimaschränken, erschütterungsfrei und mit ausreichender Luftfeuchte gelagert wurde. Wolle rollt mit der Zunge und spürt den Geschmack von fruchtigen Aromen wie Cassis und Kirschkonfitüre im Mund. Der Duft nach Zedernholz und Grafit raubt ihm fast die Sinne.

»Und deine Olle?« Er starrt dabei wie hypnotisiert auf das Etikett.

»Is bei Muttern in Gelsenkirchen.«

»Das ganze Leben wäre anders gelaufen«, lallt Wolfgang Wolschewski. »Die Chips sind Gift fürs Bouquet. Viel zu scharf gewürzt. Wie soll ich da den Wein verkosten? Wo war ich stehen geblieben? Ja, jetzt weiß ich wieder. Mein Leben verlief in geordneten Bahnen, bis du wieder aufgetaucht bist. Sogar meine Mutter hat bei deinem Anblick einen Schlaganfall bekommen. Den ersten. Auch den zweiten hast du verschuldet, und jetzt liegt sie da mit üblem Körpergeruch und ohne Zähne.«

Günni schüttet das großvolumige Glas zum dritten Mal großzügig voll. Wenn sein Kumpel so weitersäuft, muss er noch einen anderen Wein aus dem Keller holen.

»Jetzt kann er nicht mehr atmen.«

»Wie? Wer?«

»Du Dünnbrettbohrer. Halbvoll. Immer nur halbvoll. Sonst geht die Aroma-Vielfalt flöten. Meine kranke Mutter. Die ist zum Beispiel halbleer im Kopf. Und im Körper auch.«

»Pessimist warst du schon immer. Was habe ich mit deiner kranken Mutter am Hut? Hättest du nicht unter diesen strengen Bewährungsauflagen gestanden, hättest du für mich auch nicht hinter Gitter gemusst.«

Wolle guckt irritiert. Da könnte ein Fünkchen Wahrheit dran sein. »Das tut jetzt nichts zur Sache. Ich muss meine Mutter aus dem Haus haben. Also fahren wir jetzt zur Bank. Fahren wir jetzt?« Wolschewski wird weinerlich. Der Wein ist ihm zu Kopf gestiegen. »Ich will das Geld nicht für mich. Nur, ich bring sie um, wenn sie nicht verschwindet. In ein Heim. Ich tauge nicht zum Pfleger. Hörst du? Ich kann das nicht.«

»Pst. Wenn sie dich sieht, kriegt sie den dritten Schlag. Und den überlebt sie bestimmt nicht.«

»Wie? Ich denk, du willst sie loswerden? Dann brauchen wir uns gar nicht die Finger schmutzig zu machen.«

»Du machst dir die Finger dreckig.« Wolle tippt mehrmals mit dem Finger in Günnis Brust. Er wiegt den Château Jahrgang 1945 wie einen Säugling im Arm. »Die letzte Flasche, die ich von dem edlen Getränk habe. Hat meine Olle von ihrer Großmutter väterlicherseits geerbt. Die hat bei den Rothschilds geputzt«, so hatte Kunkel geflüstert und ihn unsanft aus der Altbauwohnung geschoben.

Kunkel grinst vor sich hin. Tolle Geschichten kann er erzählen. Vielleicht sollte er einen Roman verfassen. Was andere können, kann er schon lange. Er ist ein Allroundgenie. Die gefälschten Etiketten sind von den Originalen kaum zu unterscheiden.

»Du und kein anderer macht sich die Flossen dreckig. Hätte der Automat nicht deine Karte eingezogen, wärst du gar nicht in der prakieren, äh, prekaren, prekuren, egal, Situation hier.«

Günni hat seine Schuhe im Flur ausgezogen und nebeneinander auf die Fußmatte gestellt. Reine Erziehungssache. Wolschewski schwankt so, dass er sich an dem Telefontischchen aus Sperrholz mit Eichenfurnier festhalten muss und mitsamt dem darauf platzierten Telefon und dem Parfumflakon zu Boden geht.

»Idiot.« Günni hilft seinem Kumpel zurück auf die wackeligen Füße. »Du stinkst, als kämst du gerade aus einem Etablissement für leichte Damen im gesetzteren Alter.«

»Nicht so laut. Sie darf dich nicht hören. Hauptsache, die Flasche ist nicht zu Bruch gegangen.« Wolle versucht, die Hand auf Günnis Mund zu legen, trifft aber nur die Nase.

»Mann, ist der vollsteif«, entfährt es dem Dicken, und in ihm reift die Idee, seinen Kumpel lebenslänglich loszuwerden. Unbemerkt steckt er sich eine besonders spitze Glasscherbe in die Jackentasche.

»Das Schlimmste ist, dat se nicht schläft.«

Günni und Herbert stehen vor dem Bett im Schlafzimmer. Was da in den Kissen liegt, kann man keinem Geschlecht mehr zuordnen. Hermine Wolschewski könnte genauso gut Herbert Wolschewski sein. Sie hat aber auch eine gewisse Ähnlichkeit mit einem toten Schimpansen.

»Bist du völlig sicher, dass es sich hier um deine Mutter handelt?«

»Sie hat ihr Gebiss versetzt. Vielleicht sieht sie deshalb anders aus«, versucht Wolschewski, seine Mutter zu verteidigen.

»Also, wie abgesprochen. Ich nehme jetzt eine Schlaftablette mit einem guten Tropfen Wein. Du drückst ihr das Kissen auf den Kopf. Und wenn ich aufwache, ist sie tot! Und vergiss nicht, das Kissen wieder zurück unter ihren Kopf zu schieben. Hast du verstanden? Wenn nicht, reiße ich dir deinen fetten Arsch auf!«

»Ey, Wolschewski, mach mich nicht dat Hemd am flattern. Kennze den noch? Antek und Frantek ...« Weiter kommt Günni nicht.

Als Wolles Schnarchgeräusche im gleichmäßigen Rhythmus ertönen, nimmt er die Glasscherbe aus seiner Tasche und rammt sie der alten Frau in den Hals. Dieser Dünnbrettbohrer Wolschewski riecht wie eine ganze Parfümfabrik, und die Beweislage ist eindeutig. Er liefert der Kripo Duisburg den Mörder frei Haus. Günter Kunkel kann kein Blut sehen und läuft für seine Fettmassen recht flink aus der Wohnung.

»Wolle?« Günter Kunkel glaubt an eine Fata Morgana, als er nach dreistündiger Operation aus dem Aufwachsaal in sein Zimmer geschoben wird. Was hat der hier zu suchen? Der kann in drei Jahren unmöglich einen Mord abgesessen haben.

»Günni! Wie is?«

»Muss – und selbst?«, nuschelt der Gefragte matt.

»Ach, wie nett. Die Herren kennen sich?«, flötet Schwester Gertrud. Ihre Gummisohlen machen quietschende Geräusche auf dem blanken Linoleum, als sie an Wolles Bett geht, sich herunterbeugt und flüstert: »Herr Wolschewski, auf Sie ist doch Verlass. Wenn der Monitor eine Linie zeigt, drücken Sie bitte sofort das Knöpfchen an Ihrem Bettchen. Dann müssen wir Ihren Nachbarn zurück auf die Erde holen. Schlechte Werte und der Blutdruck viel zu hoch. Fettleber. Verstehen Sie? Und Sie machen mir auch keinen Unsinn. Denken Sie an Ihr armes Herzchen. Da müssen wir erst ein kleines Bypässchen legen.« Drohend hebt sie den Zeigefinger, bevor sie die beiden Männer allein lässt und sich auf ein halbes Hähnchen mit Pommes freut. Pfeifend verschwindet sie in Richtung Schwesternzimmer. Hoffentlich hat die Schwesternschülerin sich beeilt. In einer knappen Stunde ist es so weit. Visite mit ihrem Lieblingsarzt. Der kurze Abstecher mit ihm in die Wäschekammer ist zu einem netten Ritual geworden.

»Hallo, mein Dickerchen. Ich habe dir etwas mitgebracht.« Violetta Kunkel hält eine flaschenförmige Bild-Zeitung in sein Blickfeld. »Eine aus deinem Keller. Aber lass dich nicht von der Schwester erwischen. Vielleicht bietest du deinem neuen Zimmernachbarn ein Schlückchen an. Gell, Sie mögen doch bestimmt ein Gläschen Traubensaft mit ein wenig Prozent? Soll ich schon mal die Zahnputzbecher spülen? Weißt du, Dickerchen, ich bin in der Stadt verabredet. Macht es euch gemütlich. Tschüssi.«

»Jetzt hat sie vergessen, die Gläser zu spülen.« Wolschewski krabbelt aus seinem Bett und geht zum Waschbecken.

Als er die Flasche aus der blutigen Schlagzeile des heutigen Tages wickelt, bleibt sein Blick wie versteinert am Flaschenbauch hängen. Ein Rothschild Jahrgang 1945. Nach ein paar Sekunden sieht er, dass das Etikett angefangen hat, sich am oberen Rand zu lösen. Vorsicht zieht er daran und traut seinen Augen kaum. Dieser Mann im Nebenbett ist nicht nur ein miserabler Weinpanscher, sondern auch ein grottenschlechter Etikettenschwindler.

Einen hundsgemeinen Muttermord wollte Günni ihm anhängen. Ihm, seinem treuen Kollegen. Da kann er sogar noch drüber hinwegsehen. Geschenkt. Aber das! Schon wieder hat Günni ihm einen Billigwein als Rothschild untergejubelt. Was zu viel ist, ist zu viel. Auch für einen Wolfgang Wolschewski.

»Ich bring dich um!«, hört Günter Kunkel. Es sind die letzten elektrischen Impulse seines Hörorgans, die zum Gehirn weitergeleitet werden, bevor er langsam durch den Tunnel schlendert.

»Das ist mein Spruch, du Idiot!« Günni blickt sich kurz um und sieht, wie Wolle ihm heftig winkend folgt.

Monika Geier

Papageienkrallen in Perlenwein

Es regnete. Der Niederschlag war kalt und lähmend, doch er hatte auch etwas Beiläufiges, das ihn erträglicher machte, wie eine schlechte, aber alte Ehe. Ich war soeben in Bremerhaven aus dem Bus gestiegen. Für mich hätte es allerdings jede Stadt und jeder Hafen sein können, und auch jedes Schiff. Eine Zeitlang beobachtete ich still die Hektik, mit der das Gepäck aus dem Bauch unseres Reisebusses geholt wurde. Als meine Taschen dran waren, schob mich die Menge gereizt nach vorn, damit ich ihre Eile teilte. Dann checkte ich ein, gab alle Lasten ab und wurde endlich in meinem alten Wintermantel auf die feuchte Gangway gelassen. Ein Windstoß, ein paar Tropfen, das Blitzlicht eines Fotografen – und ich war drauf auf der »Fernando de Magallanes«.

Drin bestand die Welt aus herzlichen blonden Menschen und viel Teppich. Es war eine niedrige, dunkle Welt, Höhlen und Gänge mit glitzernden Lampen, trockener Luft und kostbarer Auslegware, die sich nicht nur über den Boden, sondern auch über die Wände zog, was den Eindruck bewirkte, man sei in etwas eingetaucht. Meine Kabine, zu der ich von einem Steward geleitet wurde, lag weit oben, auf einem höheren Deck, und auf dem Weg dorthin nahm der Luxus stetig zu. Das Muster auf den Teppichen änderte sich und wurde komplizierter, schließlich konnte man durch matte Glaseinsätze an den Holztüren wieder natürliches Licht sehen. Meine Unterkunft war eine Suite. Die Goya-Suite. Oder, was den Tatsachen vielleicht näher kommt: die Staubfex-Suite.

Es regnete weiter von Bremerhaven bis zu den Orkney-Inseln, und die drei Tage, die das dauerte, verbrachte ich in einer Art

Dämmerzustand. Ich machte einen Ausflug nach Edinburgh, nahm an einer Rettungsübung teil, drückte dem Kapitän die Hand, plauderte abends mit meinen Tischnachbarn und kümmerte mich ein wenig um meine Kabinengenossin, die seekrank im Bett lag, doch in Wahrheit war ich wie erschlagen von dem Meer um uns, von den Geräuschen und Bewegungen des Schiffes, von dieser schwimmenden Anderwelt. Da gab es Spiegelsäle und geschwungene Treppen zum Herabsteigen und uniformierte Stewards für jede erdenkliche Aufgabe, aber man musste auch ständig schwere Stahltüren aufstemmen und hohe Schwellen passieren. Und wenn man früh aufstand, sah man draußen dieselben Männer, die einem nachmittags livriert den Tee servierten, in weißen Arbeitsanzügen die Decks schrubben. Alles hier war flüchtig und wurde nur von der Disziplin der Seeleute zusammengehalten. Beim Abendessen bewegte sich der Wein in den Gläsern, und die Suppe stand schief in den Tellern, und die Opale in der Auslage des Juweliers waren so unwahrscheinlich groß, dass sie nur aus dem Staatsschatz irgendeines kürzlich verarmten Monarchen stammen konnten.

»Sie müssen ein Vermögen wert sein«, sagte der Mann, der eben die breite Treppe heraufgekommen war und nun über meinen Kopf hinweg auf die Auslage blickte. Es war Tag drei an Bord, wir Passagiere hatten soeben einen Ausflug zu den magischen Steinkreisen der Orkneys absolviert und standen nun in Erwartung eines bewegten Abendessens, da die »Fernando« den offenen Atlantik ansteuerte.

»Man fragt sich, ob sie echt sind«, erwiderte ich. »Sie sehen so flittrig aus.«

Der Mann lächelte. Er hatte ein feines Gesicht, fein von der Art, die mir immer schon Unbehagen bereitet hatte, alles war glatt und wohlgerundet und faltenlos, viel zu hübsch also, jede Stoppel war vorbildlich geschnitten, der Kinnbart ein Hauch, der ganze Kerl mager und manikürt von oben bis unten, schwarz gekleidet und wahrscheinlich leichter als ich. »Würde der Juwelier der ›Fernando de Magallanes‹ Talmi in sein Schaufenster legen?«

»Damit kenne ich mich nicht aus«, sagte ich bieder. »Ich bin zum ersten Mal auf einem solchen Schiff.«

»Tatsächlich?« Er betrachtete mich neugierig. »Gestatten Sie, dass ich mich vorstelle? – Johann Strauß.«

Ich verschluckte etwas Intelligentes à la »Wenn überhaupt ist mir Richard lieber« und stellte mich ebenfalls vor. Wenn die Opale echt waren, dann vielleicht auch dieser Name. Irre Eltern gibt es genug auf der Welt. Strauß lächelte mir fein zu.

»Ich habe die Reise gewonnen«, hörte ich mich darauf sagen, obwohl ich genau das eigentlich verschweigen wollte. Denn jeder, der auch nur eine Folge »Love Boat« oder »Traumschiff« gesehen hat, weiß, dass die Gewinner der Preisausschreiben immer die Loser sind. Sie tragen komische Kleider, sprechen Fremdwörter falsch aus und müssen am Ende den minderjährigen blinden Passagier adoptieren. Doch da war etwas im Blick dieses Mannes, das mir mein kleines Geheimnis spielend entlockte. Ein echtes Interesse. Ein Strahlen: Nun hatte er mich gefunden. Aber was immer er mit mir wollte, ich würde ihn enttäuschen. Niemals konnte ich neben dieser Eleganz bestehen. Da war es besser, gleich die Flucht nach vorn anzutreten: »Das Staubfex-Preisausschreiben.«

»Wie klug von Ihnen.«

Ich zuckte die Achseln. »Es war Glück. – Also wirklich, so hässlichen Schmuck habe ich noch nie gesehen.«

»Er ist wertvoll.«

»Umso schlimmer.«

Er lächelte wieder. »Man könnte ja die Fassung ändern lassen. – Oh, der Gong. Abendessen. – Sie haben Ihren Platz wohl im Restaurant ›Granada‹?«

»Woher wissen Sie das?«

»Hat Staubfex Ihnen nicht am Kapitänstisch reserviert? – Ich fürchte, wir müssen uns trennen. Ich speise mit der breiten Masse im ›Sevilla‹. Ich bin nur einer der Werktätigen hier.«

»Was arbeiten Sie denn?«

»Ich gebe Weinseminare. Morgen um zehn in der Pianobar. Kommen Sie?«

»Um zehn Uhr morgens?«

»Die beste Zeit, mit dem Trinken anzufangen.«

Ich wollte es ihm nicht sagen, aber für mich sah Strauß mehr nach Frühstück mit Milch und Müsli aus. Er wirkte nicht wie ein Weintrinker. Cocktails, höchstens. Er hatte etwas Gepflegtes, Sportliches – und Ornamentales. Seine dunkle Hose war mit einem merkwürdigen grauen Muster bedeckt. Spontan hätte ich vermutet, dass er bestimmte Martinis anhand der Olivensorte erkennen konnte. Und stolz darauf war.

»Überlegen Sie es sich«, bat er charmant.

Ich lächelte, dann stolperte ein Uniformierter mit einem Säbel an der Seite an uns vorbei und enthob mich einer Antwort. Dem Admiral – das war er mindestens – flatterte eine dünne Frau in Kanariengelb hinterher und rief schrill: »Ernsti! Du hast deine Pillen vergessen! Denk dran, du bist für dich selbst verantwortlich! Ich hol sie dir nicht!«

Ernsti trug die Verantwortung mit nautischer Würde, aber zu lässig. Er machte nur mit der Schulter eine abweisende Bewegung zurück, dabei klirrte sein Säbel. Etliche Freibeuter und kreolische Schönheiten schlossen sich ihm an. Seine Liebste stampfte mit einem ihrer gelben Tanzschuhe auf und ging die Pillen holen.

»Das sind meine Tischnachbarn«, sagte ich überrascht. »Unglaublich. Ich hätte sie nicht erkannt.«

»Ja, Kostümzwang ist etwas Schreckliches«, sprach Johann Strauß ernst.

»Kostümzwang?« Alarmiert sah ich an mir herab. Ich trug einen Rock, was jeder, der mich länger kannte, als Verkleidung empfinden würde, aber sicher reichte es nicht für das Restaurant »Granada« auf der »Fernando de Magallanes«.

»Sie sehen gar nicht verkleidet aus.« Strauß musterte mich, wieder mit diesem Strahlen in den Augen.

»Ich hab nicht aufs Programm gesehen.«

»Es gibt Piratenschmaus. Papageienkrallen in Perlenwein und so weiter. Da müssen wir ordentlich angezogen sein.«

»Sie sind doch auch nicht verkleidet«, sagte ich.

Johann Strauß nestelte an seinem schwarzen Hemdkragen herum. »Aber ja!«

»Als was denn?«
Er zwinkerte mir zu. »Als Komponist.«

Es gab Meeresfrüchtesuppe und Würstchen mit Kartoffelsalat und Senfsoße, anschließend Schweinefleisch »Tropische Art« mit Reis und gratinierter Ananas und zum Nachtisch unglaublich bunte norwegische Kuchen. Ernsti und seine Frau (Mausi) waren Admiral Horatio Nelson und Lady Emma Hamilton, was bei ihrem Altersunterschied möglicherweise hinkam, doch sonst kann ich mir nicht vorstellen, dass Lord Nelson am Tisch dermaßen schwitzend über seine Schlachten (die Leitung mehrerer Discount-Buchläden) geschimpft hat oder Lady Hamilton jemals etwas so Gelbes, Dünnes und weit Ausgeschnittenes trug, aber die beiden gaben sich Mühe. Und sie waren bei Weitem das schillerndste Paar der Runde. Neben ihnen verblassten die rüstigen Goldhochzeiter (Schiffsjunge und Seeräuber-Jenny) und die alte Dame mit der etwas düster blickenden Enkelin (piratenschwarz) und selbstredend auch ich zu reinen Stichwortgebern. Das beherrschende Thema war der Hochzeitstag von Mausi und Ernsti, den es auf dieser Reise noch, in wenigen Tagen, ach was, Stunden, mit großem Pomp zu feiern galt. Wobei die Frage angemessener Geschenke noch nicht abschließend geklärt war. Hier warf Mausi sich in Positur, reckte die mageren und viel zu wenig verhüllten Brüste weit nach vorn und fragte die Tischgemeinde, ob ihr etwas auffiele. Es war einer dieser Momente, die man nie vergisst. Ich saß still da und wagte keinen offen anzusehen, die alte Dame blickte verständnislos, die Goldhochzeiter indigniert, nur die Enkelin sagte lässig: »Noch keine Implantate?«

Mausi blickte auf ihre Brust, zupfte das Seidenfähnchen etwas darüber und lächelte säuerlich. »Ich bitte Sie!«, rief sie aus. »Wir sprechen hier nicht über das leidige Silikon, was, Ernsti? So etwas brauchen wir nicht. Wir lieben es natürlich.«

Dies wirkte angesichts des üppigen Make-ups der Dame nicht aufrichtig. Ihr Ehemann aber knurrte nur: »Prahl nicht immer so mit deinen Titten. Ist doch wahr.«

»Liebster, sie hat Recht«, erwiderte darauf Mausi und tätschelte der Enkelin quer über den Tisch die Hand, die sofort blitzartig weggezogen wurde. »Sie hat gesagt, es fehlt etwas. Aber was ist das?« Sie rückte ihre Brust noch ein bisschen mehr vor. Man konnte jede kleine Runzel fast bis zum Bauchnabel genau erkennen. »Wirklich, so schwer ist das nicht!«

»Geschmack«, murmelte die Enkelin neben mir. Ich biss mir, so fest ich konnte, auf die Lippen.

»Mausi, lass gut sein«, polterte Ernsti. Ob er es gehört hatte? »Du kriegst deine Opale.«

»Alle?«, war die rasche, harte Frage.

»Du kannst dich damit behängen wie ein Pfingstochse«, sagte Ernsti liebevoll. Und Mausi schwieg klug dazu.

Nach dem Essen stiegen ein Piratenball und mehrere andere Lustbarkeiten von der Art, die man vernünftigerweise schwänzt, wenn man nicht zu viel dafür bezahlt hat. Wie viel ich bezahlt hatte, wusste ich in dem Moment noch nicht, und daher fühlte ich mich auch nicht zu Fröhlichkeit verpflichtet. Ich holte mir eine Jacke und machte einen Rundgang über die verwaisten Außendecks. Das Rollen des Schiffs nahm unablässig zu. Drin in der Pianobar spielte ein junger Musiker routiniert Klavier, ein paar Mutige öffneten die Tür und sahen kurz hinaus, da wehte der Klang zu mir hinüber: »Strangers in the night«. Ich lehnte mich gegen die Reling und betrachtete die Leute hinter den Glasscheiben, die in Lederfauteuils vor einer kühlbraunen Wand saßen und aus schweren Gläsern tranken, und merkte plötzlich, wie sehnsüchtig ich sie anstarrte.

Einer davon, schwarz gekleidet und mit einer Haltung, die so einwandfrei war, dass er fast mit dem Hintergrund verschmolz, blickte interessiert und dunkel zurück.

»Hallo«, sagte ich und schüttelte zwanglos meine feuchten Haare. »Darf ich?«

Strauß lächelte strahlend und einladend, wies auf den Sessel, den ich anvisiert hatte, und zog sich dann sofort ganz weit zurück, so schien es mir wenigstens. Ich war aufdringlich. Und er wirkte nun unberührbar. Körperlos versteckt hinter seinen elegant übergeschlagenen Beinen und seinem makellosen Anzug und seiner kultivierten Art, das Glas abzustellen. Er versank tiefer in seinem Sessel und machte ein, zwei winzige, unbehagliche Bewegungen, die man keinesfalls Herumrutschen nennen konnte, aber es lief darauf hinaus.

Ich bestellte mir einen Kaffee. »Nun sind Sie trotz Ihres aufwendigen Kostüms gar nicht zum Piratenball gegangen«, sagte ich. »Wie schade.«

Der Pianist intonierte »As time goes by«.

Strauß lächelte. »Ist es nicht eine Verschwendung, Polka zu tanzen, wenn man von einem Ozean bewegt wird?« Er saß völlig reglos und musterte meinen Aufzug: verregnetes Gesicht, Tweedrock, weiße Bluse und schwarze Wollstrümpfe. »Außerdem ist der wirkliche Piratenball draußen, nicht?«

Ich lächelte. »Es ist großartig. Sie sollten es sich ansehen.«

Er winkte ab. »Im Grunde bin ich überhaupt nicht für diese öffentlichen Lustbarkeiten.«

Mein Kaffee kam. Wir schwiegen ein bisschen, dann erzählten wir uns plötzlich persönliche Dinge. Sein nicht ganz befriedigendes Leben als Single. Meine unerfreuliche Position als Geliebte eines Mannes, der außerdem noch ein Haus mit Pool und Hund und offenem Kamin und einer richtigen Familie besaß. Wie magisch mich Familienväter anzogen. Wie gut es andererseits war, keine Kinder zu haben. Kinder waren rachsüchtig. Wenn man sie nicht richtig lieben konnte, wurden sie zu Monstern, denen man nie entkam. An der Stelle schwiegen wir wieder.

Schließlich beugte er sich ein wenig vor. »Was war das nochmal für ein Preisausschreiben, das Sie gewonnen haben?«

Ich hätte den Mund halten sollen. »Staubfex«, antwortete ich ernüchtert. »Das Jubiläumspreisrätsel, eine Nordland-Reise für zwei Personen plus Taschengeld. Ich hätte auch nur das Geld nehmen können.«

»Aber Sie wollten nach Spitzbergen.«

»Ja.«

»Wie charmant. – Und die zweite Person?«, fragte er und nahm sein Glas wieder zur Hand.

Die Frage mochte ich nicht. Ich sah ihn an. »Können Sie den Martini empfehlen?«

»Die Oliven sind etwas lasch.«

Weshalb nur fühlt man sich so oft schlechter, wenn man die Antworten bekommt, die man erwartet hat? »Den zweiten Platz habe ich bei eBay versteigert«, gab ich zu. Plötzlich fühlte ich mich trauriger als je zuvor.

Er musterte mich. »Sie sehen nicht aus wie eine Frau, die das Preisausschreiben eines Putzmittelherstellers gewinnt«, stellte er fest. »Überhaupt nicht.«

»Oh. – Wie sollte ich denn aussehen? Dauerwelle, albernes Lachen und immer Schwierigkeiten mit dem Besteck?« Angespannt rührte ich die braune Flüssigkeit um und knallte den Löffel auf die Untertasse.

»Bravo. Das war wie echt.«

»Es stimmt«, sagte ich ärgerlich. »Ich bin eine Putzfrau. Mehr ist mit mir nicht los.«

Seine Augen leuchteten. Wir schwiegen uns an.

Er gab zuerst auf. »Sie sind«, er legte den Kopf schräg, »allerhöchstens Mitte dreißig. Es gibt sehr wenige Menschen in diesem Alter auf einem Kreuzfahrtschiff. Außerdem reden Sie wie eine Hochschulabsolventin.« Er nippte an seinem Martini und blickte mich an. »Oder wie eine Schauspielerin.«

Ich starrte zurück. »Sie«, brach es schließlich aus mir hervor, »sind kein Weinmensch. Nie und nimmer.«

Er beugte sich vor, und sein Körper schien plötzlich mehr Tonus zu haben, als sei eine Schicht aus Langeweile abgeplatzt. »Stimmt.«

»Was sind Sie?«

»Ich arbeite für eine Versicherung.«

»Wie abenteuerlich«, hörte ich mich sagen. Dass es immer so sein musste: Dass die Tarnung nur wieder Biederes verbarg.

»Ich bin Detektiv. Und einer Juwelendiebin auf der Spur. Einer gesuchten.«

»Ach«, machte ich und winkte nach der Rechnung.

»Ich hörte, sie will aussteigen«, sagte er ernst. »Das hier ist ihr letzter großer Coup.«

»Tatsächlich.« Der Steward kam prompt. Ich unterschrieb mit meiner Zimmernummer.

»Deshalb wird sie mir diesmal auch nicht entkommen.«

»Viel Glück«, wünschte ich. Dann nahm ich meine Jacke und ging.

Zurück an die Luft, in den Regen. Mein Gesicht glühte. Da war dieser interessante Mann. Er wollte eine Juwelendiebin. Ich starrte lange ins Meer. Endlich machte ich mich auf den Weg zurück zur Kabine. Meine Mitbewohnerin, eine Frau um die vierzig mit Namen Hella, lag auf ihrem Bett und stöhnte leise. Im Bordfernsehen lief »Odyssee im Weltraum«. Ich bot Hella an, etwas Obst und Kekse zu bestellen, doch sie winkte matt ab. Die Seekrankheit hatte sie voll im Griff, und der Sturm nahm weiter zu. Trotzdem sahen wir uns zusammen den Film an. Endlich fiel ich in unruhigen Schlaf.

Am nächsten Morgen herrschte in unserem Speisesaal Nebensaison, er wirkte regelrecht ausgestorben. Dass Hochsommer war, Ende Juli, die schönste Zeit im Jahr, blieb bloße Theorie, denn der Sturm hatte zehn Beaufort erreicht, die Temperaturen draußen bewegten sich um die vier Grad, und die Durchsagen handelten alle davon, welche Außendecks keinesfalls betreten werden durften und wo man Pflaster gegen Seekrankheit bekam. Von meinen Tischnachbarn waren nur die alte Dame mit der Enkelin erschienen, und die beiden machten angesichts des brüllenden grauen Sturms draußen einen sehr aufgeräumten und fast glücklichen Eindruck. Wir plauderten über Kaffee und Rührei, von berühmten Schiffsunglücken und Havarien, die Stewards fanden das lustig und lächelten uns zu, und als wir fragten, weshalb sie nicht seekrank wurden, lautete die klare Anwort: Weil wir hier arbeiten.

Später ging ich hinaus aufs Promenaden-Deck, denn ich wollte den Sturm sehen. Ich hangelte mich weit hinaus, immer die Reling entlang, ganz nach vorn zu einer Laterne, und dort betrachtete ich Wellen, die höher waren als das Schiff und heller als der Himmel, grün und grau gefärbt von Millionen robuster Luftperlen. Der Wind zerrte an meiner Jacke, und ich hielt die Laterne fest, so fest ich konnte, und stand mitten im Sturm und sah, wie unter mir das Wasser über die niedrigeren Decks brandete, und war völlig hin von der Gewalt und den Farben und dem Lärm. Ich hätte noch Stunden so stehen können, doch plötzlich griff einer nach meinem Ärmel: Ein Steward. Er gab mir deutliche Zeichen, zurückzukehren, packte mich energisch an der Jacke und rettete sich gemeinsam mit mir zurück zur nächsten Tür.

Der Tür führte, wie ich feststellte, zur Pianobar. Zum Weinseminar. In Empfang genommen wurde ich von einem ziemlich beleibten, älteren Herrn in Hemdsärmeln. »Fräulein«, rief er, »Meerwasser schmeckt nicht.« Er hatte eine feine Gesichtshaut mit vielen kleinen roten Äderchen drin und eine ziemlich rosa Nase. Ihn hätte ich auch ohne das verräterische Glas als Weinliebhaber erkannt. »Was woll'n Sie draußen bei den Fischen, komm'n Sie lieber zu uns.« Er machte einen einladenden Schwung mit seinem Weinglas, der einen kleinen, weiß gedeckten Tisch mit Flaschen drauf, eine Diaprojektionswand und die vier übrigen Teilnehmer des Weinseminars umschrieb. Johann Strauß stand neben einem Beamer und betrachtete mich.

Wieder einmal war ich klatschnass. »Ich sollte mich lieber umziehen«, sagte ich zu dem freundlichen Trinker.

»Ach kommen Sie. Zieh'n Sie die Jacke aus, und probier'n Sie den Bordeaux, der wärmt auf.«

Ich schüttelte meine tropfenden Haare, was meinen neuen Kavalier keineswegs schreckte. Zügig lotste er mich zu dem Tisch mit den Flaschen. »So. Wir Gesunden müssen zusammenhalten. Jetzt nehmen Sie einen Schluck, und lächeln Sie mal.« Er reichte mir ein Glas Rotwein.

Ich blickte zu Strauß herüber, der stand noch immer still, nur seine Augen waren blank und glänzend, wie die Rückseite eines Pokerblatts.

Ich trank und hob folgsam die Mundwinkel, und der ältere

Herr musterte mich und bemerkte klug: »Sie sind nicht seekrank.«

»Nein.«

»Wieso nicht?«, fragte der Herr freundlich.

Ich zuckte die Achseln. »Brauche ich dafür einen Grund?«

»Tja – wir sprachen grade drüber. Dem Kolumbus zum Beispiel ist die ganze Mannschaft seekrank geworden. Lauter erfahrene Seeleute. Und wissen Sie, warum?«

»Keine Ahnung.«

»Die Unsicherheit. Sie haben nicht gewusst, wo sie hingefahren sind.« Die hellen Augen des Mannes musterten mich. »Also. Von sechshundert Passagieren sind heute höchstens hundert auf den Beinen. Alle anderen hüten das Bett. Schauen Sie uns an. Fünf Teilnehmer.«

»Sechs«, sagte ich und hob mein Glas.

Wir tranken. »Seekrankheit«, sagte mein Freund darauf, »ist nur psychisch. Wenn Sie 'n Ziel haben, verschwindet sie.« Er blickte in sein Glas. »Ich zum Beispiel warte auf den Beginn der Skatmeisterschaft heute Abend.«

»Oh«, machte ich.

Nun bewegte sich Strauß. Er beugte sich über seinem Beamer nach vorn und fragte halblaut: »Was ist denn *Ihr* Ziel, Frau – Turinsky?

»Túrnovsky.« Wir sahen uns an. Und in dem Moment, das schwöre ich, hätte er mich laufen lassen, vielleicht nicht gerade mit dem Stern von Indien, aber für die Opale des bordeigenen Juweliers hätte es gereicht. Dicke. Ich grinste ihm zu. »Ich bin die Falsche.« Damit drückte ich ihm mein Glas in die Hand und ging mich trockenlegen.

In einer Stunde begann das Scrabble-Turnier.

Den ganzen Tag über genoss ich, dass mich ein echter Detektiv für eine Juwelendiebin hielt. Beflügelt machte ich beim Scrabble den zweiten Platz, weil mir passenderweise die *Chatoyance* einfiel. Sie bezeichnet das Changieren von Farben, vor allem bei Edelsteinen. Der Sieger hingegen verdankte seine Urkunde einem *Öchslegrad*. Womit mal wieder bewiesen wäre, dass Saufen vor der Kunst kommt. Später ging ich sogar zum Friseur, und beim Dinner probierte ich sämtliche sechs Gänge. Es war ein netter Tag, doch der Abend erwies sich als verhalten. Ich zog mein einziges Kleid an und setzte mich in die Pianobar. Von meinem Freund Strauß allerdings war keine Spur zu sehen. Dafür hatte mich der Pianist nach einer halben Stunde mit seinen Edelschnulzen so weichgeklopft, dass ich mir einen Martini bestellte und anfing, über mein Leben nachzudenken, was bei meiner Biografie nicht klug ist. Schließlich richtete ich meine Gedanken nur noch auf Herrn Strauß. Da er sich eine so aufwendige Tarnung zugelegt hatte, musste seine Spur ziemlich heiß sein. Was hatte mich verdächtig gemacht? Eine Weile dachte ich ernsthaft darüber nach. Dann ließ ich mir die Rechnung bringen und ging zurück zu meiner Kabine.

An diesem Abend sah ich das Leiden meiner Mitbewohnerin Hella zum ersten Mal kritisch. Die Art, wie sie matt den Kopf hob und schrecklich langsam wieder hinlegte, wirkte bei näherer Betrachtung übertrieben auf mich. Doch ihre Haare waren unbestreitbar strähnig, die Haut grünlich, und sie sah tatsächlich mies aus. Das sagte ich ihr auch.

Sie lächelte mühsam. »Danke, das habe ich gebraucht.«

Ich setzte mich auf mein Bett, das ihrem direkt gegenüberlag, und fragte sie, wie ihr Tag gewesen sei. Sie stöhnte. Ich sprach begeistert von dem rauen Wetter. Sie wand sich. Ich erzählte ihr, dass in der Auslage des Juweliers die größten und hässlichsten Edelsteine lagen, die ich je gesehen hatte. Sie hörte zu.

Darauf erklärte ich, unsere Tischnachbarin, die drei Türen weiter wohne, habe vor, die gesamte Kollektion zu erwerben und an ihrem morgigen Hochzeitstag zu tragen.

Täuschte ich mich, oder war Hella nun wacher?

Sie starrte ein wenig vor sich hin und sagte plötzlich: »Ich glaube, ich gebe auf.«

Ich war alarmiert. »Was denn?«

Sie sah mich an. »Na die Reise. Ich halte das nicht aus. Diese furchtbare Seekrankheit.«

»Ist es so schlimm?«

Hella versuchte zu nicken und erschauerte. »Ja«, brachte sie gepresst hervor. »Wenn es morgen nicht besser ist, fliege ich von Island aus nach Hause.«

Ich war immer noch misstrauisch und neugierig. Als Hella sicher schlief, durchsuchte ich ihre Sachen, obwohl ich gar nicht wusste, wonach. Doch ich fand weder ein schwarzes Catsuit noch irgendwelche Bohrer oder Waffen. Nur eine Pappscheibe mit einem Schwangerschaftskalender drauf.

Am nächsten Morgen war die See noch aufgewühlt, aber die Wellen hatten längst nicht mehr diese Kraft. Speisesäle und Promenaden schienen heller und belebter, und sogar die Temperatur draußen war gestiegen, auf zehn Grad nämlich. Pünktlich zum Abendessen schien schon fahl die Sonne. Hella kam trotzdem nicht. Mausis und Ernstis Hochzeitstag aber wurde standesgemäß begangen. Sie saßen am Kapitänstisch und bekamen eine Torte mit Wunderkerzen und ein Ständchen. Mausi strahlte mit ihren Opalen um die Wette. Sie trug sonst fast nichts.

Am nächsten Tag landeten wir bei Sonnenschein und ruhiger See im Hafen von Reykjavik. Ich hatte einen Tagesausflug gebucht und musste sehr früh los, Hella war noch im Halbschlaf. »Was fluchst du?«, fragte sie mich gähnend.

»Ich finde meinen Bordausweis nicht.« Dies war ein blaues Büchlein, ähnlich einem Reisepass. Die Reiseleitung machte viel Aufhebens davon.

Hella sah mir eine Weile beim Suchen zu und sagte endlich: »Sie haben deine Gruppe zum dritten Mal aufgerufen. Nimm meinen.«

»Nein.«

Sie lächelte mich entschuldigend an. »Ich brauche ihn nicht mehr.«

»Du fährst wirklich heim? – Aber das Wetter ist wunderbar!«

»Ich hatte genug Seefahrt für mein ganzes Leben«, erklärte Hella, öffnete ihre Nachttischschublade und reichte mir ihr blaues Buch. Ich war sehr dumm, es zu nehmen. Schließlich war ich gewarnt.

Ich verbrachte einen sonnigen Tag in der bizarren, nackten Landschaft Islands, ein Land, das eigentlich anderthalb Meter höher liegt, auf dem Niveau der Schneedecke nämlich, die es die längste Zeit des Jahres überzieht. Dieser unsichtbare Schnee ruht im Sommer wie ein riesenhafter Troll über dem Land, als ein leichtes Flirren, festzumachen an den farbigen Markierungspfählen links und rechts der Landstraßen. Nichts wächst dort. Nach einer halben Stunde war mir schwindelig, fast wurde ich nun seekrank, weil mir ohne die gewohnte mitteleuropäische Vegetation die Dimensionen völlig verschwammen. Mitten in der Weite sah ich Wasserfälle, Geysire, kochende Schlammpfuhle und eine Kirche, für die sich ein Lavastrom geteilt hatte. Er war rund um sie herumgeflossen. Ein Wunder! Das zugehörige Dorf allerdings stand nicht mehr …

Als ich zurückkehrte, glühend und hungrig, strahlte die Sonne über das riesige weiße Schiff, und die See lag so ruhig wie eine Regenpfütze. Wir waren spät dran, es würde gleich Abendessen geben. Ich wollte nur Tasche und Jacke ins Zimmer bringen, als ich auf unserem Gang eine gewisse Unruhe wahrnahm. Hier herrschte gewöhnlich die vornehmste Stille, doch heute liefen auf dem weichen Teppich eilige Schritte. Drei Zimmer weiter stand die Tür offen. Eine Frau – Mausi – jammerte kläglich. Im Türrahmen sah man einen breiten uniformierten Rücken. Und Johann Strauß patrouillierte, mir ebenfalls den Rücken zugewandt, mit einem Offizier durch den Gang. Was hatte das zu bedeuten? War jemand krank? Verunglückt? Mein Herz klopfte plötzlich hart und laut, und instinktiv wollte ich wegrennen. Diese Leute warteten. Auf mich? Ich öffnete schnell meine Tür und schlüpfte unerkannt in die Kabine. Dort verriegelte ich von innen und warf Jacke und Tasche auf mein Bett. In dem Moment hörte ich Stimmen vor meiner Tür.

»… wohnt sie«, sagte Strauß. »Ist noch nicht da, wir haben reingeschaut.«

»Glauben Sie, die kommt wieder?«, fragte ein anderer Mann ungläubig.

»Wenn sie flieht«, sagte Strauß in einem Ton, der mir missfiel, »macht sie sich verdächtig.«

»Die ist sicher längst weg«, widersprach der andere. »Aus Reykjavik gab es heute zwanzig Maschinen, die sie hätte nehmen können, praktisch in alle Welt.«

»Ich glaube ja, die andere war es«, sagte eine weitere Stimme. »Die Túrnovsky. Die ist *wirklich* abgereist. Zwölf Uhr siebzehn ab Reykjavik Flughafen nach Frankfurt am Main. Ankunft sechzehn Uhr achtunddreißig. Weiter gibt es keine Informationen. *Das* finde ich verdächtig.«

Ich fand das auch. Als ich meinen Namen hörte, wollte ich gleich bestürzt die Tür öffnen. Als ich aber Strauß weitersprechen hörte, zögerte ich: »Nein. Das war die echte Gewinnerin des Preisausschreibens. Die hatte keine Erfahrung mit Schiffsreisen. Der Kabinensteward bestätigte uns, dass sie seit der Einschiffung seekrank zu Bett lag, und der Mann weiß, wie so jemand aussieht.«

Sie gingen weiter.

Ich atmete durch, merkwürdig froh, noch unentdeckt zu sein. Lange würde ich das aber nicht mehr bleiben. Ich sah mich in der Kabine um. Sie wirkte leer. Der Fernseher war aus, es war nicht mehr warm und stickig, und meine Reisetasche war weg.

Meine Reisetasche war weg. Hellas hübscher Lederkoffer jedoch stand nach wie vor auf der Ablage.

In dem Moment ging mir endlich etwas sehr Beunruhigendes auf. Hella hatte sich meines Namens bedient. Ich begann zu zittern. Mit bebenden Händen untersuchte ich den Koffer. Breit stand Hellas Name auf dem Adressanhänger: Hagebach.

Mein fehlendes Bordbuch.

Ihr Schwangerenkalender.

Der letzte große Coup.

War ich wirklich so dumm gewesen?

Rasch kramte ich mein Portemonnaie aus der Jacke. Der Personalausweis, den ich darin fand (und den ganzen Tag mit mir herumgetragen hatte!), lautete auf den Namen Hagebach. Ich sank aufs Bett. Das Foto zeigte ein Allerweltsgesicht mit mittellangen und braunen Haaren, nicht jung, nicht alt, und gänzlich ausdruckslos. Man konnte ohne weiteres glauben, dass ich es war, vor zwei oder drei Jahren. Ich atmete schnell und zu viel, als gälte es, ein Loch in mir zu füllen. Wahllos und immer panischer zog ich Plastikkärtchen heraus.

Alle Ausweise in meinem Geldbeutel waren ausgetauscht. Sie gehörten Hella, bis hin zum Rabattheft einer Bäckerei. Es war sogar abgenutzt. Frau Hagebach war sehr sorgfältig vorgegangen. Aber ich hatte ja auch eine unglaublich gute Vorlage geleistet. Die Hälfte einer solchen Reise einfach im Internet anzubieten! Damit hatte ich öffentlich zugegeben, dass ich alleinstehend und unbedarft war, und außerdem den Zugang zu meiner Kabine, meiner Handtasche und meinen Papieren verkauft. Ich war das ideale Opfer, um eine Identität zu stehlen. Hella Hagebach hatte mich ausgeplündert. Beraubt. Das machte mich wütend. In meiner Wut kam mir ein weiterer Gedanke, der mich eilig wieder vom Bett aufspringen ließ. Draußen schienen die Stimmen lauter zu werden. Und mehr.

Ich gab mir fünf Minuten.

Tatsächlich dauerte es zehn, bis ich die Opale versenkt im Futter meines alten Wintermantels fand.

Und nun?

Mit den Steinen in der Hand vor die Tür zu gehen, war Selbstmord. Im Klo runterspülen? Die Toiletten hier waren eigen. Sie machten ungeheuren Krach und verstopften schnell. Das Klo schied aus. Aus dem Fenster werfen? Da würden sie nur draußen auf der Promenade landen. Wo verstecken? Alles hier war festgeschraubt, jeder Zentimeter ausgenutzt, da gab es keine Zwischenräume. Ich hatte keine Chance. Und auch keine Zeit mehr, denn nun kumulierten die Stimmen vor meiner Tür, und jemand machte sich daran zu schaffen. Wohin? Sogar meine Hosentaschen waren zu klein. Mir blieb nur, das Zeug in meinen BH zu stopfen. Zum Glück ist der geräumig. Nie hatte ich gedacht, dass ich darüber mal froh sein würde! Ich konnte gerade noch meinen dicken Wollpulli überziehen, als die Tür aufging und ich in eine ganze Reihe überraschter und anklagender Gesichter sah.

»Herr im Himmel«, rief ich ihnen entgegen und musste den Schrecken nicht mal spielen. »Wer sind Sie?«

Ein hübscher, dunkelhaariger Mann in blauer Phantasieuniform stand ganz vorn und hob abbittend die Hände. Es war der Cruise-Director. Und es war ihm peinlich. Ein Punkt für mich.

»Guten Abend, Frau äh –«

»Hagebach«, sagte Johann Strauß. Er sah kalt und hässlich aus.

»Mein Name ist Túrnovsky«, erwiderte ich und konnte mir einen Blick zu den verstreuten Papieren auf meinem Nachttisch nicht verkneifen. »Was wollen Sie?« Hinter der Tür drängten sich weitere Männer. Die weiß uniformierten hinter dem Cruise-Director waren Schiffsoffiziere, und die beiden Zivilisten mochten isländische Polizisten sein.

Strauß antwortete: »Ihren Mitreisenden, der Familie Huber, sind wertvolle Juwelen gestohlen worden. Eine Kollektion seltener Opale.«

»Und mit der Information gehen Sie jetzt von Tür zu Tür.«

Strauß färbte sich rosa. »Sie stehen im dringenden Verdacht, die Steine gestohlen zu haben.«

»Weshalb?«

Darauf zog Strauß nur ein Blatt aus einer Mappe und reichte es den beiden mutmaßlichen Isländern. Sie beugten sich darüber und diskutierten leise.

»Frau Hagebach«, sagte der Cruise-Director mit hochrotem Kopf, »es tut mir leid, aber wir haben unsere Listen, wissen Sie. Und da steht eindeutig, dass Frau Túrnovsky abgereist ist, während Sie heute den Gullfoss-Ausflug gemacht haben. Wir überprüfen das bei jedem Ein- und Auschecken. Die Bordbücher. Sie haben das Schiff als Hella Hagebach verlassen und sind genauso wiedergekommen. Das haben wir im Computer.«

»Aber ich habe nichts gestohlen«, sagte ich schwach. Ich kämpfte auf verlorenem Posten, das wurde mir eben schrecklich klar. Ich war selbst schuld. Niemals hätte ich Hellas Bordbuch nehmen dürfen. Dass meine Ausweise vertauscht waren, konnte ich auch nicht unerwähnt lassen. Allerdings gab es dazu kaum einen ungünstigeren Moment als diesen. Angesichts des Juwelendiebstahls würde meine Geschichte erbärmlich klingen. Man würde mich festnehmen, untersuchen und die Opale finden. Spätestens dann wäre es egal, wer ich wirklich war. Ich war in die Falle gegangen. Gründlich.

Also begann ich zu schimpfen. Das war alles, was ich noch tun konnte. Ich war laut und heftig. Vehement protestierte ich dagegen, wie man mit der halben Besatzung eingedrungen war, um mir beim Umkleiden zuzusehen. Ich sprach von sexueller Belästigung. Ich drohte, die Reisegesellschaft und alle Anwesenden zu verklagen. Ich verlangte einen Anwalt. Schließlich forderte ich die Männer auf, zu gehen.

Man beriet sich. Strauß' dunkler Blick flitzte umher. Anscheinend gab es ein Recht zu meinen Gunsten, das die Leute daran hinderte, unverzüglich die Kabine zu durchsuchen, aber ich sah ihnen an, dass sie eine Ausrede finden würden, es zu umgehen. Sie waren zu viele, zu uniformiert und zu sehr auf ihrem eigenen Terrain, als dass sie sich von mir aufhalten lassen würden. Ich war verloren.

Während an der Tür noch konferiert wurde, trat Strauß zu meinem Bett und hob den Mantel. »Gehört der Ihnen?«, sagte er tonlos zu mir. Er sah mich nicht an, blickte nur suchend im Raum umher. Und da wurde mir nach allen bahnbrechenden Erkenntnissen der letzten Viertelstunde etwas noch Überraschenderes klar: Dass er nämlich von dem Versteck im Mantel wusste. Er schüttelte das Kleidungsstück.

»Vermissen Sie was?«, fragte ich lauernd.

Er sah auf. Schüttelte wieder. Sein Blick wurde abweisender und glitt zu dem Foto, das auf meinem Nachttisch stand. Es zeigte mich in ebendiesem Mantel, wie ich im Bremerhavener Regen die Gangway hochschritt. Sie hatten wirklich an alles gedacht.

Die Konferenz an der Tür war beendet. Der Cruise-Director trat auf mich zu. Jetzt würden sie suchen. Und die Männer begannen ihre Arbeit schnell, sie waren routiniert und ungeheuer gründlich. Ich war froh, die Steine am Körper zu tragen. Diese Leute kannten jedes Versteck. Sie schraubten Lampenschirme auf, schauten in den Saum der Vorhänge und stießen mit spitzen Nadeln in meine Zahnpastatube und meine Bettdecke. Auch meine Kleidungsstücke tasteten sie ab. Ausgerechnet im Futter des schwarzen Mantels fanden sie tatsächlich etwas. Mir blieb fast das Herz stehen, als einer von ihnen plötzlich ein befriedigtes Gesicht machte und in dem zerrissenen schwarzen Stoff fischte. Hatte ich ein Schmuckstück übersehen?

Mein Freund Strauß zerrte den Fund sofort an sich. Er wurde blass.

»Was ist es?«

Strauß antwortete nicht. Schließlich nahm ihm einer der Offiziere die kleine Plastikkarte sanft wieder aus der Hand. »Bu-ke-re-i-as-we-is«, las er holprig. »Jana Túr-no-vsky.«

Stille trat ein. Alle sahen mich an. Ich hob stumm das Foto vom Nachttisch. Das Foto von mir in dem schwarzen Mantel. Das Foto, das mich hätte vernichten sollen. Der elegante Schlenker. Den hätten sie sich sparen sollen, die Frau Hagebach und ihr feiner Freund.

»Da ist also mein Büchereiausweis«, sagte ich etwas zitternd und fühlte mich so unecht wie noch nie. »Den hab ich überall gesucht. Er muss mir ins Futter gerutscht sein.«

Einer der Isländer hob das Blatt, das Strauß ihm gereicht hatte. Es war ein schlecht kopierter Steckbrief. Das Foto war so undeutlich, dass es auch Johann Strauß hätte zeigen können. Den Komponisten. *»The wanted person is Ms. Hagebach?«*, sagte der Isländer in fragendem Ton. *»The thief you have been looking for since ten years?«* Er blickte kurzsichtig auf das Blatt und anschließend zweifelnd zu mir.

»Sie hat mir meine Ausweise gestohlen«, sagte ich rasch. »Nur den da hat sie übersehen.«

»Diese Frau«, widersprach Strauß heftig, »ist *die* Hagebach.

Wir *müssen* sie durchsuchen. Ich jage sie seit zehn Jahren. Ich *weiß* es. Wir *werden* die Opale bei ihr finden. Sie *können* sie jetzt nicht laufen lassen!«

Die Männer schwankten.

»Ich möchte Anzeige erstatten«, hielt ich dagegen. »*Gegen* Frau Hagebach. Und diesen Mann. Und die unwürdige Behandlung.«

Weshalb sie sich entschieden, *mir* zu glauben, weiß ich bis heute nicht. Vielleicht gibt es eine Art Unschuld, die durchschimmert, wenn man wahrhaft unbescholten ist. Eventuell fanden sie es auch nur übertrieben, dass Strauß sich auf mich stürzen wollte. Sie drängten ihn ziemlich bestimmt außer Reichweite und ließen sich lediglich Schriftproben von mir geben, die denen auf den Rückseiten von Frau Hagebachs Ausweisen gar nicht ähnelten. Zum Schluss wiesen sie mich an, nicht von Bord zu gehen, nahmen die Papiere und zogen ab. Vor lauter Angst, dass sie zurückkommen würden, saß ich eine halbe Stunde lang reglos auf dem Bett. Die Steine drückten gegen meine Brust und waren unbequem, doch ich fühlte mich so wenig sicher in diesem Raum, den jedermann einfach betreten konnte, dass ich es nicht über mich brachte, sie herauszunehmen. Endlich schleppte ich mich ins Bad, riegelte zweimal ab und begann, mich auszuziehen.

Mein Gepäck war klein gewesen, viel kleiner als die Koffer der Hagebach. Daher hatte sie Sachen zurückgelassen. Ihr Schrank war noch zur Hälfte gefüllt mit schicken Kleidungsstücken. Nie, das wusste ich, als ich ein rot und dunkellila gemustertes Seidenkleid hervorholte, hätte ich mich getraut, in eine Boutique zu gehen, die so etwas führte. Nie. Doch es sah wunderbar aus. Ich probierte es, und es passte. Dann nahm ich einen meiner Waschlappen, stopfte ihn wahllos mit kleinen Seifen und Duschgels aus dem Körbchen im Bad voll, band ihn mit einem Schnürsenkel zu und packte ihn in meine Handtasche, die darauf ziemlich unelegant wirkte, aber hier ging es um Höheres. Zuletzt suchte ich mir aus Hellas Sachen noch ein passendes Umschlagtuch und machte mich auf zu den abendlichen Belustigungen.

Nach Johann Strauß musste ich nicht lange suchen, er saß mit finsterer Miene in der Pianobar und schluckte Gin nach dem Takt von »Kisses for me«. Schon als ich die Tür öffnete, zog ich die Blicke an, denn das Kleid war vorteilhaft. Ich lächelte und schritt auf den Detektiv zu. Er sah mich kurz an, blickte weg und schaute langsam wieder auf. Sein Gesicht nahm einen leichten Rotton an.

»Guten Abend«, sagte ich. »Darf ich?«

»Könnte ich Sie hindern?«, entgegnete er unwirsch.

Ich setzte mich. »Sie wollten mich opfern«, sagte ich und winkte dem Steward. »Sie und die Frau, der dieses Kleid gehört.«

Strauß warf mir einen finsteren Blick zu. »Ziehen Sie das aus.«

Ich lächelte anzüglich. Aber nur kurz. »Sie kennen sich schon lange, nicht wahr? Sie sind in derselben Branche ... Sie bekommt ein Kind. Will ein bürgerliches Leben. Ohne Angst vor Verfolgung. Eine Familie. Mit Ihnen als Papa.«

Sein Blick fiel auf meine Handtasche. Sein schlanker Köper spannte sich sofort. Ich schob sie außer Reichweite und erhob mich wieder. Als ob ich es nicht geahnt hätte: Er war ein Familienvater. Ein werdender. Das sind die Schlimmsten. Kerle mit kleinen Kindern sind völlig gewissenlos. Zum Glück kam gerade der Steward, als ich losspurtete. Er versperrte Strauß den Weg. Ich dagegen schaffte es eben raus an Deck, zur Reling. Schnell die Handtasche öffnen. Um uns herum flanierten Leute, es herrschte strahlender Sonnenschein, Mittsommer. Ich nahm den gefüllten Waschlappen und warf ihn ins Wasser. Da war Strauß bei mir. Er griff noch nach meiner Hand. Doch das Beutelchen versank im grauen Wasser. Völlig außer sich packte er meine Schulter, riss an meinem Kleid und schrie die Leute an: »Haben Sie das gesehen?«

Die Leute hatten tatsächlich gesehen, dass mich ein dunkler, durchgeknallter Typ belästigte. Der Ärmel meines Kleides war zerrissen. Alle ermutigten mich, Anzeige gegen den Wüstling zu erstatten. Was ich auch tat.

Der Rest der Reise war dann noch ziemlich gut. Fortan nahm ich teil an den fröhlichen Tanzabenden, und da ich tatsächlich die einzige Frau um Mitte dreißig auf dem ganzen Schiff war (und außerdem beim Reiseveranstalter was guthatte), wurde ich eines besonders lustigen Abends zur »Lady Fernando de Magallanes« gewählt und durfte an der Hand des Kapitäns das große Gala-Buffet eröffnen.

Ob Hella Hagebach ihr Familienidyll wirklich erschaffen hat, weiß ich nicht. Ehrlich gesagt, kann ich es mir nicht vorstellen. Inzwischen habe ich ein bisschen reingeschnuppert in die Branche. Die Hagebach hatte mal einen ganz guten Ruf, soll aber längst nicht mehr aktiv sein – und trotzdem immer noch gesucht. Eine ärgerliche Situation. Nicht dass es mir leidtäte.

Johann Strauß habe ich bis heute nicht wiedergesehen. Aber ich rechne fest damit. Ich hörte, er habe seine Krise überwunden und arbeite wieder im alten Job. Das ist ja so einer von diesen Berufen, die man nicht aufgeben kann, nicht mal fürs Familienglück. Die Jagd. Das Ambiente. Die Leidenschaft für Edelsteine. Inzwischen kann ich das verstehen. Und ich möchte an dieser Stelle betonen, wie ungeheuer ignorant es von mir war, so wunderbare Steine wie die »Magallanes«-Opale als hässlich zu bezeichnen. Die Fassungen, gut, aber dieses Feuer! Die Tiefe! Die Chatoyance!

Martina Fiess

Das verhängnisvolle Video

Die Luft im Weinkeller war feucht und roch nach Lehm. Es war so dämmrig, dass ich die großen Eichenfässer an den Längsseiten des Gewölbekellers nur schemenhaft ausmachen konnte. Ich kauerte hinter einem Fass und lauschte auf das Geräusch der Schritte, die mich hierher verfolgt hatten. In meinem Kopf drehte sich alles. Vermutlich wäre es besser gewesen, ich hätte den gehaltvollen Barriquewein bei der Verkostung nicht getrunken, aber dann wäre meine Tarnung aufgeflogen.

Draußen im Hof bremste ein Wagen mit quietschenden Reifen. Eine Autotür fiel ins Schloss. Dann war es wieder still. Nur das Geräusch meines Atems war zu hören. Wenn ich die Ausstrahlung des Videos noch rechtzeitig verhindern wollte, musste ich so schnell wie möglich zu unserem regionalen Fernsehsender.

Ich schob mich am Fass hoch und sah zu der offenen Tür, durch die Licht aus dem Degustierraum hereinfiel. Das war der Weg nach draußen, zum Parkplatz, auf dem mein Auto stand. In den Lichtstrahlen, die durch halbrunde Öffnungen im Mauerwerk in den Weinkeller drangen, flirrten Staubteilchen in einem wilden Tanz durcheinander. Erleichtert atmete ich durch. Wahrscheinlich hatte ich mir die Schritte nur eingebildet. Ich erhob mich und wollte eben auf den Ausgang zugehen, als sich eine dunkle Gestalt in den Türrahmen schob, deren Umrisse sich vor dem Gegenlicht scharf abzeichneten.

Rasch duckte ich mich wieder hinter das Fass. Also hatte ich mich doch nicht getäuscht. Jemand war hinter mir her. Mein Herz schlug so laut, dass ich fürchtete, es könne mich verraten. Als ich den Kopf hob, sah ich, wie sich die Gestalt aus dem hellen Rechteck löste und zwischen den Fässern hindurch auf mich zukam. Eine Sekunde war ich starr vor Schreck, dann machte ich auf dem Absatz kehrt und rannte zurück zur Schatzkammer. Hinter mir hörte ich die Schritte und den keuchenden Atem meines Verfolgers. Wieso hatte ich mich auch allein in die Höhle des Löwen gewagt?

Begonnen hatte die ganze Geschichte mit einem Anruf meiner Freundin Lisa, der mich gestern früh um sechs aus dem Schlaf gerissen hatte. Am Abend zuvor war ich bei der Generalprobe des Musikvereins für die Wahl zur Weinkönigin versackt, und obwohl unser Spätburgunder für seine exzellente Qualität berühmt war, hatte ich einen Geschmack im Mund, als hätte ich die Nacht über auf einem Staubtuch herumgelutscht.

»Ja?«, krächzte ich in den Hörer.

»Meike, hier ist Lisa«, hörte ich die aufgeregte Stimme meiner Freundin. »Du musst sofort kommen, es ist ein Notfall!«

Das wunderte mich nicht, denn seit Lisa beschlossen hatte, bei der Wahl zur Weinkönigin zu kandidieren, bestand ihr Leben fast nur noch aus Notfällen. Sie verlegte dauernd ihre Schlüssel, kritzelte mögliche Prüfungsfragen überallhin und konsultierte täglich den Friseur.

»Worum geht's?«, fragte ich und gähnte. »Hat der Friseur dir grüne Strähnchen verpasst?«

Lisa sagte kaum hörbar: »Meike, ich werde erpresst.«

»Erpresst? Du?«, sagte ich ungläubig. »Womit kann man dich denn erpressen?« Lisa war Referendarin an der Grundschule, trug mit Vorliebe geblümte Kleider aus unserer Landhaus-Boutique und unterbot sogar die Geschwindigkeitsbegrenzung in der 30er-Zone.

»Jemand hat mir eine Videokassette in den Briefkasten geworfen. Ich habe sie gerade gefunden.« Lisa atmete durch, bevor sie stotterte: »Auf dem Band bin ich … ich bin … also ich bin darauf … nackt zu sehen.«

Schlagartig war ich wach, denn Lisa war ungefähr so verrucht wie Biene Maja. »Ein Sex-Video von dir?«, fragte ich sensationslüstern. Als Journalistin beim Wochenblatt hoffte ich seit Jahren auf eine aufregende Story à la Watergate, obwohl ich mein täglich Brot mit Artikeln über Veranstaltungen der Winzergenossenschaft und Bastelnachmittage im Altenheim verdiente.

»Ein Sex-Video?«, sagte Lisa. »O Gott, nein. Na ja, nicht direkt.« Dann erzählte sie mir, was passiert war: Jemand drohte, das Video von ihr im Lokalfernsehen zu zeigen, falls sie ihre Kandidatur für das Amt der Weinkönigin nicht zurückzog. »Du musst mir helfen«, flehte Lisa. »Schließlich kennst du dich mit Kriminellen aus!«

Das war eine bodenlose Übertreibung. Nur weil ich kürzlich eine Artikelserie darüber geschrieben hatte, wie sich Hausbesitzer vor Einbrechern schützen konnten, war ich noch längst keine Expertin für Erpressung.

Lisa jammerte: »Thomas darf auf keinen Fall von dem Video erfahren. Sonst sagt er die Hochzeit bestimmt ab!«

Lisas Verlobter Thomas war Bankkaufmann und hatte daher mehr Einblick in meinen Kontostand, als mir lieb war. Wenn Lisa ein Geheimnis hatte, von dem dieser geschniegelte Bügelfaltenträger nichts erfahren durfte, dann wollte ich es unbedingt auch wissen.

Eine halbe Stunde später saß ich im Auto und war unterwegs zu Lisa. Ich fuhr durch unser idyllisches Fachwerkstädtchen, das zwischen den dunklen Höhen des Schwarzwaldes und der fast schon südländisch heiter wirkenden Rheinebene inmitten von Weinbergen und Obstbaumwiesen auf der Sonnenterrasse der Badischen Weinstraße thronte. Wie so oft im Herbst lagen Nebelschwaden einer Daunendecke gleich über der Rheinebene, während der Himmel hier oben tiefblau strahlte. Die Blätter der Weinstöcke waren so intensiv rotgolden gefärbt, als gelte es wegen des bevorstehenden Weinfestes die nachkolorierten Bilder unserer Imagebroschüre noch zu übertreffen.

Mein Corsa kam nur langsam voran, weil ganze Heerscharen von Traktoren mit Fässern und großen Plastikwannen auf der Ladefläche zur Lese in die Weinberge unterwegs waren. Motoren knatterten und verteilten den Dieselgeruch von Abgasen in den Straßen. Vor der Alten Kelter, in der unser Heimatverein ein Weinmuseum eingerichtet hatte, wäre ich beinahe auf einen Lkw aufgefahren, der an einer unübersichtlichen Stelle parkte. Mit Riesengetöse luden Helfer Bierbänke und Tische aus dem Laster und schleppten sie zur Winzerhalle, in der am Samstag unser Weinfest und die Wahl zur Weinkönigin stattfanden. Geduldig schlängelte ich mich durch das Chaos und an den Bockleitern der Gemeindemitarbeiter vorbei, die rings um die Winzerhalle fröhlich im Herbstwind flatternde Girlanden über die Straße spannten.

Mein Auto röhrte widerwillig, als ich in die steile Winzerstraße einbog, die sich an Weinbergen entlang in die Höhe schraubte. Über die Panoramastraße fuhr ich in die Neubausiedlung, in der Lisa neben unserem bekanntesten Anbaugebiet lebte, dem von der Sonne verwöhnten Kelterbuckel. Lisa stammte aus einer bekannten Winzerfamilie und war als angehende Grundschullehrerin und Verlobte eines Bankmitarbeiters geradezu ein Muster an Tugend. Ihre Chancen, Weinkönigin zu werden, standen bestens. Aber nur, wenn der Erpresser seine Drohung nicht wahr machte.

Kaum hatte ich die Klingel gedrückt, riss Lisa ihre Wohnungstür auf, und der verlockende Duft frisch aufgebrühten Kaffees breitete sich im Flur aus.

»Endlich!«, rief Lisa und zog mich ins Wohnzimmer. »Du musst mir helfen! Wenn Thomas davon erfährt, ist alles aus!« Lisa trug einen rosa Hausanzug aus Nickistoff und hatte die blonden Haare zu Zöpfen geflochten. Mit verheulten Augen deutete sie zum Couchtisch, auf dem neben einer halbleeren Tasse Kaffee eine Videokassette und ein zerknitterter Bogen Papier lagen: »Das habe ich heute früh im Briefkasten gefunden.«

Ich griff nach dem Blatt, auf das verschieden große, aus einer Zeitung ausgeschnittene Buchstaben geklebt waren, und las laut: »Steig aus der Wahl aus. Sonst wird dieses Band morgen im Lokalfernsehen gezeigt.«

Lisa schlug die Hände vors Gesicht: »Das wäre eine Katastrophe. Nach meinem Referendariat würde ich bestimmt nicht in den Schuldienst übernommen werden, und ob Thomas mich noch heiraten würde …« Sie schluchzte: »Du musst mir helfen, Meike. Bitte!«

»Keine Panik«, sagte ich so cool wie möglich. »Bis jetzt weiß ja noch niemand davon.« Zögernd musterte ich Lisa: »Eigentlich sollten wir die Polizei benachrichtigen.«

Lisas Zöpfe flogen durch die Luft, als sie den Kopf schüttelte.

»Okay, keine Polizei«, sagte ich. An Lisas Stelle hätte ich mich genauso entschieden, denn sicher hätten innerhalb kürzester Zeit alle Einwohner von diesem Video gewusst. Ich griff nach der Kassette. Der weiße Aufkleber war nicht beschriftet. »Vielleicht sollte ich kurz in das Band reinsehen«, sagte ich beiläufig.

Lisas Gesichtsfarbe wurde um einige Nuancen dunkler als ihr Hausanzug. Schweigend schob sie das Band in den Rekorder.

Zuerst sah ich nur Nebel, dem ein schwarzweißes Grieseln folgte. Dann wurde das Bild klarer, und Chris de Burghs »Lady in Red« klang blechern aus dem Fernseher. Ein schlaksiger Junge mit Pickeln und einem schwarzen Lockenkopf saß auf einem Sofa. Er trug nichts außer Boxershorts. Auf dem Boden lag ein BH mit rosa Blümchenmuster. Vor dem Sofa tanzte ein Mädchen mit langen blonden Haaren. Sie wandte der Kamera den Rücken zu und war bis auf hohe schwarze Sandalen und einen Slip mit Blümchenmuster nackt. Etwas unbeholfen schwenkte sie den Po hin und her. Als sie den Kopf drehte und einen Kussmund in Richtung Kamera formte, schnappte ich nach Luft. Das Mädchen war eine jüngere Ausgabe von Lisa. Obwohl kein Privatsender auch nur einen Euro für die verwackelten Amateuraufnahmen zahlen würde, wäre Lisas Karriere als Lehrerin bestimmt zu Ende, wenn das Band in die falschen Hände geriet.

Ich räusperte mich. »Woher stammt das Video?«

Lisa nestelte an einem Papiertaschentuch. »Aus dem Landschulheim«, sagte sie kaum hörbar. »Von einer Party. Ich hatte etwas zu viel getrunken. Als Tilman die Kamera auspackte und die Jungs mich anfeuerten, habe ich mich wohl etwas gehen lassen.«

Inzwischen war Chris de Burgh verstummt, und auf dem Bildschirm des Fernsehers breitete sich schwarzweißes Grieseln aus.

»Ist Tilmann der auf dem Sofa mit den schwarzen Locken?«

Lisa schüttelte den Kopf. »Nein. Tilman hat die Aufnahmen gemacht.«

»Und wo finde ich diesen Tilman?«

»Am Marktplatz. Ihm gehört der Souvenirladen.« Lisa sah mich so erwartungsvoll an, als wäre ich Miss Marple und würde nun einen raffinierten Plan aus dem Ärmel zaubern.

Ich überlegte: »Der Erpresser will, dass du aus dem Wettbewerb aussteigst. Also müssen wir uns fragen, wer davon profitieren würde.«

Lisas Antwort kam schnell: »Wenn ich nicht mehr dabei bin, haben die anderen Kandidatinnen bessere Chancen, das ist doch logisch.«

Wie es schien, hatte sie sich darüber bereits Gedanken gemacht. »Denkst du an jemand Speziellen?«, hakte ich nach.

Lisa zupfte das Papiertaschentuch in kleine Fetzen, die auf den Teppich segelten. »Meike«, sagte sie und wich meinem Blick aus. »Es gibt etwas, das du noch nicht weißt. Thomas war mit einer anderen zusammen, als ich ihn kennenlernte. Sie heißt Helena. Und sie will auch Weinkönigin werden.«

Meine tugendhafte Freundin Lisa hatte einer anderen den Lover ausgespannt? Ich verkniff mir ein Grinsen und meinte: »Vielleicht will sich diese Helena an dir rächen, indem sie dir die Krone wegschnappt.«

Lisa zog die Nase hoch. Über ihre Wangen kullerten Tränen, die dunkle Flecke auf ihrem Nickianzug hinterließen.

Tröstend legte ich den Arm um ihre Schultern: »Mach dir keine Sorgen. Immerhin haben wir schon zwei Anhaltspunkte: diesen Tilman, der dich gefilmt hat, und deine Konkurrentin Helena. Konzentrier du dich auf deine Prüfung. Ich kümmere mich um alles andere.«

Am Nachmittag verschwand ich so früh wie möglich aus der Redaktion des Wochenblattes und fuhr zum Marktplatz. Fleißige Helfer des Verschönerungsvereins fischten Laub, Getränkedosen und Big-Mac-Verpackungen aus dem Sandsteinbrunnen und schrubbten an den Graffitis herum, die Jugendliche auf das scheußliche schmiedeeiserne Kunstwerk vor dem Rathaus gesprüht hatten. Die Skulptur sollte einen knorrigen Weinstock darstellen, erinnerte mich aber eher an eine außerirdische Lebensform. Ich parkte im Halteverbot und deponierte ein Schild mit der Aufschrift PRESSE auf dem Armaturenbrett.

Der Souvenirladen lag im Erdgeschoss eines Fachwerkhauses. Mit seiner verglasten Fassade und den Stahlträgern wirkte er zwischen dem denkmalgeschützten Häuserensemble wie ein Fremdkörper. Daran konnten auch die Kuckucksuhren, Obstbrände und Räucherschinken im Schaufenster nichts ändern.

Hinter der Theke stand ein Mann in einem grauen Rollkragenpulli. Seine Haare hatten einer hohen Stirn Platz gemacht, weshalb er deutlich älter als Lisa wirkte. »Was kann ich für Sie tun?«, fragte er und musterte mich durch seine klobige schwarze Brille.

»Sind Sie Tilman Berger, der Inhaber?« Ich vergewisserte mich, dass ich mit ihm und Unmengen von Räucherschinken, Weingelee-Gläsern und Obstwässern allein im Laden war. »Waren Sie mit Lisa Neumann in derselben Klasse?« Berger nickte. Ich fuhr fort: »Erinnern Sie sich an eine Videoaufnahme aus dem Landschulheim, die Lisa, sagen wir mal, ziemlich unbekleidet zeigt?«

Bergers Gesichtsfarbe wechselte von Burgunderrot zu Rieslingblass, woraus ich schloss, dass er sich erinnerte. Fahrig schob er die Brille den Nasenrücken hoch und sah an einem Ständer mit Wanderkarten vorbei in den Nebenraum, in dem eine Frau mit kurzen roten Haaren in einer Handtasche kramte.

»Bitte«, sagte er mit eindringlichem Blick und lotste mich hinter ein Regal mit geschnitzten Heiligenfiguren. Offensichtlich wollte er vermeiden, dass die Rothaarige unser Gespräch mitbekam.

Er flüsterte, von Pfefferminzgeruch begleitet: »Woher wissen Sie von diesem Band? Es gibt nur zwei Kopien davon!«

»Haben Sie das Video bis heute aufbewahrt?«

Berger nickte. »Ich habe ein großes Archiv im Keller.«

Als ich das hörte, hob ich amüsiert die Augenbrauen.

»Inzwischen habe ich mich auf Landschaften spezialisiert«, fügte Berger schnell hinzu.

Hinter uns klapperten Stöckelschuhe. Die Frau mit den roten Haaren kam aus dem Nebenraum. Sie trug einen Kleidersack über dem Arm, winkte Berger und verließ den Laden. Durch das Schaufenster sah ich, wie sie in einen schwarzen Jeep stieg und davonfuhr.

»War das Ihre Frau?«, wollte ich wissen.

»Meine Freundin.« Tilman Berger strich sich das schüttere Haar aus der Stirn. »Bitte erzählen Sie niemand von diesem Band«, bat er mich. »Wissen Sie, wir waren noch jung und haben uns nichts dabei gedacht.« Sorgenvoll ließ er den Blick über Weinflaschen und Räucherschinken schweifen. »Heute könnte mir dieses Video sehr schaden.«

Genau wie Lisa, dachte ich. Tilman Berger schob seine Brille den Nasenrücken hoch. Entweder war an ihm ein Oscarpreisträger verloren gegangen, oder er hatte tatsächlich auf den Pfad der Tugend zurückgefunden. Ich versprach Berger, niemand von seiner Jugendsünde zu erzählen, und machte mich auf den Weg zu Lisas Probe.

In der Winzerhalle mischte sich Zigarettenrauch mit Schweißgeruch und dem würzigen Aroma frisch gesägten Holzes. Männer in blauen Antons hämmerten Haken in die mit Fichtenbrettern verkleideten Wände und befestigten daran Sonnenblumen, Weinlaub und Weinetiketten, die vergrößert und auf Styroporplatten geklebt worden waren. Mit lautem Klappern stellten Mitarbeiter der Winzergenossenschaft Bierbänke auf und spannten Papierbahnen über Tische. Unter der Aufsicht eines Zeremonienmeisters in einer mit Goldlitzen verzierten Jacke übte Lisa mit anderen Kandidatinnen auf der Bühne das formvollendete Schreiten im Abendkleid, ohne über den eigenen Rocksaum zu stolpern. Aus einem CD-Player erklang die schwungvolle Melodie, die der Musikverein gestern Abend geprobt hatte. Ich ließ mich auf einer Bierbank nieder und sah zu, wie Lisa in einem pastellblauen Kleid über die Bühne schwebte. Bald standen alle Kandidatinnen als blaue, rote, orange und lila Farbtupfer gleichmäßig aufgereiht nebeneinander wie die Farbschälchen in einem Aquarellkasten.

Als Lisa sich zu mir setzte, winkte sie über meine Schulter hinweg ihrem Verlobten Thomas zu, den ich bisher ignoriert hatte, genauso wie er mich. Obwohl die Bank ihre Schalter schon lange geschlossen hatte, trug Thomas einen dunkelgrauen Anzug mit dezent gestreifter Bankerkrawatte. Mir war schleierhaft, was Lisa an diesem Schnösel fand. Durch seine rahmenlose Designerbrille, die sicher genauso viel gekostet hatte, wie ich im Monat verdiente, studierte Thomas das Etikett einer Weinflasche. Als er sich ein Glas eingoss, erkannte ich am rubinroten Funkeln unseren Spätburgunder, dessen raffiniertem Kirsch- und Brombeeraroma unser Ort sein Renommee verdankte. Thomas hielt das Glas prüfend gegen das Tischtuch und ließ den Wein sanft kreisen. Er nahm einen Schluck, blies die Backen auf, rollte den Wein im Mund hin und her und setzte dabei ein so wichtiges Gesicht auf, als würde er gleich alle Rätsel der Weltgeschichte auf einmal lösen.

Während auf der Bühne weitere hübsch verpackte Kandidatinnen posierten, erzählte ich Lisa von meinem Gespräch mit Tilman Berger. »Er scheint sich heute eher mit Umsatzzahlen als mit schlüpfrigen Videos zu beschäftigen«, sagte ich und wollte Lisa gerade fragen, was aus dem männlichen Hauptdarsteller des Videos geworden war, als sie mir ihren Ellbogen in die Seite stieß und Richtung Bühne auf eine schlanke Dunkelhaarige in einem zitronengelben Kleid deutete.

»Das ist Helena Schreiber«, flüsterte Lisa mir zu. »Du weißt schon, mit ihr war Thomas früher zusammen.«

Helena hatte riesige braune Augen und schritt anmutig wie ein Reh über die Bühne. Misstrauisch sah ich zu Thomas. Doch der würdigte seine Exfreundin keines Blickes, trank sein

Glas leer und ging zum Ausgang, durch den ein älterer Mann mit weißblonden Haaren und einer Nickelbrille hereinkam. Thomas grüßte ihn im Hinausgehen. Als der ältere Mann zur Bühne sah, hellte sich sein Gesicht auf. Schnell drehte ich mich um: Sein Blick schien Helena zu gelten, die gerade die Falten ihres gelben Kleides ordnete.

Dann entdeckte ich die Kandidatin hinter Helena. Verblüfft kniff ich die Augen zusammen. Das war die Frau mit den kurzen roten Haaren, die ich vorhin im Souvenirladen gesehen hatte. Ihr pinkfarbenes Kleid inszenierte ihre apfelförmigen Brüste so gekonnt, als würde nicht die Wein-, sondern die Obstkönigin gewählt.

»Lisa«, sagte ich und deutete zur Bühne: »Wer ist diese Rothaarige?«

Lisa war in ihre Karteikarten vertieft, auf denen sie Antworten auf mögliche Prüfungsfragen notiert hatte. Sie sah hoch und runzelte die Stirn: »Das ist Tabea. Ihr Ausschnitt wird bei jeder Probe größer. Ich hoffe nicht, dass sie bei der Jury deshalb bessere Chancen hat.«

Auf der Bühne verbeugte sich die Rothaarige, bis ich fast ihren Bauchnabel sehen konnte. Nachdenklich verfolgte ich, wie sie hinter den Kulissen verschwand. Vielleicht war es nur ein Zufall, dass diese Tabea auch an der Wahl teilnahm. Aber vielleicht hatte sie im Videoarchiv ihres Freundes die Nacktaufnahmen von Lisa entdeckt und benutzte nun das Band als Druckmittel, um eine der Favoritinnen aus dem Weg zu räumen.

»Rückst du ein Stück?«, bat mich eine mollige Blondine in einem dunkelgrünen Ungetüm aus Samt.

Ich ließ sie auf die Bank rutschen, wo sie mit Lisa über die Geschmacksnuancen badischer Weine zu diskutieren begann. Bald setzte sich eine dritte Frau zu uns, deren lilafarbenes Kleid nur aus Volants bestand und rauschte wie der Wasserfall oberhalb der alten Mühle, einem Highlight unseres Höhenwanderweges.

In Jeans und Sweatshirt kam ich mir zwischen den aufgerüschten Mädels deplatziert vor und gesellte mich zu zwei

Fernsehreportern des Regionalsenders, der das Weinfest sponserte. Leider war die Bedeutung ihres Arbeitgebers umgekehrt proportional zu ihrem Intelligenzquotienten, denn die Reporter vertrieben sich die Zeit damit, die Chancen der Kandidatinnen anhand ihrer Körbchengröße einzuschätzen.

Ein schlanker Mann in einem zerknitterten beigen Cordjackett kreuzte mein Blickfeld. Für einen Augenblick geriet mein Herzmuskel ins Stolpern. Das war Mike, mein Ex. Mike war bei der Tageszeitung für Lokales zuständig. Eigentlich hätte ich mir denken können, dass er sich hier herumtrieb. Schönen Frauen hatte er noch nie widerstehen können.

»Aha. Die Konkurrenz vom Wochenblatt schläft nicht«, sagte Mike und warf mir einen spöttischen Blick aus graublauen Augen zu, deren Ton mich an die Farbe des Rheins an warmen Sommertagen erinnerte.

Mit einer lässigen Kopfbewegung warf Mike die kinnlangen Haare über die Schulter. Mein Herzschlag pendelte sich wieder im normalen Takt ein. Als wir noch ein Paar gewesen waren, hatte ich ihn heimlich dabei beobachtet, wie er diese Geste vor dem Spiegel einstudierte. Wieso glaubte ich immer noch, Mike würde irgendwann erwachsen werden? Ein Gen brauchte hunderttausend Jahre, um sich zu verändern. Wie konnte ich da verlangen, dass es bei meinem Ex schneller ging? »Ich schreibe einen Artikel über die Probe«, sagte ich kühl und schob die Hände in die Hosentaschen meiner Jeans. »Und was machst du hier?«

Mike zeigte seine Zahnreihen. »Wie's aussieht, fischen wir im selben Teich. Ich porträtiere die Favoritinnen für unsere Wochenendbeilage.«

Während Mike und ich Bissigkeiten austauschten, fiel mir im Publikum ein Mann mit schwarzen Locken auf. Der Lockenkopf kam mir bekannt vor. Irritiert sah ich, wie die Frau im zitronengelben Kleid zu ihm trat und ihn auf die Wange küsste. Den Zitronenfalter hatte ich eben noch auf der Bühne gesehen, das war Helena, Lisas schärfste Konkurrentin. Doch woher kannte ich den Mann mit den schwarzen Locken?

Nach der Probe leerte sich die Winzerhalle. An unserem Tisch diskutierte Lisa mit ihren Freundinnen noch lange über Prüfungsthemen wie Rebenpflege oder den Einfluss der Bodenart auf die Geschmacksnuancen. Als sie sich endlich losgerissen hatte, gingen wir zum Parkplatz. Die Nacht war klar und kalt, und die Sichel des Mondes hatte die blasse Honigfarbe unseres Ruländers, den ich wegen seines eleganten und dezenten fruchtigen Geschmacks dem kräftigeren Spätburgunder vorzog. Da Lisa wieder einmal ihre Autoschlüssel hatte stecken lassen, bot ich an, sie nach Hause zu fahren.

Beim Ausparken beschrieb ich ihr den Mann mit dem schwarzen Lockenkopf. Dabei fiel mir ein, woher ich ihn kannte: »Jetzt erinnere ich mich! Das ist der Typ, der mit dir auf dem Video zu sehen ist.«

Lisa nickte. »Ja, das ist Silvio. Er war unser Klassensprecher.«

»Silvio«, wiederholte ich und fuhr die steile Winzerstraße hoch. »Vielleicht hat er dir das Video in den Briefkasten gesteckt.«

»Warum sollte Silvio mich erpressen?«, fragte Lisa. Ihr Stirnrunzeln konnte ich förmlich hören.

»Ist doch klar. Er weiß von dem Video, schließlich war er dabei. Und er hat offensichtlich etwas mit dieser Helena, deren Chancen steigen, wenn du aufgibst.«

Lisa lachte mich aus. »Silvio ist nicht Helenas Freund. Er ist ihr Bruder.«

Gratuliere, Frau Meisterdetektivin, tadelte ich mich im Stillen und nahm mir vor, in Zukunft das Gehirn vor meinem Mundwerk einzuschalten. »Gut, dann ist er eben ihr Bruder«, sagte ich unwillig. »Aber das ändert nichts daran, dass er auf Helenas Seite ist.« Hinter uns blendete ein Auto die Scheinwerfer auf, obwohl der Wagen kaum fünf Meter entfernt war. »Wieso fährt der Idiot hinter uns so dicht auf?«

»Vielleicht hat er es eilig«, meinte Lisa.

Im Rückspiegel sah ich unter dem Lichtkegel einer Straßenlampe, dass es sich um einen ausladenden Wagen handelte, wahrscheinlich einen Jeep. Ich fuhr langsamer, doch der

Fahrer machte keine Anstalten zu überholen. Also gab ich Gas und quälte meinen Corsa den Berg hoch Richtung Panoramastraße.

Lisa wandte sich zu mir: »Ich habe gesehen, wie du dich mit Mike unterhalten hast.«

Mein Herzschlag donnerte wie die Basstrommel des Musikvereins. Zum Glück konnte Lisa das nicht hören, weil mein Corsa bei dieser Steigung lauter dröhnte als Schumis Ferrari.

»Hey, du wirst ja rot.« Lisa kicherte. »Ich wusste doch, dass Mike dir nicht gleichgültig ist.«

»Quatsch mit Romantiksoße«, antwortete ich. »Mike ist ein Idiot, und am liebsten würde ich ihn nie wiedersehen. Aber er ist nun mal auch bei der Presse, und ich kann schließlich nicht den Beruf wechseln, nur um ihm nicht mehr begegnen zu müssen.«

Lisa verschränkte die Arme vor der Brust. »Ziemlich viele Worte für jemand, der dir nichts mehr bedeutet.«

Eine Weile war es still im Wagen. Als wir am Ortsschild vorbeifuhren, wurde die Straße schmaler und bot kaum Platz für Überholmanöver. Im Rückspiegel sah ich, dass der Jeep dicht an meiner Stoßstange hing. Zu dicht für meinen Geschmack.

Ich bog in die Panoramastraße ein. Wir ließen die letzten Häuser und den Parkplatz an der alten Mühle hinter uns. Als wir in ein dichtes Waldstück fuhren, das sich wie ein schwarzes Band rechts und links der Straße erstreckte, wurde es merklich kühler im Wagen. Der Lichtkegel huschte über vertrocknete Blätter, die vor Feuchtigkeit glänzten, als hätte sie jemand farblos lackiert. Obwohl der Jeep immer noch dicht hinter uns fuhr, ging ich wegen der Rutschgefahr vom Gas.

Lisa hatte unseren Verfolger ebenfalls bemerkt. Sie klappte den Sonnenschutz herunter und beobachtete den Wagen im streichholzschachtelgroßen Kosmetikspiegel.

Die letzten Tannen huschten vorbei, dann wurde die Straße wieder breiter. Links erstreckten sich die Weinberge unserer berühmten Lage Kelterbuckel, von der aus man einen herrlichen Blick über die Rheinebene bis zu den Vogesen hatte. Erleichtert fuhr ich bei den Wanderparkplätzen dicht am rechten Straßenrand, um unseren Verfolger vorbeizulassen.

Plötzlich krachte es ohrenbetäubend. Der Corsa machte einen Satz und schlingerte. Ich wurde nach vorn geschleudert, dabei schnitt sich der Sicherheitsgurt in meine Brust. Erst nach einer Schrecksekunde realisierte ich, dass der Jeep uns gerammt hatte. Ich riss am Lenkrad, um den Corsa wieder unter Kontrolle zu bekommen.

Lisa stemmte die Arme gegen das Armaturenbrett und schrie hysterisch: »Der hat uns gerammt. Ist der übergeschnappt?«

»Mysteriöser Unfall am Steilhang fordert zwei Todesopfer«, sah ich die Schlagzeile von morgen vor mir. Voller Panik blickte ich in den Rückspiegel. Doch hinter uns war kein Auto zu sehen. Die nasse Fahrbahn glänzte im Mondlicht.

»Er ist weg«, sagte ich erleichtert und immer noch starr vor Schreck.

Lisa sank zusammen, als hätte ihr jemand die Luft herausgelassen. »Bin ich erschrocken! Ich dachte, der würde uns umbringen!«

In diesem Moment tauchte ein riesiger Schatten neben meinem Seitenfenster auf. Vor den vorbeifliegenden Reihen der Reben blitzte eine ausladende Motorhaube bedrohlich im Mondlicht.

Lisa kreischte, als sie den Wagen bemerkte.

Ich trat das Gaspedal durch. Der Motor heulte auf wie ein gequältes Rindvieh und verströmte Benzingeruch. Parallel zum Jeep schossen wir den Höhenweg entlang. Die Zeit schien stillzustehen. Meine Lippen spannten, und ich spürte, wie sich Schweißtropfen aus meinen Achselhöhlen lösten. Im Tal leuchteten weit unterhalb von uns die hellen Rechtecke der Fenster, zwischen denen sich die Lichtpunkte der Straßenlaternen erstreckten.

Hier oben gab es keine Straßenbeleuchtung, noch nicht einmal Begrenzungspfosten. Das Einzige, was zwischen uns und dem Steilhang lag, waren einige Holundersträucher auf der Böschung und alle paar Meter eine vom Wind gebeugte Kiefer.

Meine Finger krallten sich um das Lenkrad. Keine Sekunde

zu früh, denn der riesige Wagen rammte uns erneut. Die Wucht des Aufpralls war so heftig, dass der Corsa wie ein Spielzeugauto auf die Holunderbüsche zuschoss, hinter denen das Gelände ins Tal abfiel.

»Brems doch«, schrie Lisa und griff ins Lenkrad. Der Corsa schlingerte hin und her.

Endlich reagierte mein Fuß und trat die Bremse durch. Reifen quietschten und blockierten auf der nassen Fahrbahn. Ein stechender Geruch nach verschmortem Gummi stieg mir in die Nase, als wir wie auf Schienen in die Böschung rutschten. Zweige peitschten gegen das Fenster und knickten den Außenspiegel um, der gegen die Karosserie knallte. Der Corsa holperte über das Gelände. Dabei wurde ich so durchgeschüttelt, dass meine Zähne aufeinanderklapperten. Ich biss mir auf die Zunge, und ein metallischer Geschmack breitete sich in meinem Mund aus. Der Jeep klebte an unserem Kotflügel und schob uns erbarmungslos in Richtung Tal.

Für eine Sekunde schloss ich die Augen und sah, wie der Corsa sich überschlug, wieder und wieder, schneller wurde und auf einen im Mondlicht aufragenden Felsblock zuschoss. Lisa schrie, als könnte sie meine Gedanken lesen. Einen winzigen Moment sah ich Mikes Gesicht vor mir, bevor ich die Augen aufriss.

Lisa zeigte in Richtung Straße und rief: »Sieh doch, da vorne!«

Die Scheibe war beschlagen und mit Gras und trockenen Blättern übersät. Ich brauchte einen Augenblick, bis ich die zwei Lichtpunkte vor uns ausmachte. Ein Auto kam uns entgegen. Auch der Fahrer des Jeeps hatte den Wagen bemerkt. Er rangierte zurück, gab Gas und raste mit aufheulendem Motor in die Richtung davon, aus der wir gekommen waren.

Mit weichen Knien steuerte ich auf die Straße zurück und fuhr im Schneckentempo zu Lisas Wohnung.

Als wir in den Flur traten, blinkte ein rotes Licht am Anrufbeantworter. Lisa sah mich schweigend an, das Gesicht grau wie Edelfäule, und drückte auf die Wiedergabetaste.

Eine tonlose Stimme zischte: »Wenn du bis achtzehn Uhr

nicht aus der Wahl aussteigst, sorge ich dafür, dass alle das Video zu sehen bekommen.« Mit einem harten Geräusch wurde der Hörer aufgelegt.

Am nächsten Morgen fuhr ich Lisa zur Grundschule. Die ganze Nacht hatte ich mich schlaflos herumgewälzt und darüber nachgedacht, wer hinter der Erpressung und der nächtlichen Attacke auf dem Panoramaweg stecken könnte. Denn eins war mir klar: Diese beiden Ereignisse mussten miteinander zu tun haben.

Ein überzeugendes Motiv hatte Lisas Konkurrentin Helena, nämlich Rache. Immerhin hatte Lisa ihr den Freund ausgespannt. Vielleicht hatte ihr Bruder Silvio, der von dem Video wusste, ihr davon erzählt. Ebenso wollte ich Tilman Berger vom Souvenirgeschäft und seine Freundin Tabea im Auge behalten, auch weil die beiden einen Jeep fuhren. Immerhin hatte heute Nacht ein Jeep-Fahrer versucht, mich und Lisa umzubringen.

In der Mittagspause verließ ich die Redaktion und fuhr zum Verlagsgebäude der Tageszeitung. Noch hatte ich keine Ahnung, wonach ich im Archiv suchen sollte, aber meine innere Stimme sagte mir, dass ich hier einen Hinweis finden würde. Eine halbe Stunde nachdem ich der Archivarin den Namen Tilmann Berger genannt hatte, drückte sie mir eine Plastikmappe in die Hand. Daraus erfuhr ich, dass Berger Schwarzwaldvideos für den Heimatverein drehte, die Fußballjugend trainierte und vergangenes Jahr den Souvenirladen von seinen Eltern übernommen hatte. Keine besonders beeindruckende Ausbeute, denn es war schon halb zwei. Ich hatte nur noch dreieinhalb Stunden Zeit, bis der Erpresser das Video senden und damit Lisas Leben zerstören würde. Wenn ich das noch rechtzeitig verhindern wollte, musste ich einen Gang hochschalten.

Ich gab meinem Stolz einen Tag frei und rief vom Handy aus Mike an. Kurz nach zwei saßen wir uns im Café bei einem Cappuccino gegenüber.

Mike trug wieder sein ausgeleiertes Cordjackett und spöttelte über die dunklen Ringe unter meinen Augen. »Ist dir das Make-up ausgegangen? Du siehst aus wie ein zerknautschtes Sofakissen.«

»Auf jeden Fall habe ich weniger Falten als dein Jackett«, fauchte ich. Dann seufzte ich und fügte in versöhnlichem Tonfall hinzu: »Mike, lass uns das Kriegsbeil für heute begraben. Ich brauche Informationen von dir. Es geht um die Wahl zur Weinkönigin, aber leider kann ich dir nicht mehr verraten.« Damit meinte ich das Video mit Lisas Jugendsünde. Es war sicher besser, wenn Mike nichts davon erfuhr. Denn wenn es um eine publicityträchtige Story ging, würde er sogar seine eigene Großmutter verkaufen.

Mike hob belustigt die Augenbrauen: »Bist du etwa hinter einer heißen Story fürs Wochenblatt her? So was wie Watergate oder die Hitler-Tagebücher?«

»So ungefähr. Mike, was weißt du über Tilman Berger und den Souvenirladen am Marktplatz?«

Mike trommelte missbilligend mit den Fingern auf den Tisch. »Souvenirladen? Das klingt mir nicht gerade nach einer heißen Politstory, Meike.« Ich sah auf die Uhr und warf Mike einen flehenden Blick zu. Mike seufzte: »Bergers altmodische Souvenirs laufen nicht besonders gut. Entweder muss er bald in eine umsatzträchtigere Branche wechseln, oder er braucht eine neue Geldquelle.«

Ich überlegte: Tilman Berger hatte Geldprobleme. Aber der Erpresser hatte von Lisa kein Geld gefordert. Noch nicht zumindest, denn möglicherweise war das der nächste Schritt. »Und was weißt du über Bergers Freundin? Sie heißt Tabea.«

»Der Rotschopf mit dem XXL-Dekolleté?« Mike schnalzte mit der Zunge. »Tabea arbeitet beim Tourismusverband. Natürlich wäre es eine unbezahlbare Werbung für den Verband, wenn die neue Weinkönigin aus den eigenen Reihen käme.«

Der nächste Name auf meiner geistigen Liste war Helena Schreiber. Als ich Mike nach ihr fragte, grinste er anzüglich: »Außen knackig, innen zart. Helena ist eher nach meinem Geschmack als deine langweilige Freundin. Aber *das* willst du sicher nicht von mir hören.« Er seufzte. »Dass der Herzbube von Lisa früher mit Helena zusammen war, das weißt du bestimmt schon.« Ich nickte. Mike schürzte die Lippen. »Helena ist die Tochter von Schreiber, dem gehört das Weingut oben am Wasserturm. Du kennst ihn bestimmt vom Sehen. Helena und Lisa haben die besten Chancen bei der Wahl. Allerdings hat Helena den Vorteil, dass viele sie vom Bildschirm kennen.«

»Bildschirm?«, stutzte ich. »Willst du etwa sagen, Helena arbeitet beim Fernsehen?«

»Ja, sie moderiert die Frühstücksnachrichten beim Lokal-Sender.«

In meinem Kopf schrillten Alarmglocken: Wenn Helena beim Lokalsender arbeitete, wäre es für sie kein Problem, das Videoband dem richtigen Kollegen zuzuspielen.

Es war bereits halb drei. Die Zeit verging viel zu schnell. Ich verabschiedete mich von Mike und stieg ins Auto, um diese beiden heißen Spuren zu verfolgen. Allerdings musste ich dafür einen Vertrauensbruch an Lisa begehen, von dem sie hoffentlich nie erfahren würde.

Kurz nach drei betrat ich die Bank. Als ich an Thomas' Bürotür klopfen wollte, schwang sie auf, und ein älterer Mann mit Nickelbrille und weißblonden Haaren kam heraus. Ich erinnerte mich sofort an ihn: Diesen Mann hatte ich gestern bei der Probe in der Winzerhalle gesehen, als er Helena bewundernde Blicke zugeworfen hatte.

Hinter dem älteren Mann erschien Thomas und schüttelte ihm jovial die Hand: »Auf Wiedersehen, Herr Schreiber. Und grüßen Sie Helena von mir.« Thomas' Blick fiel auf mich, und das Bankergrinsen versteinerte.

Ich nutzte die Gelegenheit und schlüpfte an dem verblüfften Thomas vorbei in sein Büro.

»Was wollte Helenas Vater von dir?«, fragte ich, kaum dass Thomas die Tür zugezogen hatte.

»Ich wüsste nicht, was dich das angeht, Meike«, gab Thomas zurück. Seine Stimme klang genauso geschäftsmäßig-kühl, wie sein dunkelgrauer Nadelstreifenanzug aussah.

»Dann werde ich dich jetzt mal überraschen«, sagte ich und erzählte ihm, mit welcher Art von Video Lisa erpresst wurde.

Thomas starrte mich verblüfft an: »Du meinst, Lisa ist auf diesem Video tatsächlich nackt zu sehen?«

Ich nickte, obwohl das nicht ganz stimmte. Aber jetzt kam es auf jede Minute an, deshalb hatte ich das Ganze etwas dramatisiert.

Thomas lockerte den Knoten seiner Krawatte und schüttelte besorgt den Kopf: »Wenn das Video im Lokalfernsehen gezeigt wird, wäre das eine Katastrophe für uns.«

»Genau dasselbe hat Lisa auch gesagt«, bemerkte ich und rutschte auf die Stuhlkante. »Thomas, versprich mir eines: Lisa darf nie erfahren, dass ich dir von dem Video erzählt habe!« Thomas nickte wortlos. Ich senkte die Stimme, falls die Wände hier Ohren hatten: »Sicher verstehst du jetzt, warum ich dich um vertrauliche Informationen über Helena und Tilmann Berger bitte.«

Als ich das Bankgebäude verließ, war es halb vier. Das Gespräch mit Thomas war äußerst aufschlussreich gewesen. Ich wusste nun über die finanziellen Verhältnisse von Tilman Bergers Souvenirladen und des Schreiber'schen Weinguts bestens Bescheid. Doch ich hatte nur noch zweieinhalb Stunden Zeit, bis der Erpresser das Video senden wollte. Zu wenig, um beide Spuren zu verfolgen. Was sollte ich tun? Seufzend sah ich auf. Mein Blick fiel auf ein Weingut, das wie eine mittelalterliche Burg hoch über dem Ort thronte. War das ein Wink des Schicksals? Ich beschloss, alles auf eine Karte zu setzen.

Das Weingut, in dem Helena und Silvio mit ihrem Vater lebten, lag in der Nähe des Wasserturms inmitten von Weinbergen. Im Innenhof parkten ein Reisebus und mehrere Autos. Touristen knipsten die malerische Sandsteinfassade oder deckten sich im Laden mit Spirituosen und badischen Spezialitäten ein. Vor dem Eingang zum Weinkeller wartete ein gutes Dutzend Weinfreunde auf den Beginn der Führung durch das Gut.

Ich stellte meinen Corsa hinter dem Reisebus ab und schlenderte zum Haupteingang, als wäre ich ebenfalls eine Touristin. Dem Klingelschild entnahm ich, dass Helena und ihr Bruder Silvio im Erdgeschoss wohnten. Auf einem Fußweg ging ich ums Haus herum bis zu der großen Terrasse, die vom Ort aus zu sehen war. Die Terrassentür war gekippt. Im Stillen dankte ich dem Chefredakteur für meine Artikelserie über die beliebtesten Einbruchsmethoden. Es dauerte nicht lange, und ich stand in einem Zimmer mit zierlichen Kiefernmöbeln, lachsroten Wänden und einem Himmelbett. Hier musste Helena wohnen. Ich durchsuchte Schrank, Regale und Schreibtisch, fand aber außer alten Liebesbriefen von Thomas nichts Interessantes.

Das gegenüberliegende Zimmer war mit Postern von Jan Ullrich und Fanartikeln der Tour de France dekoriert, bei der die Radrennfahrer letztes Jahr auch den Schwarzwald durchquert hatten. Neben einem Fernseher stand ein Regal mit DVDs und Videokassetten. Mit dem Zeigefinger fuhr ich an den Beschriftungen der Kassettenhüllen entlang. Im untersten Fach wurde ich fündig. Auf einer Kassette mit der Nummer 69 stand: »Lisa nackt!!! Landschulheim.« Mein Herz ließ vor Aufregung einen Schlag aus, als ich die Papphülle mit bebenden Fingern aus den Regal zog. Sie war leer. Mein Instinkt hatte mich nicht getäuscht: Helenas Bruder Silvio hatte tatsächlich mit der Erpressung zu tun.

Wenig später betrat ich inmitten einer Touristengruppe das Weingut. Von Thomas hatte ich in der Bank erfahren, dass Silvio nach seiner Ausbildung in den Familienbetrieb eingestiegen war und inzwischen den Vertrieb übernommen hatte. Daher vermutete ich, ihm bei der Führung durch die Verkaufsräume und den Weinkeller zu begegnen. Diese Gelegenheit wollte ich nutzen, um ihn von seinem teuflischen Plan abzubringen, das Video im Lokalsender zu zeigen.

Die Führung begann im kürzlich umgebauten Verkaufsraum. Mit lautem Ah und Oh bestaunten die Touristen von der verglasten Südfront aus den herrlichen Panoramablick über das

Rheintal. Genauso spektakulär war eine im Boden eingelassene Glasscheibe, durch die man die Eichenholzfässer im Barriquekeller sehen konnte. Passenderweise servierte uns der Kellermeister mit einer Assistentin Spätburgunder im Barriqueausbau. Der schwarze Lockenkopf von Silvio war nirgends zu sehen. Dann ging's hinunter in den Weinkeller, in dem unter einem niedrigen Tonnengewölbe und nur von schummrigen Lampen beleuchtet edle Tropfen reiften. Der Kellermeister erklärte uns, warum Licht, Trockenheit und Erschütterungen die größten Feinde des Weins seien, und wir durften einen Blick in die Schatzkammer werfen, in dem die Spitzenweine lagerten. Um nicht aufzufallen, sah auch ich in die Schatzkammer. Kühle Luft kam mir entgegen, die feucht und leicht modrig roch, als handelte es sich nicht um eine Schatz-, sondern um eine Grabkammer.

Im Degustierraum nebenan warteten auf schweren Eichentischen Dutzende Flaschen und Tabletts voller Gläser auf uns, stilvoll umrahmt von Silberleuchtern. Wie ich vermutet hatte, begrüßten uns hier Silvio und sein Vater, der weißblonde Herr, dem ich bei Thomas in der Bank begegnet war. Während Silvio die zur Verkostung bereitstehenden Weine vorstellte, ruhte sein Blick mehrmals auf mir. Aber leider hatte ich keine Gelegenheit, mit Silvio allein zu sprechen.

Als die ersten Weine eingeschenkt wurden, setzte ich mich von der Gruppe ab. Der Barriquewein, den ich vorhin getrunken hatte, machte mir schon genug zu schaffen. Im dämmrigen Licht einer Wandleuchte sah ich auf meine Armbanduhr. Es war bereits Viertel nach fünf. Wenn ich die Ausstrahlung des Videos noch rechtzeitig verhindern wollte, musste ich auf dem schnellsten Weg in den Regionalsender. Rasch ging ich den Weg zurück, den wir hergekommen waren. Leider hatte der Kellermeister stets das Licht gelöscht, sobald wir einen Raum durchquert hatten, und so musste ich mich nun mit den wenigen Lichtstrahlen begnügen, die durch winzige Fensteröffnungen hereinfielen. Ich durchquerte einen Lagerraum mit bis zur Decke reichenden Regalen voller Flaschen und trat in den tonnengewölbten Weinkeller mit den großen Eichenfässern, durch den wir vorhin gekommen waren. Auch hier fühlte sich die Luft feucht an und roch nach Holz.

Mittlerweile wirkte sich der gehaltvolle Barriquewein nicht nur lähmend auf mein Gehirn aus, sondern ließ auch meine Beine schwer wie Beton werden. Vor meinen Augen drehte sich alles. Ich hielt mich an einem Holzfass fest. Seit meinem kärglichen Frühstück aus Magerquark und Knäckebrot hatte ich nichts mehr gegessen, und jetzt – Moment: Waren da nicht Schritte zu hören? Alarmiert sah ich auf und spürte dabei, wie etwas über mein Gesicht strich. Ich erschrak fast zu Tode und quietschte entsprechend laut. Als ich realisierte, dass ich in eine Spinnwebe geraten war, wedelte ich panisch mit den Händen um meinen Kopf, um eventuell anwesende Spinnen davon abzuhalten, sich auf mich abzuseilen.

Da – ich hielt den Atem an. Wieder hörte ich Schritte. Ich zog den Kopf ein und duckte mich hinter einem Fass. In den Lichtstrahlen, die durch eine winzige halbrunde Öffnung im Mauerwerk über mir einfielen, wirbelten Staubteilchen durcheinander. Draußen im Hof bremste ein Wagen mit quietschenden Reifen, wenig später fiel eine Autotür ins Schloss. Dann war es wieder still. Hatte ich mir die Schritte nur eingebildet? Ich hob den Kopf und sah zu der offen stehenden Tür am Stirnende des Raumes, durch die Licht vom Degustierraum hereinfiel. Das war der Weg nach draußen zum Parkplatz. Es war nichts zu hören bis auf das Geräusch meines Atems. Sicher ging die Phantasie mit mir durch. Ich musste mich beeilen, wenn ich noch verhindern wollte, dass Lisas Leben durch das Video zerstört würde.

Als ich mich aufrichtete und auf die Tür zugehen wollte, schob sich eine dunkle Silhouette vor das helle Rechteck. Sofort blieb ich stehen. Obwohl ich das Gesicht meines Verfolgers nicht erkennen konnte, spürte ich, wie sein Blick sich auf mich richtete. Das musste Silvio sein, der mich daran hindern wollte, seinen perfiden Plan zu durchkreuzen.

Mein Herz hämmerte gegen die Rippen. Als sich die Gestalt aus dem Türrahmen löste und auf mich zukam, machte ich auf dem Absatz kehrt und rannte zwischen den Fässern in Richtung Schatzkammer. Hinter mir hörte ich jemand laut keuchen. Im Laufen blickte ich über die Schulter, um zu sehen, wie weit Silvio noch entfernt war. Dabei rutschte ich auf einem Haufen Korken aus und prallte gegen ein Weinfass. Stöhnend taumelte ich weiter, bis mich jemand an den Schultern packte und mit der Brust gegen ein Fass stieß. Ich bäumte mich auf und trat nach hinten, um meinen Verfolger abzuwehren. Aber es war vergeblich. Er war viel stärker als ich. Allein würde ich mit ihm nicht fertigwerden.

Ich holte Luft und schrie, so laut ich konnte: »Hilfe, Hilfe!«

Sofort ließ er meine Schultern los, aber bevor ich die Chance nutzen und davonlaufen konnte, krallten sich Hände von hinten um meinen Hals und drückten zu. Ich stieß die Ellbogen gegen seine Rippen, aber der Mann presste sich so eng an mich, dass ich mich nicht mehr wehren konnte.

»Ich mag es nicht, wenn man hinter mir herspioniert«, zischte er.

Sein Atem roch nach Wein. Mühsam drehte ich den Kopf so weit, bis ich ihn aus den Augenwinkeln sehen konnte. Im dämmrigen Licht blitzte eine runde Brille auf, und dann erkannte ich die wutverzerrten Züge unter den weißblonden Haaren: Das war nicht Silvio, sondern sein Vater, der Besitzer des Weinguts.

»Lassen ... Sie mich ... los«, röchelte ich. »Ich muss ... zum Sender.«

»Du kommst zu spät«, zischte Schreiber. »Es ist sechs Uhr. Das Band wird gerade gesendet.«

Wieso weiß Schreiber von dem Video?, schoss es mir durch den Kopf. Dann nahm ich nichts mehr wahr außer dem eisernen Griff um meinen Hals. Mein Blickfeld verengte sich, bis ich nur noch die Maserung des Holzes sah, die Nieten auf den eisernen Fassringen. Es wurde dunkel um mich.

Plötzlich war ein Knall zu hören, das Bersten von Glas. Etwas Kaltes spritzte über mein Gesicht und es roch nach Wein. Der Griff um meinen Hals löste sich. Sofort schnappte ich nach Luft und drehte mich um. Wie in Zeitlupe sank Schreiber zu Boden und gab den Blick frei auf Thomas, der hinter ihm stand und die zersplitterten Reste einer Weinflasche in der Hand hielt.

Noch nie zuvor war ich so froh gewesen, einen grauen Nadelstreifenanzug zu sehen.

Thomas stieg über Schreibers Körper hinweg und fing mich auf, bevor meine Knie nachgaben. »Meike, Gott sei Dank«, sagte er erleichtert. »Erst als du weg warst, fiel mir ein, dass auch Schreiber einen Jeep fährt.«

Erschöpft sah ich zu Thomas und erstarrte, als sich hinter ihm jemand aufrichtete. Es war Schreiber. Das nasse Haar klebte ihm am Kopf. »Pass auf«, wollte ich Thomas warnen, doch aus meiner Kehle kam nur ein Krächzen.

Schreiber schlang die Arme um Thomas und riss ihn zu Boden. Die beiden wälzten sich im Gang zwischen den Fässern. Dabei rutschte ein schwarzer Gegenstand aus der Außentasche von Thomas' Jackett und fiel klappernd zu Boden. In großem Bogen ging ich um die kämpfenden Männer herum und griff danach: Es war eine Videokassette! Auf dem Aufkleber stand: »Lisa nackt!!! Landschulheim.«

Mir lief es kalt den Rücken hinunter: Warum hatte Thomas dieses Video bei sich? War er etwa auch in die Erpressung verwickelt? Entsetzt warf ich einen Blick zu den beiden Männern. Thomas hatte Schreiber niedergerungen und versetzte ihm gerade einen Fausthieb ans Kinn. Schreiber knallte mit den Hinterkopf gegen ein Fass, verdrehte die Augen und rutschte zu Boden.

Als Thomas sich erhob und zu mir blickte, hielt ich ihm wortlos das Video entgegen.

Die Winzerhalle tobte, als Lisa in ihrem hellblauen Kleid auf die Bühne trat, ins Publikum lächelte und sich neben ihre Konkurrentinnen reihte. Hinter ihr erschien ein zitronengelber Farbfleck. Das war Helena. Applaus brandete auf. Ich klatschte begeistert, denn inzwischen gönnte ich Helena den Titel genauso wie Lisa.

Auch Thomas neben mir klatschte enthusiastisch. Zur Feier des Tages trug er keinen grauen, sondern einen dunkelblauen

Nadelstreifenanzug. Auch wenn Thomas mir gestern das Leben gerettet hatte, fand ich ihn immer noch unerträglich arrogant. Allerdings konnte ich nun das erste Mal verstehen, was Lisa an diesem Schnösel fand. Immerhin hatte Thomas höchstpersönlich die Ausstrahlung des verhängnisvollen Videos mit Lisas Nacktaufnahmen im Regionalsender verhindert. Nachdem er sich erinnert hatte, dass nicht nur Tilman Berger, sondern auch Weingutbesitzer Schreiber einen Jeep fuhr, war er aus der Bank gestürzt und zum Sender gerast. Dort hatte er seiner Exfreundin Helena so viel über die Erpressung erzählt, wie nötig war, um die Ausstrahlung des Bandes gerade noch rechtzeitig zu verhindern. Danach hatte er das Video eingesteckt und war unter Missachtung sämtlicher Geschwindigkeitsbegrenzungen zu Schreibers Weingut gerast, wo er mich vermutete.

Was für eine Ironie: Ausgerechnet die eigene Tochter, der Schreiber durch die Erpressung zum Titel der Weinkönigin verhelfen wollte, hatte ihrem Vater einen Strich durch die Rechnung gemacht! Wie mir Thomas in der Bank verraten hatte, steckte Schreiber nach dem Umbau des Weinguts bis über beide Ohren in Schulden. Als er das Video mit Lisas Nacktaufnahmen bei seinem Sohn entdeckt hatte, war ihm das wie ein Wink des Schicksals erschienen. Denn dieses Band würde ihm dabei helfen, die schärfste Konkurrentin seiner Tochter aus dem Weg zu räumen. Dafür musste er es nur dem Klatschreporter des Regionalsenders zukommen lassen. Nach der Ausstrahlung wäre Lisas Ruf erledigt gewesen und Helena neue Weinkönigin geworden. Die Publicity hätte Schreiber vermutlich tatsächlich dabei geholfen, das Weingut aus den roten Zahlen zu retten. Aber dank Thomas' mutigem Einsatz war sein Plan nicht aufgegangen. Jetzt lag Schreiber im Krankenhaus. Sobald er seine schwere Gehirnerschütterung überstanden hatte, würde er sich vor Gericht verantworten müssen.

Der Musikverein spielte einen Tusch. Gleich verkündete die Jury, wer unsere neue Weinkönigin sein würde.

Silvija Hinzmann

Bis dass der Tod uns scheidet

»Eines Tages passiert etwas Schreckliches, du wirst schon sehen«, sagte meine Freundin Marianne und schenkte uns Wein nach.

»Du willst also den Rest deines Lebens hinter Gittern verbringen?« Ich trank einen Schluck Trollinger. Es war Freitagabend, und wir saßen wie so oft in letzter Zeit bei mir auf der Terrasse. Unter uns im Talkessel lag Daimlertown, Stuttgart, die Metropole zwischen Wald und Reben, und sah so friedlich aus.

»Ganz sicher nicht. Wenn man es richtig anstellt, erfährt niemand, was wirklich passiert ist.«

»Glaubst du, die Polizei ist so blöd? Immerhin werden bei uns laut Statistik über neunzig Prozent aller Straftaten aufgeklärt.«

»Ja und? Was interessiert mich die Statistik!«, rief Marianne. Im Schein des flackernden Windlichts sah sie nicht gerade vorteilhaft aus. Marianne war sehr schlank, weshalb ich mir in ihrer Gesellschaft wie eine Matrone vorkam. Ihre strahlend blauen Augen waren vom vielen Wein getrübt, die Wimperntusche verschmiert. Die blonden Stoppelhaare standen ihr wirr vom Kopf ab, und ich musste an die streunende Katze denken, die jeden Morgen auf meiner Terrasse auftauchte und der ich dann immer eine Schale warme Milch gab.

»Ist dir klar, dass das vorsätzlicher Mord wäre? Darauf steht lebenslänglich.« Ich nahm eine Hand voll von den Erdnüssen, die Marianne mitgebracht hatte. Sie arbeitete in der Markthalle als Verkäuferin an einem Stand, wo man Nüsse aus der ganzen Welt kaufen konnte.

»Es muss nur wie ein Unfall aussehen«, sagte sie.

»Denk an die neunzig Prozent. Heute kann man aus winzigen Spuren die DNA des Täters feststellen. Außerdem, wenn du es mir erzählst und es geschieht tatsächlich etwas, wäre ich automatisch deine Mitwisserin. Wenn die Polizei dahinterkommt, und das tut sie bestimmt, weiß ich nicht, ob ich schweigen könnte. Die haben da so ihre Methoden.«

»Du bist meine beste Freundin und würdest mich nicht verraten, das weiß ich«, sagte Marianne.

»Du spinnst! Am besten, du vergisst das Ganze.«

»Gar nichts vergesse ich. Er ist so gut wie mau-se-tot.«

»Sei bitte nicht so laut. Die Nachbarn könnten uns hören.«

»Ich bin ein freier Mensch und kann sagen, was ich will. Ich bringe ihn um und basta!«

»Bitte, sei still. Die Leute schielen bestimmt schon hinter dem Vorhang. Komm, lass uns lieber reingehen. Du hast zu viel getrunken.«

»Du aber auch! Übrigens, dein ›Trolli‹ schmeckt echt gut. Wo hast du ihn her?« Sie drehte die Flasche zu sich um und betrachtete das Etikett. »Hey, so ‘n Tröpfchen haben wir auch im Keller. Julius holt ihn direkt bei der Dings«, sie schnippte ein paar Mal mit den Fingern, »bei der Weingärtnergenossenschaft in Untertürkheim.«

»Ja, mir schmeckt er auch.« Ich konnte mich gerade noch zurückhalten, ihr zu sagen, dass er mir neulich eine Kiste davon geschenkt hatte. Sie ging mir auf die Nerven. Seit Monaten musste ich mir ihr Gejammer über Julius anhören. Dabei kannte ich längst auch seine Version.

»*Ich* würde dich nie verraten«, sagte sie weinerlich. »Du weißt, ich kann schweigen wie ein Grab.«

Wir sahen eine Weile aneinander vorbei.

»Kannst du dir überhaupt vorstellen, wie es ist, betrogen zu werden?«, fragte sie plötzlich.

»Klar. Jeder macht das mal mit, aber man muss es aushalten. Man muss überhaupt einiges im Leben aushalten, bevor es zu Ende ist. Das Glück ist flüchtig wie der Duft einer Rose.«

»Ich will es auf gar keinen Fall aushalten. Er hat mir Treue geschworen, in guten wie in schlechten Zeiten, bis dass der Tod uns scheidet, jawohl.« Sie drehte ihr Weinglas hin und her, trank es in einem Zug leer. Mit einem tiefen Seufzer stand sie auf und torkelte auf die Terrassenbrüstung zu. Das Gelände daneben ist ein abschüssiger Steingarten. Wenn sie da runterfiele, würde es bestimmt nicht gut ausgehen. Das würde mir noch fehlen! Eine Leiche in meinem Garten. Andererseits …

»Marianne, mach keinen Scheiß!«, rief ich und rannte hinterher.

»Was denn? Denkst du, ich tu mir was an?«, kicherte sie.

»Wer weiß …«, sagte ich müde und brachte sie an den Tisch zurück. Ihre Launen kannte ich zu gut.

»Ich hasse ihn!«, sagte sie und ließ sich auf die Hollywoodschaukel plumpsen.

»Du musst stark sein. Julius ist gerade in einem kritischen Alter«, sagte ich und hoffte, sie würde sich wieder beruhigen.

Marianne sah mich entrüstet an. »Ich bin auch im kritischen Alter! Schau mich doch an. Ich bin erst siebenundvierzig und ein Wrack!«

Selbsterkenntnis tut weh, dachte ich schadenfroh. Stattdessen aber sagte ich: »Ach was! Du siehst fabelhaft aus, meistens jedenfalls.«

Sie fuhr sich durch ihre Haare. »Meine besten Jahre habe ich ihm geopfert. Und was hab ich jetzt davon? Nicht einmal ein Kind haben wir zustande gebracht, weil er so ein verdammter Egoist ist! Und jetzt bin ich zu alt.« Sie schniefte.

Es war kühl geworden.

Wenn sie bloß endlich aufhören würde zu jammern! Seit ich sie kannte, suchte sie die Schuld für ihr Unglück bei anderen. Ich konnte es nicht mehr hören.

Marianne zündete sich eine Zigarette an und blies den Rauch in kleinen Wölkchen in die Luft. »Ich habe natürlich auch an Scheidung gedacht«, sagte sie nach einer Weile.

»Das ist jedenfalls besser, als sich mit Mordgedanken zu befassen«, sagte ich und räumte den Tisch ab. Als ich auf die Terrasse zurückkehrte, lag Marianne auf der Hollywoodschaukel und schnarchte. Sie schien fest entschlossen zu sein, hier zu übernachten. Ich rüttelte sie wach und schleppte sie ins Gästezimmer.

Am nächsten Morgen war das Wetter herrlich. Die Sonne stand bereits hoch am wolkenlosen Sommerhimmel, als Marianne blass und mit dunklen Augenrändern auf die Terrasse schlurfte. »Ich habe vielleicht einen Kater!«, murmelte sie und setzte die Sonnenbrille auf.

Wie aufs Stichwort kam unter einem Buch die strubbelige Katze hervorgeschlichen und blinzelte mich erwartungsvoll an.

»Okay. Ich mach uns jetzt das Frühstück. Spiegelei, Toast und Orangensaft für uns und eine Schale Milch für die Strubbelkatze. Kommt sofort«, sagte ich.

»Frauen vertragen nicht so viel Alkohol wie Männer«, sagte ich beim Essen. »Das ist wissenschaftlich bewiesen. Und in schwierigen psychischen Situationen wirkt er wahrscheinlich viel stärker.«

»Schon möglich. Ich habe nämlich keine Ahnung, was gestern Abend mit mir los war.« Marianne stocherte lustlos an ihrem Spiegelei herum.

»Blackout, was?«, fragte ich.

»Total. Worüber haben wir geredet?«

»Wie immer halt, über die Männer, die Liebe und den Tod.«

»Ach ja, jetzt weiß ich es wieder. Ich wollte Julius umbringen.« Sie lächelte schief.

»Vergiss es. Wir haben beide zu tief ins Glas geschaut. Wenn du geduscht hast, fühlst du dich viel besser. Dann gehen wir in die Stadt und machen uns einen schönen Tag.«

Sie schob ihren Teller beiseite. »Soll ich dir sagen, was Julius geantwortet hat, als ich ihm ins Gesicht geschleudert habe, dass er mich betrügt?«

»Wenn es sein muss«, murmelte ich. Sie hatte ja keine Ahnung, dass ich mich seit ein paar Wochen mit Julius traf. Anfangs war es rein freundschaftlich gewesen, aber das würde sie mir nicht abnehmen. Dabei saßen Julius und ich meistens im Café Floh in der Karlspassage, wo uns jeder sehen konnte. Julius sagte, er müsse sich aussprechen. Dafür hatte ich vollstes Verständnis. Ich habe ihm einfach zugehört. Und dann neulich passierte es einfach und wir küssten uns. Ich weiß, das hätte ich nicht tun sollen, und ich hatte anfangs wirklich ein schlechtes Gewissen. Aber ich bin auch nur eine Frau. Seit dem Tod von Max war bei mir in erotischer Hinsicht sowieso nichts los.

»Also, er sagte, ich sei eine selten blöde Kuh, die in jeder Frau, zu der er einfach nur freundlich sei, eine Nebenbuhlerin sieht. Ich würde mir alles einbilden. Wie findest du das?« Marianne sah mich wütend an.

»Mit fünfzig drehen viele Männer durch. Midlifecrisis, du weißt schon. Das geht vorbei. Bei meinem Max war das genauso. Und? Hab ich ihn deswegen umgebracht?«

»Hast du nicht? Und ich dachte tatsächlich, du hättest ein wenig nachgeholfen.«

»Was redest du da? Max hatte einen Herzanfall.«

»Du musst zugeben«, sagte sie, »es war schon eigenartig. Max war doch so sportlich. Nicht so ein Waschlappen wie Julius. Der kriegt es nicht einmal fertig, einmal in der Woche zu joggen. Ist ihm zu anstrengend, sagt er.«

»Du weißt, Max war ein Workaholic, kannte keinen Feierabend und kein Wochenende. Er war nur für die Firma da.«

»Ja, ja, fleißig war er«, seufzte Marianne. »Ich habe ihn deswegen immer bewundert.«

»Ich weiß. Du hast es ihm auch bei jeder Gelegenheit gesagt. Warst regelrecht vernarrt in ihn.«

»Bist du etwa nachträglich eifersüchtig?« Sie lachte.

»Ach was!«, winkte ich ab.

»Julius macht keine Überstunden, nicht einmal Überminuten. Neununddreißigstundenwoche und basta. Ich fand seine Arbeitszeit okay. So hatte er Zeit für mich.«

»Als Finanzbeamter kann er sich das leisten. Seine Stelle ist jedenfalls sicher.«

»Trotzdem kommt er in letzter Zeit spät nach Hause. Faselt was von Fortbildungskursen und Computerprogrammen, die sie in der Verwaltung aufgebrummt bekommen haben.«

»Das kann doch sein. Die müssen schließlich auch mit der Zeit gehen«, sagte ich.

»Wieso verteidigst du ihn eigentlich?« Marianne lehnte sich nach hinten, sodass sie flach auf meiner nagelneuen geblümten

Hollywoodschaukel lag. Die habe ich mir erst nach Max' Tod kaufen können. Er fand so etwas immer viel zu kitschig.

»Tu ich das?«

»Ja!«

»Vielleicht vergleich ich die beiden nur«, sagte ich.

»Na, dein Max war ein Bild von einem Mann. Und so klug und bescheiden.«

»Mag sein, dass du ihn so gesehen hast. Aber wie er wirklich war, weiß nur ich. Er war ein Haustyrann, selbstgerecht und eitel. Doch das wusste er gut zu verbergen«, sagte ich.

»Es ist nicht nett von dir, so über Max zu reden. Er war gastfreundlich, hilfsbereit und so charmant.«

»Natürlich, zu anderen Leuten. Aber daheim musste alles nach seinem Kopf gehen.« Ich spürte, wie die alte Wut in mir aufstieg.

»So schlimm fand ich ihn gar nicht«, sagte Marianne.

»Ich schon. Max entschied alles: In welche Schule die Kinder gehen sollten, wohin wir in Urlaub fuhren und was angeschafft werden sollte. Meine Meinung zählte nicht. Unsere Jungs waren froh, als sie ausziehen konnten. Danach wurde es noch schlimmer. Wenn Max gestresst nach Hause kam, zog er die Laufschuhe an, schnappte seine Trinkflasche und rannte stundenlang durch den Kräherwald. Nach einer solchen Gewalttour brach er zusammen, vor meinen Augen.«

»Es war da vorne, nicht wahr?«, sagte Marianne und starrte auf die Stelle vor der Schiebetür, als ob Max' toter Körper immer noch daliegen würde.

Und obwohl Marianne und ich fast über alles reden konnten, habe ich ihr nie erzählt, dass ich, bevor ich den Notarzt verständigte, die Trinkflasche gründlich abgeschrubbt und ausgespült hatte. Man hätte sonst Spuren des stark blutdrucksenkenden Mittels gefunden, das ich hineingeschüttet hatte.

Nach dem Frühstück duschte Marianne ausgiebig, während ich die Wohnung aufräumte und über Julius und mich nachdachte. Wir waren für Montagabend in einer Weinstube außerhalb der Stadt verabredet. Und ich freute mich schon sehr darauf.

»Ich wäre dann so weit«, rief Marianne fröhlich, als sie aus dem Bad kam. »Lass uns Geld ausgeben gehen, Julius' Geld!«

Eine halbe Stunde später schlenderten wir die Königstraße hoch und sahen uns die Auslagen an. Später aßen wir in der Schulstraße ein Fischbrötchen und tranken einen Kaffee im Stehen. Wir gingen zum Breuninger, wo sich Marianne ein knallorangefarbenes Kostüm kaufte. Sie ließ es gleich an.

»Ich fühle mich wie neugeboren«, sagte sie, als wir im Café Floh saßen.

»Es steht dir wirklich gut«, schwindelte ich, denn sie sah eher aus wie ein winkendes Signalmännchen an der Autobahn.

»Wenn ich es mir recht überlege«, sagte sie, als sie nach dem Kaffee Sekt bestellte, »ist es viel besser, wenn ich mich scheiden lasse. Ich kenne einen guten Anwalt. Der wird aus Julius den letzten Cent herausholen.« Sie sah an sich hinunter. »Findest du nicht, dass ich zu meinem neuen Outfit unbedingt eine Handtasche und passende Schuhe brauche? Ich weiß einen tollen Laden in der Calwerstraße.«

Also zogen wir wieder los. Marianne gluckste vor Vergnügen, als ihr die gestylte Verkäuferin die Rechnung für zwei Paar Sommerschuhe und die winzige Tasche präsentierte. Ich zuckte zusammen, als ich den Betrag am Kassendisplay sah. Von dem Geld hätte so manche vierköpfige Familie locker einen Monat leben können.

»Ich freue mich schon auf seinen Gesichtsausdruck, wenn er sieht, was ich mir heute alles geleistet habe.«

»Findest du nicht, dass du übertreibst?«, fragte ich, während wir die vielen Einkaufstüten in die Tiefgarage schleppten, wo mein Auto stand.

»Aber nein, im Gegenteil. Du weißt doch, wie geizig Julius ist.«

Den Eindruck hatte ich allerdings nicht, denn mir brachte er fast immer kleine Geschenke mit.

»Alles hat seinen Preis«, kicherte sie.

Es war bereits dunkel, als ich sie nach Hause brachte. Sie wollte unbedingt, dass ich zum Abendessen bleibe, aber ich lehnte ab. Ich hatte genug. Sie war einfach anstrengend.

»Das machen wir jetzt öfter«, sagte sie beim Aussteigen. »Und nächstes Mal suchst du dir etwas Hübsches aus. Ich bezahle, okay?«

»Danke, sehr lieb von dir, aber das kommt überhaupt nicht in Frage«, sagte ich.

»Schade. Dann werde ich sein Geld allein ausgeben müssen!«, lachte sie und stapfte die Staffel hoch, die zu ihrem Haus führte.

Ich blieb im Auto sitzen und dachte nach. Armer Julius. Kein Wunder, dass er es nicht mehr mit ihr aushielt. Und Marianne war fest entschlossen, ihn zu ruinieren. Ich musste das verhindern. Natürlich sollte es wie ein Unfall aussehen. Ich ließ den Motor an und fuhr langsam die Straße hinunter. Keine fünfhundert Meter weiter stand neben einem großen Fliederbusch Mariannes Fiesta. Und plötzlich wusste ich, was ich zu tun hatte. In der nächsten Querstraße fand ich endlich einen Parkplatz und sah mich um. Kein Mensch weit und breit. Leise öffnete ich den Kofferraum und nahm aus dem Werkzeugkasten eine kleine Zange heraus. Jetzt brauchte ich nur noch die Plastikhandschuhe. Aber in meinem uralten Rotkreuz-Kästchen waren natürlich keine drin. Es musste eben ohne die Dinger gehen. Es machte mir nichts aus, mir die Finger schmutzig zu machen. Das war ich gewohnt, da ich kleinere Reparaturen im Haus selbst machte. Ich rannte zum Wagen zurück, kroch darunter, und nach ein paar Handgriffen war alles erledigt.

Zu Hause stopfte ich meine verschmierte Jeans und das T-Shirt in die Waschmaschine und machte sie gleich an. Dann nahm ich ein heißes Bad und entspannte mich endlich. Nur die Flecken an meinen Fingern, die ich beim Durchschneiden der Bremskabel bekommen hatte, ließen sich schwer entfernen. Nur gut, dass ich eine Flasche Terpentin im Keller hatte.

Danach lag ich noch lange wach und grübelte. Mein Leben war wirklich ziemlich kompliziert geworden. Doch das würde sich bald ändern. Als ich endlich eingeschlafen war, träumte ich von der streunenden Katze. Sie wollte wohl schon wieder Milch trinken und miaute ohne Unterlass. Sie ließ sich auch nicht wegscheuchen, als ich die leere Schale nach ihr warf. Sie miaute einfach weiter. Erst nach und nach wurde mir klar, dass das Geräusch, das mich so quälte, nicht das Miauen war, sondern das Piepen meines Handys, das unter dem Kopfkissen lag. Ich kramte es vor und meldete mich.

»Kannst du gleich herkommen?«

»Hm?«

»Bitte, komm schnell. Ich erzähle dir alles nachher.«

Ich war sofort wach. »Was ist denn?«

»Die Polizei war gerade da. Julius hatte … er ist tot.«

»Das kann nicht sein!«

»Doch. Bitte komm schnell, ja?« Sie legte auf.

Wie in Trance zog ich mich an und lief zum Auto. Während ich die Lenzhalde in Richtung Westen hinunterraste, hämmerte es in meinem Kopf: Er ist tot, er ist tot. Nein, er darf nicht tot sein. Nicht mein Julius!

Und doch wusste ich, dass Marianne die Wahrheit gesagt hatte. Ich brauchte eine Ewigkeit, bis ich in der Eugenstraße einen Parkplatz gefunden hatte. Dann rannte ich die Staffel hoch, die zu Mariannes Wohnung führte. Als ich klingelte, war ich schweißgebadet.

Eine ältere Frau mit Lockenwicklern und im geblümten Morgenrock stand in der Wohnungstür.

»I bin Frau Weckerle, d' Nachbarre von nebenaan«, sagte sie und reichte mir ihre Hand. »Und Sie send d' Fraindin, gell? Kommet Se, kommet Se noh rein. Isch des net furchtbar?«, sagte sie.

Wir gingen ins Wohnzimmer. Marianne saß auf der Couch und zitterte. Sie hatte das hauchdünne Nachthemd an, das sie sich in ihrem Kaufrausch zugelegt hatte. Der selbstgestrickte knallrote Pullover, den sie sich um die Schultern gelegt hatte, und die weißen Tennissocken machten das traurige Bild perfekt. Sie hätte sich wenigstens etwas Richtiges anziehen können, dachte ich, während ich sie umarmte.

»Was war denn los?«, fragte ich.

»Ich hatte gestern Abend noch einen furchtbaren Krach mit Julius«, sagte Marianne. »So hab ich ihn noch nie gesehen. Er schrie mich an, wo ich so lange gewesen sei. Er habe seit Freitagabend versucht, mich zu erreichen, und bei allen Verwandten und Bekannten angerufen. Erst da habe ich gemerkt, dass der Akku leer war. Als ich ihm das Handy zeigte, warf er es in den Mülleimer.«

»Hast du ihm denn nicht gesagt, dass du bei mir warst?«, fragte ich und drückte meine zitternden Hände fest zusammen.

»Doch, aber er hat mir kein Wort geglaubt. Er schrie wie ein Wahnsinniger, ich solle gestehen, dass ich einen Liebhaber hätte. Und als er die Einkaufstüten gesehen hat, sagte er, das sei der beste Beweis, dass ich fremdgehe. Ist doch lächerlich, oder?«

Ich zündete mir eine Zigarette an.

Marianne nahm auch eine. »Ich schrie natürlich zurück, er solle nicht so scheinheilig tun. Schließlich betrüge er mich und nicht ich ihn.«

»Ich wusste gar nicht, dass Julius so eifersüchtig ist … ich meine, war«, sagte ich leise.

»Ich auch nicht! Deswegen will ich auch nicht wiederholen, was er alles zu mir gesagt hat. Doch als er anfing, mich mit dir zu vergleichen, sah ich rot.«

»Ja, ja, Sache gibt's, die gibt's gar net«, sagte Frau Weckerle und nickte vielsagend.

»Was hast du gemacht?«, fragte ich.

»Den Aschenbecher hab ich nach ihm geworfen. Aber ich habe ihn nicht getroffen.« Marianne zeigte auf die muschelförmige Schale aus meerblauem venezianischem Glas, die auf dem Couchtisch stand. »Das Ding ist so massiv, dass es nicht einmal einen Kratzer abbekommen hatte«, schluchzte Marianne.

»Der Knall war ganz schee laut«, sagte Frau Weckerle und reichte Marianne ein Papiertaschentuch.

»Und weiter?«, fragte ich heiser.

Marianne putzte sich die Nase. »Er sagte, er habe genug von meinen Eskapaden, und rannte hinaus. Ich habe ihm nachgerufen, er solle sich zum Teufel scheren.«

»Des stimmt!«, sagte Frau Weckerle. »I hab's auch g'hert.«

Marianne knetete das Taschentuch zwischen ihren Fingern. »Und jetzt ist er tot.«

»Ich brauche jetzt dringend etwas zum Trinken«, sagte ich leise und ging in die Küche. Dort nahm ich rasch mein Handy aus der Jackentasche und schaltete es ein. Es waren fünf neue SMS-Nachrichten gespeichert. Ich musste nicht erst nachschauen, um zu wissen, dass sie von Julius waren. Als ich mit einer Flasche Trollinger und Gläsern zurückkam, sah mich Marianne mit geröteten Augen an. »Ich bin schuld, dass er tot ist, ich ganz allein«, jammerte sie.

»Des derfet Se net sage«, sagte die Nachbarin. »Es war oifach a Ooglicksfall. Wahrscheinlich war des sei Schicksal, dass er so jung hat sterba müsse, gell?«

Ich füllte die Gläser und setzte mich. In meinem Kopf rauschte es, und meine Knie fühlten sich an, als seien sie aus Gummi.

Marianne setzte sich gerade hin, seufzte und trank einen Schluck Wein. »Ja, so wird es gewesen sein. Die Vorsehung! Wäre nämlich sein nagelneuer Mercedes von ein paar Tagen nicht in die Werkstatt zurückgerufen worden«, sagte sie mit der Stimme einer Nachrichtensprecherin, »hätte er nicht meinen Fiesta genommen.«

Ich starrte sie an.

»Oben am Kräherwald, übrigens gar nicht weit von dir, ist er gegen einen Baum geprallt. Er war sofort tot, sagte die Polizei.« Sie seufzte.

Julius wollte zu mir! Mein Magen krampfte sich schmerzhaft zusammen. Ob er Marianne etwas über uns gesagt hat? Sie sah mich so komisch an. Nein, das konnte ich sie jetzt wirklich nicht fragen.

»Der Polizist hat gesagt, Julius sei viel zu schnell gefahren. Ich muss ihn morgen früh identifizieren. Könntest du mich hinfahren?«

Ich nickte und zündete mir die zweite Zigarette an.

»Übrigens, den Fiesta, oder das, was von ihm übrig geblieben ist, haben sie beschlagnahmt. Ich weiß gar nicht, warum.«

Frau Weckerle erhob sich schwerfällig. »Also, i tät jetzt langsam in mei Bett ganga. Es wird sich scho älles uffkläre. Und Ihre Fraindin bleibt bei Ihne, gell?«

Natürlich blieb ich.

Marianne und ich saßen bis zum Morgengrauen auf der Couch. Ich muss ziemlich betrunken gewesen sein, denn ich weiß nicht mehr, worüber wir noch gesprochen haben. Eigenartigerweise blitzen Mariannes letzte Worte in meiner Erinnerung deutlich auf. »Bis dass der Tod uns scheidet«, murmelte sie und sah mich verschmitzt an. Aber vielleicht bildete ich es mir auch nur ein, und sie schielte bloß. Dann rollte sie sich wie eine Katze zusammen und schlief ein.

Ich blieb noch lange neben ihr sitzen. Der Wein schmeckte mir nicht mehr. Die letzte Erdnuss in der Schale war ranzig. Das Wohnzimmer drehte sich wie ein Karussell. Auch meine Gedanken drehten sich im Kreis. Doch eine Lösung habe ich bis heute nicht gefunden. Eines war aber klar: *Ich* würde schweigen wie ein Grab.

Britt Reißmann

Wein, Weib und Gesang

*»Wer verehrt Wein, Weib, Gesang,
der ist gestraft sein Leben lang!«*

Dieses nicht ganz originalgetreue Zitat, sehr frei nach Martin Luther, hängt seit neuestem goldgerahmt über dem Bett meines Mannes. Mein Nachtschränkchen hingegen schmückt ein Kasten aus Plexiglas, der ein wenig an die Miniaturausgabe eines aufrecht stehenden Schneewittchensargs erinnert. Auch der Inhalt ist so schön, dass er mich zu Tränen rührt. Die Anmut dieser schlanken Flasche, das Etikett weiß wie Schnee, die geschwungene Schrift schwarz wie Ebenholz und der Inhalt rot wie Blut – das letzte Exemplar 2003er Neipperger Schlossberg Samtrot, mein erklärter Lieblingswein. Eigentlich ist dieses Kästchen als ewige Mahnung gedacht. Als eine Art Gedenkschrein sozusagen. Ich muss diese Flasche nur ansehen, und in meiner Erinnerung zerplatzen Weinflaschen auf gekacheltem Steinboden, aus denen die tiefrote Flüssigkeit rinnt wie dünnes Blut. Ich höre das Klingeln der Registrierkasse, sehe das Licht der Neonlampe über dem Ladentisch, das sich im kalt glänzenden Stahl eines Pistolenlaufs bricht.

Damals war ich Opernsängerin am Stuttgarter Staatstheater. Und ich liebte meine Arbeit von ganzem Herzen. Leider teilte ich das Los vieler Opernsängerinnen: Ich war zu dick. Sogar viel zu dick. Die gängigen Ausreden vom großen Resonanzraum und der Kraft, die man zum Singen braucht, hatten ausgedient. Als anlässlich einer Kostümprobe zu Bizets »Carmen« beim Einsatz der Stütze meine Bauchmuskeln der Fettschürze ins Gehege kamen und mir mitten in der »Habanera« das Mieder platzte, legte mir mein Intendant eine Diät ans Herz.

Für die folgende Spielzeit war Dvoráks »Rusalka« angekündigt. Ich hatte mich todesmutig für die Hauptrolle beworben. Natürlich war mir klar, dass eine Nixe, die das Publikum eher mit einem Pottwal in Verbindung bringt, auf der Bühne nicht gerade der Knüller sein würde. Vor meinem geistigen Auge sah ich schon mitten in der Arie »An den Mond« meinen Fischschwanz bersten und die silbrigen Schuppen wie Glitzerkonfetti in den Zuschauerraum regnen. Es musste also etwas passieren, und zwar schleunigst.

Ich hatte in den letzten Jahren schon einige Diäten ausprobiert: Das erste Mal hatte ich mich zum Abspecken entschlossen, als Rigoletto sich weigerte, mich als Gilda in einem Sack über die Bühne zu schleifen. Nicht nur, dass wir einen Sack in Übergröße brauchten; er bekam mich auch trotz Einsatz all seiner Körperkräfte keinen Zentimeter vom Fleck. Die Rolle wurde daraufhin einer jungen Newcomerin übertragen, die zwar kaum halb so gut sang wie ich, dafür aber nur die Hälfte wog.

Daraufhin versuchte ich eine sogenannte Mayo-Diät.

Ich brauchte ein paar Tage, bis ich begriffen hatte, dass diese Diät nicht auf Mayonnaise aufbaute, wie ich irrtümlicherweise annahm. Daher schlug die Waage zunächst in die falsche Richtung aus. Unsere Cellistin meinte, man müsse bei dieser Diät pro Tag bis zu achtundzwanzig Eier essen. Das hielt ich exakt eine Woche durch. Dann bekam ich schon beim bloßen Anblick von Eiern Würgereiz, und mein Mann wollte gewisse Ähnlichkeiten mit einem Huhn bei mir feststellen.

Während der Spielzeit von »Aida« hatte ich nur eine Nebenrolle und dachte, ich könnte es mal mit Abführmitteln versuchen. Schließlich blieb mir zwischen den Auftritten genug Zeit, die ich auf der Toilette verbringen konnte. Leider ließ sich das Ganze nicht so gut timen, wie ich gehofft hatte. Während Radames auf der Bühne lautstark seine Aida pries, produzierte ich backstage Geräusche, von denen ich fürchtete, sie würden die Kesselpauken übertönen.

Auch eine Diät mit Lightprodukten, die ich anschließend ausprobierte, brachte nicht den erhofften Erfolg. Das Einzige, was dabei schlank wurde, war mein Geldbeutel. Danach hatte ich das mit dem Abspecken ein wenig schleifen lassen.

Man kann also sagen, Diäten sind für mich so etwas wie die Chor-Mädchen für den Intendanten. Ich habe sie nacheinander durchprobiert und meide sie seitdem wie die Pest. Die Erfahrung hatte mir gezeigt, dass keine dieser Hungerkuren von Erfolg gekrönt war. Es musste also etwas ganz Neues her. Etwas Weltbewegendes! Eine Diät ohne Jojo-Effekt, die Spaß machte, motivierte und bei der man nicht ständig dieses nagende Hungergefühl verspürte. Durch Zufall stieß ich auf einen wissenschaftlichen Artikel in einer Zeitung, in die ich eigentlich gerade die Küchenabfälle einwickeln wollte. Kartoffelschalen und welke Salatblätter fielen unbeachtet zu Boden. Was kümmerte mich etwas so Profanes wie Biomüll, wenn sich gerade die Lösung all meiner Probleme vor mir auftat!

Wenig später war ich in der Küche damit beschäftigt, das Abendessen vorzubereiten, während Herbert sich im Wohnzimmer von berühmten Opernchören beschallen ließ. Er liebte die Oper, er liebte mich und im Grunde jedes Gramm an mir. Meinen vielen Diät-Versuchen stand er nachsichtig gegenüber, so wie eine Mutter den flippigen Freund ihrer Tochter toleriert, den sie zwar nicht sonderlich sympathisch findet, ihrem Kind aber partout nicht ausreden kann.

»Hast du schon mal etwas von einer Rotwein-Kur gehört?«, brüllte ich zum Wohnzimmer hinüber, während ich das Kartoffelgratin in den Backofen schob.

Als ich den Kopf hob, stand Herbert schon in der Tür. Ich sah dem schicksalsergebenen Gesicht meines Ehemannes an, dass er sich bemühte, dem neuesten Diät-Projekt seiner Frau ein größtmögliches Maß an Verständnis entgegenzubringen.

Ich zog den herausgerissenen Zeitungsartikel hervor und zitierte: »Offenbar gibt es im Wein Substanzen, die schlank halten. Die im Rotwein enthaltenen Phenole aktivieren Enzyme, die bei Fadenwürmern direkt mit dem Hunger-Mechanismus in Verbindung stehen.«

Ich riskierte einen Blick auf Herbert. Er starrte mich stirnrunzelnd an, als überlege er angestrengt, ob er mit einem Fadenwurm oder einer Neunzig-Kilo-Frau verheiratet war.

»Trockener Rotwein erhöht den Energie-Umsatz um ein Vielfaches, wodurch der Körper die Kalorien aus der Nahrung effektiver verbrennen kann«, fuhr ich fort. »Herbert, haben wir vielleicht einen trockenen Rotwein im Keller?«

Herbert starrte zunächst seinen Bierbauch an und dann mich. Also gut, dann nicht. Ich würde es auch ohne seine Hilfe schaffen. Siegesgewiss trug ich zu den Klängen von Verdis »Einzug der Gladiatoren« das Kartoffelgratin zum Esstisch.

Ich muss gestehen, dass ich als exzessive Konsumentin von Martini-Cocktails und Kir Royal an Premierenabenden in Sachen Wein nicht sehr versiert bin. Genaugenommen verstehe ich vom Rotwein so viel wie eine Reblaus vom Koloratursopran. Dennoch war ich fest entschlossen, diese Kur durchzuziehen.

In einer gut geführten Weinhandlung ließ ich mich beraten. Der nette ältere Mann hinter dem Ladentisch stellte sich als Herr Müller-Torgauer vor und hörte sich mein Problem geduldig an. Dann führte er mich zu einem Weinregal und zog eine 0,75-Liter-Flasche heraus, so behutsam, als würde er eine Handgranate entschärfen wollen.

»Das, meine Liebe, ist ein Neipperger Schlossberg Samtrot des berühmten Jahrganges 2003. Ein Spitzenwein, barriquegereift und trocken, wie geschaffen für eine Diät«, flüsterte er andächtig und schob seine Halbmondbrille nach oben, die ihm auf die Nasenspitze gerutscht war. »Eine Mutation des Schwarzrieslings, samtig, geschmeidig, mit fruchtigem Bouquet und einer sehr milden Säure. Das ist wichtig für Ihren Magen, weil Sie ja sicher nicht allzu viel essen werden, nicht wahr?« Er schenkte mir ein Probiergläschen voll und ließ mich kosten. »Aber Vorsicht, er ist sehr gehaltvoll. Vierzehn Prozent Alkohol.«

Der Wein wärmte die Zunge und hatte eine dezente Kirschnote im Abgang, die mich an meinen geliebten Kir Royal erinnerte. Es war Liebe auf den ersten Schluck. Ich hatte meinen Wein gefunden. Na ja, ganz billig war er nicht. Aber für die Kunst muss man nun mal Opfer bringen.

Ab sofort lebte ich nur noch von Weißbrot, etwas Käse und einem Viertel Rotwein zu jeder Malzeit. Zugegeben, anfangs war es etwas gewöhnungsbedürftig, aber bald passten sich meine Geschmacksnerven dem trockenen Wein an, und nach ein paar Tagen konnte ich mich schon kaum noch an den Geschmack von Kir Royal erinnern.

Am Ende der ersten Woche wurde ich mit vier Pfund weniger auf der Waage belohnt. Ich war in Hochstimmung, tanzte durch die Wohnung und trällerte lauthals die Arie aus »La Traviata«: »Auf, schlurfet, auf, schlurfet in durstigen Zügen ...«

Sogar Herbert wurde von meiner Euphorie angesteckt. Wobei mir auffiel, dass er schon hin und wieder mit sorgenvollem Blick den Pegel meiner Weinflasche überprüfte, wenn er meinte, ich sähe es nicht. Völlig unnötig. Ich war überzeugt, alles fest im Griff zu haben.

Als in der zweiten Woche die Gewichtsabnahme stagnierte, beschloss ich, das Brot wegzulassen und es durch ein zusätzliches Viertele Wein zu ersetzen. Den Käse musste ich beibehalten, den brauchte ich zum »Magenschließen«, damit der Wein auch drinblieb.

Der Erfolg war durchschlagend, was mich ungemein motivierte. Mein Gewicht sank im gleichen Maß, wie mein Alkoholkonsum stieg. Ich war begeistert, da das Hungergefühl im Magen von dem konstanten Alkoholpegel betäubt wurde. Bis auf das eine Mal, als ich während der Aufführung von »Madame Butterfly« beinahe – aber nur beinahe – in den Orchestergraben stürzte, kam es auch nie zu unangenehmen Zwischenfällen oder Nebenwirkungen.

In der dritten Woche hatte ich bereits zehn Pfund abgespeckt. In das Carmen-Kostüm passte ich wieder mühelos hinein – ja, es schlackerte mir geradezu am Leib. Aber ich wollte mehr.

Bald hatte ich festgestellt, dass ich viel schneller an Gewicht verlor, wenn ich mehr trank, als der Diätplan vorsah. Ich hielt mich schon längst nicht mehr an den Plan, sondern kippte Rotwein, wo ich ging und stand. Der kleine Flachmann, den ich stets bei mir trug, war zu meinem besten Freund und Verbündeten geworden.

Die große Wende kam an einem Samstagnachmittag in der vierten Woche meiner Wunderdiät. Ich hatte mit Erschrecken festgestellt, dass nicht mehr genug Wein fürs Wochenende im Keller war und die Geschäfte gleich schließen würden. Wie eine Furie stürzte ich aus dem Haus, riss das Garagentor auf und sprang ins Auto. Ich fand nicht gleich das Zündschloss und würgte den Wagen in der Aufregung zweimal ab. Als ich aus der Einfahrt schoss, nahm ich eine Ecke des Betonpfeilers mit, aber das kümmerte mich wenig. Hauptsache, ich erreichte die Weinhandlung noch zeitig genug, um meinen Vorrat aufstocken zu können.

An der ersten Kreuzung stutzte ich. Ein rotes Ampelmännchen schien vor mir den Hut zu ziehen und sich zu verbeugen. Hatte ich etwa schon Halluzinationen? Ach was! Ich fand, es hatte allen Grund, mir Respekt zu zollen. Was scherten mich überhaupt diese Ampeln und die mir entsetzt aus dem Weg springenden Menschen? Mein Ziel war klar definiert. Ich nahm noch einen Schluck aus dem Flachmann, während ich geistesgegenwärtig einem rosafarbenen Kaninchen auswich, das ungeachtet des dichten Verkehrs sorglos über die Straße hoppelte. Endlich kam ich an der Weinhandlung an und parkte den Wagen dicht an einer Straßenlaterne. Zugegeben, etwas zu dicht. Aber auch die unübersehbare Delle in der Kühlerhaube meines Autos war heute nebensächlich.

Herr Müller-Torgauer bediente gerade einen Kunden, als ich wie vom Teufel gejagt in den Laden trat und zielstrebig auf die Weinregale losmarschierte. Ich bekam den langhaarigen jungen Mann in der Jeansjacke nur am Rande mit und hörte nebenbei, dass er ein Feuerzeug kaufen wollte und sich von Herrn Müller-Torgauer beraten ließ.

Wo war jetzt der Neipperger Schlossberg? Irgendwie sahen

diese Flaschen heute alle gleich aus. Jetzt hatte ich endlich einen gefunden. Aber das war nicht der Jahrgang 2003, den ich sonst immer trank. Ich wollte mich gerade an Herrn Müller-Torgauer wenden, um nachzufragen, als ich mitten in der Bewegung innehielt. Ich schloss die Augen, kniff sie ganz fest zusammen und öffnete sie wieder. Aber ich sah immer noch dasselbe: Der junge Mann vor dem Ladentisch bedrohte ganz zweifellos Herrn Müller-Torgauer mit einer Pistole! Ich kannte mich mit Waffen nicht besonders gut aus und konnte eine Pistole kaum von einem Revolver unterscheiden, aber die hier sah verdammt echt aus, und ihr Lauf zielte auf den unglückseligen Verkäufer, der sich über die offene Registrierkasse beugte.

Das durfte nicht wahr sein! Angenommen, der Schurke würde den guten alten Herrn niederschießen, dann würde womöglich der Laden geschlossen werden, und meine Wein-Kur wäre zum Scheitern verurteilt! Das konnte ich nicht zulassen. Meinen guten Neipperger Schlossberg Samtrot dieses besonderen Jahrgangs gab es ausschließlich hier!

Geistesgegenwärtig griff ich die Weinflasche, die ich gerade in der Hand hatte, etwas fester am Hals, trat beherzt auf den Übeltäter zu und schlug sie ihm, ungeachtet des stolzen Preises, so fest ich nur konnte, auf den Kopf.

Er hatte Glück, dass ich nicht mittig traf; die Flasche streifte ihn nur an der Schläfe und verletzte ihn am Ohr. Zumindest aber ging er zu Boden. Herr Müller-Torgauer stand vor der offenen Ladenkasse und starrte mich fassungslos an.

»Rufen Sie die Polizei!«, wollte ich schreien, aber meine Zunge gehorchte mir nicht. Entsetzt bemerkte ich, wie der Gangster sich wieder aufrappelte, auf mich zukam und versuchte, mir die Weinflasche zu entwenden. Ich wehrte mich, so gut ich konnte, musste aber zurückweichen, bis ich schließlich das Gleichgewicht verlor und rücklings in die Weinregale fiel. Wie in Zeitlupe sah ich die Flaschen aus den Reihen kippen und von oben auf mich zukommen. Mein letzter Blick galt Herrn Müller-Torgauer, der immer noch wie erstarrt mit offenem Mund hinter dem Ladentisch stand. Dann gingen um mich herum die Lichter aus.

Wie andere im Angesicht des Todes noch einmal ihr gesamtes Leben vor sich ablaufen sehen, erschienen mir im Schnelldurchlauf all meine abgebrochenen Diätversuche. Erst in diesem Augenblick begriff ich, wie sehr diese Kuren mein Leben beherrscht hatten. Dann verharrte mein geistiges Auge auf der Bühne des Staatstheaters. Ich sah mich bis zum Skelett abgemagert als Violetta in »La Traviata« an Schwindsucht dahinsiechen, schon dem sicheren Tode geweiht. Herbert stand als Alfred vor mir, mit einer riesenhaften Weinkaraffe in der Hand und sang die Introduktion: »Laben wir uns aus den Bechern – trinken wir mit Genuss ...« Doch beim Anblick des Weines wurde mir plötzlich sterbenselend. Von einem brennenden Gefühl in der Speiseröhre wachte ich auf und blickte in das besorgte Gesicht eines Polizisten, der mir anstatt der Weinkaraffe eine Brechschale vor den Mund hielt. Der Käse hatte heute offensichtlich als Magenschließer versagt.

»Gute Frau, Sie waren nahe am Delirium.« Der Ordnungshüter sah halb besorgt und halb belustigt aus.

Ich traute meinen Augen nicht: Hinter ihm tauchte das Gesicht des Ganoven auf, der mir fürsorglich einen kalten Umschlag auf die Stirn legte. Panisch ergriff ich den Arm des Polizisten und verpasste ihm vermutlich ein paar saftige Hämatome, aber das war mir egal. »Was ist mit Herrn Müller-Torgauer, ist er tot?«, stammelte ich.

»Aber nein, wie kommen Sie darauf?« Der Totgeglaubte kam gesund und munter auf mich zu und reichte mir eine Tasse dampfenden Kaffee.

»Aber dieser schreckliche Mensch!« Ich zwang mich, den jungen Mann ins Visier zu nehmen. »Er hat Sie doch mit einer Schusswaffe bedroht!«

Die drei Männer sahen sich einige Sekunden lang verständnislos an, bevor sie nahezu unisono in ohrenbetäubendes Gelächter ausbrachen. Der junge Mann zog die Pistole aus der Tasche und hielt sie mir vor die Nase. Ich wich zurück, und kalter Schweiß trat mir auf die Stirn.

»Haben Sie das hier etwa für eine scharfe Waffe gehalten?«, grunzte er amüsiert.

Ich zuckte unwillkürlich zusammen, als er den Abzug betätigte. Eine kleine, blaugelbe Flamme schoss aus der Mündung – aber mehr auch nicht.

»Ein Feuerzeug«, erklärte er. »Ich brauchte ein originelles Geschenk für meine Freundin. Sie ist Kettenraucherin, wissen Sie. Und Krimi-Fan. Ich wollte es Herrn Müller-Torgauer gerade über den Ladentisch reichen, damit er es als Geschenk verpacken kann, als Sie mir die Flasche über den Schädel zogen. Sind Sie eigentlich immer so spontan?«

Ich starrte die drei abwechselnd fassungslos an und kam mir entsetzlich blöd vor.

Aus purem Mitleid und wohl nicht zuletzt deshalb, weil er Opernliebhaber war, sah der junge Mann von einer Anzeige wegen Körperverletzung ab. Ich revanchierte mich mit einer Großpackung Kopfschmerztabletten und Opernkarten für ihn und seine Freundin. Den Sachschaden in der Weinhandlung muss ich allerdings begleichen.

Von Diäten jeglicher Art habe ich endgültig die Nase voll. Während der Entziehungskur, die ich nächste Woche beginne, habe ich sicherlich genügend Zeit, mir zu überlegen, wie ich das Geld für die guten Weine, die ich bei Herrn Müller-Torgauer zerdeppert habe, zusammenbekomme.

Zurzeit denke ich über eine gemeinnützige Arbeit nach, vielleicht in der Küche des Malteser-Hilfsdienstes. Köche sind aus Passion dick, die werden garantiert keine Diät von mir verlangen. Und dort bin ich rund um die Uhr mit Essen versorgt. Beim Kochen könnte ich all meine Lieblingsarien singen, ohne einen Gedanken daran verschwenden zu müssen, ob ich in dieses oder jenes Kostüm hineinpasse. Was kann es Schöneres geben?

Die Anstellung bei der Oper habe ich wegen meines Alkoholproblems verloren. Dafür fange ich ab der nächsten Spielzeit beim Musical an. In »Die Schöne und das Biest« spiele ich die »Madame Pottine«. Ich bin sicher, dass ich bis dahin das Kostüm der Kaffeekanne optimal ausfülle. Und sollte mir das mal zu eng werden, kann ich ja immer noch die Rolle des Kleiderschranks übernehmen.

Madeleine Giese

Stehimbiss mit Sitzmöglichkeit

Schon an seinem Gang sah Paolo, dass der Alte wütend war.

Schwere Tritte, die jedes Staubkörnchen zermalmten, jedes Steinchen pulverisierten. Dazu ein Gesicht, als wäre der Gehweg voller Hundescheiße.

Paolo drehte der Straße den Rücken zu. Vino rosso. Bei der Laune mehr als sieben oder acht Glas. Konnte ihm recht sein. Diese Deutschen. Tranken, wenn sie wütend oder traurig waren. Nicht vor Glück.

Stampfend betrat der Alte den Imbiss.

»Schönen Abend, Dottore.«

Der Gruß plumpste unerwidert in den schmalen Raum.

Na also, schlechte Laune. Paolo grinste. Kannte er doch, seine Stammgäste.

»Einen Vino?«

Der alte Mann grunzte, ließ sich schwer an den hintersten Ecktisch fallen. Ungeduldig schob er das Plastikdeckchen beiseite. Die künstliche Nelke in der zu kleinen Vase schwankte.

Paolo zog den Bauch ein und zwängte sich hinter den Tresen. Auf der schmalen Arbeitsplatte zwischen Fritteuse und Mikrowelle zog er den Plastikkanister vor. Vino rosso. Guter Wein. Wärme auf der Haut. Die Erinnerung an den Geruch von gärendem Most verdrängte sekundenlang das kalte Frittierfett. Sein Schwager in den sonnendurchglühten Weinbergen. Ein heißer Kloß in seinem Hals.

»Schön in Deutschland«, murmelte er entschieden, während er den roten Wein in ein Glas goss.

Der Alte hieb mit der geballten Hand auf den Tisch. Was trieb der verdammte Itaker so lange? Miefige Bruchbude.

»Sofort, Dottore«, hörte er den Fettwanst in seiner Kakerlakenzucht. Er schüttelte sich.

Paolo sah die verschobene Tischdekoration und runzelte die Stirn. Er stellte das Glas vor den Alten und schob das Deckchen gerade. Dann funkelte er mit gebleckten Lächeln kriegerisch zu ihm hinunter.

Der Alte sah ihn nicht an. Hob einfach sein Glas und trank. Augen geschlossen, den Kopf mit den zu langen weißen Haaren nach hinten gebeugt.

War er krank? Besorgt sah Paolo ihm zu.

Sah nicht krank aus. Ein bisschen ungewaschen. Ein alter Mann ohne Frau, die sagt: LosgehwaschdichduFerkel. Aber nicht krank. Wie immer den abgewetzten Anzug und die bunte Krawatte. Wie jeden Tag.

»Dottore?«

Der Alte kniff die Augen fester zusammen. Was stand der Fettwanst denn noch herum? Konnte doch mit seinen Kakerlaken plaudern. Tat er ja gerade. Dottore Eugen, die dümmste Kakerlake von allen. Wenn es hier nur eine andere Kneipe gäbe. Vermaledeiter Imbiss.

Er setzte das leere Glas ab. Nickte herrisch.

Nickend nahm Paolo die Bestellung entgegen. »Signore Moritz kommt gleich?«

Der Alte wandte den Kopf zum Fenster. Immer dieselbe elend lange Straße. Dieselben elend grauen Häuser. Sah aus wie Plattenbau im Osten. Er kniff die Augen zusammen, bis die Laster, die vierspurig an ihm vorüberdonnerten, verschwammen.

Mit trippelnden Schritten tänzelte der Wirt zum Tresen zurück.

Der Alte sah ihm nach. Warum musste dieser Kerl nur gehen wie eine Schwuchtel? Itaker eben. Konnte lange auf Signore Moritz warten. Der Mistkerl würde nicht kommen. Gut so. Auf diese rotnasige, betrügerische Fresse konnte er verzichten. Hatte ihn doch schon vor zwanzig Jahren betrogen. Schmitt und Söhne, erfahrene Konkursverwalter. Nur seinen Konkurs hatten sie in den Sand gesetzt. Steckte doch bestimmt Moritz dahinter. Der biedere Bürovorsteher. Deshalb war der doch rausgeflogen, bei Schmitt und Söhne. Direkt nach dem Schlamassel.

Verdammt geschickt, als sie sich wieder trafen. Dieses Getue, als wüsste er von nichts. Unverschuldet ins Unglück. War doch sein ständiger Spruch. Unverschuldet. Ihm hatte er nichts vorgemacht.

Ein gefülltes Rotweinglas schob sich in sein Blickfeld. Er griff danach und setzte an.

Wenn er beim Trinken die Augen schloss, konnte er sich einbilden, woanders zu sein. Nicht in diesem schmuddeligen Loch. Nach fünf Gläsern wurde der Verkehr leiser. Nach sechs blinzelte die goldgewandete Madonna in der Ecke ihm zu. Und all die gestanzten Plastikteile, die der Fettwanst unter seine Kunstblumen schob, verwandelten sich in liebevoll gestickte Handarbeit.

Wieso stand der Schleimer denn jetzt schon wieder neben ihm rum? Sollte besser Nachschub von dem Fusel besorgen. Guter Tischwein, hatte Moritz den genannt. Keine Ahnung von Wein, der Betrüger.

»Schnell trinken die Schweine«, hörte er es neben sich.

Missmutig wandte er den Kopf und fixierte den dicken Italiener. Der zauberte unter dem mürrischen Blick ein Lächeln auf sein verschwitztes Gesicht, griff das Glas und eilte zum Nachfüllen. Angewidert sah der Alte ihm nach.

So weit war es also mit ihm. Musste sich von dem italienischen Fettsack maßregeln lassen. Vor ihm hatten Unternehmer strammgestanden. Sogar der Kerl vom Sozialamt kuschte. Vom Herrn Direktor zum Dottore geschrumpft. Pisswelt.

Paolo kam mit dem dritten Glas auf ihn zu.

»Wann kommt Signore Moritz?«, insistierte er und wedelte beiläufig mit dem grauen Tuch, das immer in seinem Hosenbund klemmte, über den Nachbartisch.

Der Alte grunzte nur.

Eine Wohltat, einfach die Augen zu schließen. Nur noch den Wein spüren. Rassiger Wein. Nicht zu knapp bemessener Alkohol. Ohne schwer zu wirken. Herzhafte Säure. Temperamentvoll.

Natürlich kein Vergleich zum Château Pétrus. Petruswein, wie ihn Moritz nannte. Keine Ahnung, der Kerl. Alkoholiker, kein Feinschmecker.

Mit wollüstigem Stöhnen setzte er das leere Glas ab, wischte sich über den Mund und sagte herausfordernd: »Der kommt nicht mehr, der feine Signore Moritz. Eben abgekratzt. Keine drei Stunden her. In seiner Bruchbude.«

Befriedigt sah er, wie der Fettwanst die Äugelchen aufriss und sich das Schmuddeltuch vor den Mund hielt. Sollte er doch dran ersticken, an seinem Stofffetzen. Ganz schön schockiert, der Dicke. Verlor ja jetzt Moritz' Stütze vom Sozialamt. Die hatte er dem dusseligen Blödmann doch abgeluchst. Rotwein für Rotwein.

Paolo wankte.

Signore Moritz tot. Kurz blitzte ein zahnloses Lächeln unter Runzeln vor ihm auf. Ihm war, als hörte er eine kichernde Stimme: »Ein neuer Witz für dich, mein Bester. Also …«

Wie viele gemeinsame Jahre. Unser Wohnzimmer, hatte Signore Moritz gesagt. Vor allem im Winter, wenn es früh dunkel wurde und die Einsamkeit sich an den Häusern entlangschlich. Immer hatten sie hier gesessen. Madonna, zwanzig Jahre. Der arme Dottore. Den einzigen Freund verlieren.

Paolo schluckte.

Sprachlos wackelte sein mächtiger Schädel auf dem kurzen Hals. Dann wandte er sich ab.

Grund zum Trinken. Madonna, zwanzig Jahre.

Zufrieden sah der Alte ihm nach.

Hatten sich immer gut verstanden, der Fettwanst und Moritz. Gleiches Niveau. Heruntergekommener Bürovorstand und Imbissbudenbesitzer. Passte einfach. Derselbe Humor. All diese grässlichen Witze, die Moritz auskramte. Hatte doch richtig um den Dicken gebuhlt.

Hoffentlich hatte er den auch betrogen. Geschähe ihm recht, dem Fettwanst. Dieser mitleidige Schafsblick, mit dem er jetzt wieder hergetrippelt kam. Brachte wenigstens ein volles Glas mit.

Vorsichtig, als sei die weiße Tischplatte die Seele eines alten Mannes, setzte Paolo das Glas ab.

Der Dottore sah krank aus. So viel Trauriges in seinem Blick. Wer würde sich jetzt um ihn kümmern, wo Signore Moritz tot war?

»Seine Schulden kannst du in den Wind schreiben. Ich bezahl die nicht. War ja nicht meine gottverdammte Ehefrau«, schnauzte der Alte den Wirt an.

Paolo schluckte.

War eben doch ein guter Kerl, der Dottore. Machte sich Sorgen, dass er nicht zu seinem Geld käme.

»Keine Schulden«, erklärte er beruhigend. »Signore Moritz hat alles bezahlt.«

Prustend setzte der Alte sein halbvolles Glas ab und stierte den Wirt an. Ein dünnes Rinnsal Wein floss über sein Kinn. Er merkte es nicht.

Paolo griff nach seinem Staubtuch, riss sich aber zusammen. Das ginge zu weit. Einem Gast das Kinn abwischen. Der Dottore würde ihn umbringen.

»Schulden bezahlt? Moritz? Wann?«, kam es grollend von dem Alten.

Zwei junge Männer in Lederjacken betraten lautstark den Imbiss.

»Hey, zweimal Curry mit Pommes«, rief der eine zu ihnen herüber.

»Vorgestern«, murmelte der Wirt, während er seinen schweren Körper eilig in Gang setzte.

Mit offenem Mund sah der Alte ihm nach.

Vorgestern. Unmöglich. Vorgestern. Woher hatte Moritz das Geld? Konnte doch nicht weniger Schulden bei Paolo haben als er selbst. Wie viel war es noch mal? Egal. Vorgestern die Schulden bezahlt.

Sein Atem stockte.

Der brausende Verkehr, das Brutzeln des Fetts, die lauten Stimmen der Gäste wurden leiser, gedämpfter. Als würde sich ein Vakuum um ihn bilden. Und darin eine ferne, kichernde Stimme: »Auf diesem Felsen sollst du unsere Freundschaft bauen.«

Sogar den Tonfall hatte er noch im Ohr. Diese Vollmondnacht vor zwanzig Jahren. Die kleine Ecke im Park. Moritz und er. Der Geruch der feuchten, frisch ausgehobenen Erde. Abwechselnd hatten sie Schmiere gestanden, gegraben und geschwitzt.

Jeden Abend beim Nachhauseweg, wenn sie am Park vorbeikamen, hatte Moritz ihm zugegrinst. Und er? Er hatte sich reich gefühlt, weniger heruntergekommen, wenn er an ihren Schatz in der Erde dachte. Nur sie beide wussten, was da friedlich schlummerte. Optimal temperiert, auch ohne Weinkeller, in mehreren Hüllen Alupapier. Mit jedem Jahr besser. Und teurer.

Dieser Misthund. Diese Scheißhausratte.

Dem Alten schoss das Blut ins Gesicht. Unwillkürlich ballte er die Faust um sein Glas.

Der Nachmittag. Die stickige Einzimmerwohnung. Moritz mit eingefallenen Wangen und fiebrigen Augen. War schnell abgekratzt, der Hund. Noch bevor der Krankenwagen kam, den er schließlich doch gerufen hatte. Trotz der Proteste von Moritz.

Das Gesicht des Wirtes und ein volles Glas verscheuchten die Bilder.

Dankbar griff er danach.

Ein Schwall Pommesgeruch traf seine Nase. Hastig versenkte er sie im Glas. Atmete den herben, sauberen Weingeruch.

Sein Petruswein. Die Flasche vierhundert Mark. Schon damals. Heute bestimmt dasselbe in Euro. Wenn er gewusst hätte, dass der alte Schmitt sie an seinen treuen Bürovorsteher Moritz weiterschenken würde, hätte er sich die Geste gespart. Hatten den Konkurs doch vermasselt. Trotz Château Pétrus.

Wie viel war die Flasche heute wert? Nach zwanzig Jahren in der Erde? Hunderttausend Euro? Mehr?

»Du gottverdammter Idiot! Rindvieh, blödes«, brummte er vor sich hin.

Irritiert wich Paolo einen Schritt zurück. Wieso war der Dottore so böse? Er sah eine dicke Ader an der runzligen Schläfe pochen. Madonna. Nur kein Schlaganfall in seinem Lokal.

»Hey, Dicker. Die Pommes!«, tönte eine scharfe Stimme durch den Imbiss. Erschrocken sah Paolo zu den beiden Gästen, die sich mit zwei Flaschen Bier am vorderen Stehtisch lümmelten. Einer von ihnen sah auffordernd zu ihm. Eilig machte sich Paolo auf den Weg.

Der Alte an seinem Tisch schnaubte durch die Nase. Natürlich. Moritz hatte den Wein heimlich verkauft. Warum war er nicht gleich dahintergekommen? Wie ein Riesenbaby in den Park zu stampfen. Das Loch bohren. Tiefer und tiefer, weil er ihn nicht finden konnte, seinen Pétrus.

Er hatte tatsächlich geglaubt, an der falschen Stelle zu graben. Eine Sekunde lang. Aber es war die richtige Stelle. Der falsche Hund war vor ihm da gewesen. In irgendeiner Nacht. Obwohl er kaum mehr schnaufen konnte, hatte er den Wein ausgegraben. Sich einen schönen Lenz gemacht. Schulden bezahlt. Mit seinem Wein, seinem Château Pétrus. Gut, als sie ihn vergruben, hatte er Moritz gehört. Offiziell zumindest. Trotzdem hatte er ihn bezahlt.

Wütend packte er das Glas und goss den Wein hinunter. Hart rann er durch die Kehle. Schrie mit jedem Tropfen: Vorbei.

Von dem schnellen Schlucken traten Tränen in seine Augen. Hastig blinzelte er sie fort.

Heulend in diesem Dreckloch. Das fehlte noch. Noch nicht mal mit der Wimper gezuckt hatte er, als sie ihm seine Villa wegnahmen. Ihn aufs Sozialamt zwangen. Hatte das Gerede geschluckt, über betrügerischen Konkurs. Eugen, der Starke.

Ein kleines, selbstgefälliges Lächeln versuchte, sich in seine Mundwinkel zu schleichen. Eugen, der Starke.

Moritz hatte ihn so genannt.

Das Lächeln verschwand.

Hinter dem Tresen angelte Paolo mit dem Schöpfsieb im heißen Öl, füllte die triefenden Fritten in eine Schüssel und streute Salz darüber.

Vor dem Tresen stand einer der Gäste und trommelte mit einem Geldstück auf die Platte.

Dem Dottore eine Freude machen. Ihm zeigen, dass er nicht allein war in dieser Welt der ungeduldigen Jungen.

Er schob die Plastikschälchen in eine Tüte, wischte sich an

seinem Tuch die Hände, nahm das Geld in Empfang, gab Wechselgeld heraus. Ein schiefes Grinsen, als die Jungen ohne einen Gruß, ohne Nicken verschwanden.

Schnaufend bückte er sich und angelte nach einer Flasche. Entkorkte sie vorsichtig, polierte zwei frische Gläser und goss sorgsam den Wein ein.

Am Tisch des Alten angekommen, räusperte er sich.

Der Alte stierte vor sich hin.

»Auf Signor Moritz, Dottore.«

Der Alte sah hoch, stierte verständnislos auf die beiden Gläser. Auffordernd hielt ihm der Wirt eines entgegen.

»Auf Signore Moritz«, wiederholte der Dicke. »Auf das Leben.«

Er griff sich das Glas. Schnaubte.

Das Leben. Schöne Scheiße. Auf Betrug und Verrat. Auf den miesesten Freund, den man haben konnte. Darauf!

Er schloss die Augen, neigte den Kopf nach hinten. Stutzte und hätte sich fast verschluckt.

Verwirrt fuhr seine Zunge den Gaumen entlang. Tastete die Tropfen, ließ sie langsam zerplatzen, versuchte ihr Aroma zu ergründen, zu erkennen. Ein runder Wein. Harmonisch. Ein bisschen mollig im Geschmack – nein, eher samtig. Ein geschliffener Wein. Kellertechnisch perfekt. Ganz hinten ein schwacher Geruch nach einer Blume, Veilchen vielleicht. Ein dichter Geschmack.

Vorsichtig nahm er einen zweiten, kurzen Schluck.

Im Hintergrund eine Spur erdig. Ein Hauch. Früchte? Brombeeren, in einem heißen Sommer.

Ein drittes Schlückchen.

Eher Cassis. Oder Kirsche?

Jeder Schluck ein neues Land. Ein neues Bild. Weltreise auf der Zunge.

Er hielt seine Nase in das Glas hinein. Trank den Geruch. Inhalierte ihn mit behäbiger Gier.

Paolo lächelte. Nippte an seinem Glas. Beobachtete den versunkenen Alten.

»Noch ein Gläschen davon, Dottore?«

Selig blickte der Alte hoch. Die Runzeln in seinem Gesicht straffer, die Augen milder.

Wohlgefällig sah er dem Rücken des Wirts nach. Netter Kerl, dieser Paolo. Die Madonnenstatue an der Wand blinzelte ihm zu. Das Brausen des Verkehrs wurde zu einem beruhigenden Brummen.

Wunderbarer Wein. Ein Genuss. Wo Paolo den bloß herhatte? In zwanzig Jahren hatte er keinen so guten Wein mehr getrunken. So würde der Pétrus schmecken. Nach zwanzig Jahren. Dieser Hauch Veilchenduft, ganz entfernt, kaum wahrnehmbar.

Moment. Hatten den nicht Bordeaux-Weine? Sein Pétrus.

Der Gedanke traf ihn wie ein Schlag. Wie betäubt hob er den Kopf. Sah dem Wirt entgegen, der mit einem neuen Glas auf ihn zukam.

»Vorgestern hat Moritz seine Schulden bezahlt?«, fragte er lauernd.

»Keine Sorge mit den Schulden«, meinte Paolo nachsichtig und stellte das Glas vor ihn hin.

»Womit hat er bezahlt?«, beharrte der Alte mit angehaltenem Atem.

»Er hat bezahlt. Keine Probleme«, begütigte Paolo.

»Guten Abend«, tönte es von der Tür.

»Ah! Meine Lieben.« Der Dicke wedelte mit seinem Tuch und eilte dem älteren Ehepaar, das in der Tür stand, entgegen.

Der Alte knurrte. Stammgäste, die kannte er. Currywürste hatten Moritz und er sie genannt. Die Currywürste. Aßen nie etwas anderes. Jeden Abend.

Der Wein in seinem Glas funkelte tiefrot. Fast schon ins Schwarze spielend. Ein Sonnenuntergang am Meer. Ein Nachthimmel über Südfrankreich.

Ein Duft von Kindheit aus dem Glas. Die besten Momente des Sommers, der träge über dem Land lag. Die Luft so schwer wie die Schwarzwäldertorte von Oma.

Ein Schluck, und da war die Haut seiner Frau. Kostbar, zart und samtig. Fast konnte er sie fühlen.

Ein Geschmack – Mandeln. Ganz weit weg. Marzipan.

Weihnachten und der große Tannenbaum in der Halle seiner Villa.

In kurzen Schlucken, die er sich auf der Zunge zergehen ließ, leerte er langsam sein Glas.

Merkte nichts von dem Geschwätz und der Betriebsamkeit im Imbiss. Sah nicht die gierigen Münder, die sich über Pappteller beugten, oder den eilfertig hantierenden Paolo, der immer einmal wieder einen Seitenblick zu seinem einsamen Gast warf. Als er merkte, dass das Glas leer war, füllte er ein neues und brachte es zum Tisch.

Der Alte sah ihm entgegen. »Das letzte Glas, was Paolo?«

Der Wirt lächelte. Gut, dass der Dottore vernünftig war. Gut zu gehen, solange einen die eigenen Beine noch trugen. Er nickte.

Der Alte nickte zurück. Dreieinhalb Gläser in der Flasche. Ein halbes war mit Anstoßen draufgegangen. Dabei würde der Dicke seinen Pétrus noch nicht mal schätzen. Ein Premier Grand Cru Classé. Davon gab es nur fünf auf der ganzen Welt.

Seufzend griff er das volle Glas. Egal. Noch ein ganzes Glas Glück.

Natürlich konnte Moritz seine Schulden nicht einfach so bezahlen. Hatte den Château Pétrus ausgebuddelt. Gerissener Hund.

Wie ging noch mal der Witz mit der Maus? Wo er nur all die Witze herhatte? Jeden Tag ein neuer. Dieses kichernde Gesicht, das ihm jeden Abend gegenübersaß. Hatte nie etwas hören wollen vom täglichen Kleinkram. Dem Einkaufen im Pennymarkt, dem Pfandflaschensammeln am Ende des Monats, dem Knausern und Centzählen, dem ganzen schäbigen Leben. Witze und Träumereien. Mein Gott. Ohne Moritz hätte er den Pétrus schon lange ausgegraben. Einfach gesoffen. Ohne Freude, ohne nachzudenken.

Sein Freund Moritz.

Unmerklich hob er sein Glas und prostete dem leeren Stuhl gegenüber zu.

Der erste Schluck für Moritz. All die gemeinsamen Jahre.

Er schluckte.

Dieses Wieselgesicht. Wer weiß? Vielleicht hatte er damit gerechnet, dass Paolo ihn zu dem Wein einladen würde. Zu seinem Wein. Hatte den Dicken immerhin gut gekannt. Zuzutrauen wär's ihm.

Andächtig schloss er die Augen und trank. Die Welt verschwamm, wurde federleicht. Warm spürte er das Blut in seinem Körper strömen.

In bedächtigen Schlucken trank er. Ertastete mit Zunge und Gaumen die Konsistenz, manchmal prall wie Wassertropfen, dann wieder flüchtig wie feiner Dampf. Atmete den Geruch ein und verlor sich in den Bildern, die er weckte. Fast war es, als zöge sein Leben an ihm vorbei. Mit all seinen guten Seiten, seinen aufregenden Entdeckungen, seinen Freuden.

Vor dem letzten Schluck hielt er inne.

Die Einmaligkeit dieses Augenblicks. Niemals wieder würde er einen Château Pétrus trinken. Zwanzig Jahre gelagert. Etwas Einmaliges, dass er mit nur wenigen Menschen auf der Welt teilte.

Der letzte Schluck war der beste.

Federnd erhob er sich vom Tisch, grüßte huldvoll Paolo und die Gäste mit knappem Kopfnicken. Torkelte leicht.

Besorgt sah der Wirt ihm nach.

Schon wieder nicht bezahlt. Wenn der Dottore bloß nicht so plötzlich starb wie Signore Moritz. Noch eine unbezahlte Rechnung für den Imbiss. Aber der Wein hatte ihm geschmeckt. Musste er seinem Schwager sagen, wenn sie mal wieder telefonierten. Gut, der Südhang.

Vielleicht würde er dem Dottore noch eine Flasche anbieten. Aber auf den Preisunterschied würde er hinweisen.

Der Alte draußen zog tief die Abendluft ein. Ein leiser Frühlingsduft mischte sich in den Diesel.

Die Linden auf seinem Schulweg. Genauso hatten sie gerochen. Lächelnd taumelte er auf die Fahrbahn.

»Stehimbiss mit Sitzmöglichkeit. Wie lustig, schau mal«, sagte die Beifahrerin. Der Fahrer wandte den Kopf.

Er sah den Körper, der über die Windschutzscheibe prallte, nur aus den Augenwinkeln. Das leise Knacken, mit dem das Genick des Alten brach, ging im Bremsenquietschen unter.

Ilse Burkert-Sauer

Letzter Einsatz

Es war ein Fehler, mich auf Eric einzulassen. Ihm zu vertrauen, der Anfang meines Untergangs.

Jetzt bleibt mir keine andere Wahl. Um in Erics Worten zu sprechen, ich muss jetzt alles auf eine Karte setzen. Er oder ich, eine andere Möglichkeit gibt es nicht mehr.

Es ist kurz vor neun. Ein letztes Mal lasse ich meinen Blick über den kerzenbeschienenen Tisch vor mir gleiten. Ich habe es immer geliebt, festliche Tafeln zu gestalten, nicht überladen, aber mit Stil, zartes weißes Geschirr, handgeschliffenes Glas, weiße Rosen und handgewebte Leinenservietten.

Neun Uhr. Erstaunlich, weder schlägt mein Herz schneller, noch bin ich unruhig oder ängstlich. Ich fühle keinen Ärger, keine Wut, eigentlich überhaupt nichts. Eric wird nicht pünktlich sein, das ist er nie. Ein kleiner Zweifel sollte schon bleiben, ob er auftaucht oder nicht, wie er stets betont. Doch ich weiß, er wird kommen.

Ich nehme eine der beiden offenen Weinflaschen vom Tisch und studiere das Etikett. Vergilbt und mit eingerissenen Rändern haftet es auf der dunklen, bauchigen Flasche. Vaters ganzer Stolz: ein Brackenheimer Zweifelberg, Lemberger Spätlese, 1987. Oft schon hatte ich die Flasche in der Hand, und jedes Mal wanderte sie in ihr Versteck im Bücherregal zurück, um sie für einen besonderen Anlass in Reserve zu halten. Das aufsteigende schwere Bouquet legt sich auf meine Nasenwände. Ein Hauch von Melancholie erfüllt mich und lässt die weiten, sonnenbeschienenen Weinberge meiner Heimat am Heuchelberg vor mir sichtbar werden. Millimetergenau stelle ich den Lemberger wieder an seinen Platz zwischen Weingläsern und einem Teller selbstgebackener Mandelplätzchen. Ich streiche am Flaschenhals entlang und lasse meine Finger weitergleiten, bis sie die schlanke Flasche Brackenheimer Wolfsaugen erreichen, einen trockenen Riesling, Spätlese. Früher hatte ich mir oft ein Gläschen davon gegönnt. Ich halte die Flasche gegen die flackernde Flamme. Der gelbrote Kerzenschein pflanzt sich durch das transparente Glas fort, bricht sich und hüllt den Wein in ein leichtes, mattes Gelb, das an goldene Seidenbahnen erinnert. Für Eric ist dieser Tropfen eine Verschwendung, aber er wird nicht allzu viel davon benötigen. Ich stelle auch diese Flasche zurück.

Es läutet. Eric. Ich warte ab, denn ein kleiner Zweifel sollte auch in ihm keimen. Ich stehe auf und gehe zur Tür. Ohne die Sprechanlage zu betätigen, drücke ich auf den Türöffner und setze mich wieder an den Tisch. Langsam lege ich meine Finger um die Pistole in meinem Schoß. Das Rattern des Fahrstuhls dringt herein und verebbt. Neonlicht durchflutet den Flur und wirft einen matten Schein durch den Türspalt. Ich höre Schritte, die näher kommen.

»Hallo, Cora, Schätzchen. Sorry, ich bin ein bisschen spät, aber … wo bist du?« Erics Stimme klingt wie immer sorglos beschwingt, als könnte er keiner Fliege etwas zuleide tun.

»Ich sitze hier am Tisch.«

Mit einem leichten Tritt lässt er die Tür ins Schloss fallen. Dunkelheit umgibt uns, die nur durch den Kerzenschein vor mir erhellt wird. Für Sekunden schließe ich die Augen. Ich will meine Kraft spüren, um Erics Unschuldsblicke wie Regentropfen an meiner Fassade abperlen zu lassen.

»Ah, romantisches Ambiente.«

Noch bevor ich die Lider öffne, weiß ich, dass er sich mir gegenüber auf den bereitstehenden Stuhl gesetzt hat. Ich blinzle. Der rötliche Kerzenschein streift seine Wangen und lässt seinen Teint in südländischer Bräune erscheinen. Wie immer schwingen seine schwarzen Locken bei jeder Bewegung über seine Stirn. In Gedanken streiche ich sie ihm zärtlich aus dem Gesicht, wie ich es schon so oft getan habe.

»Mir scheint, du hast etwas zu feiern?«

»Sieht ganz so aus. Feierst du mit?«

Ich lächle ihn an und fixiere auffordernd seinen Blick. Er neigt seinen Kopf leicht zur Seite und mustert mich.

»Um was geht es denn?«

Ah, er wird vorsichtig. »Um Wein, was denn sonst!«, entgegne ich schnell und deute mit dem Kinn auf den Tisch.

»Ja, klar. Ich hab mich schon gewundert, gleich zwei edle Tropfen und dieser Kerzenzauber, ganz wie im Felice. Bestimmt hast du die Flaschen irgendwo gewonnen, bei deinem Glück.«

Jetzt fühlst du dich auf sicherem Boden, was? Oh, Eric, du bist so leicht zu durchschauen. Natürlich ist alles, was man im Leben erreicht, einfach Glück, und dass ich mit dir eine Niete gezogen habe, einfach Pech, mehr nicht. In deinem Weltbild gibt es keine Verantwortung und keine Schuld. »Kennst du diese Flasche noch?« Ich schiebe Eric die Rotweinflasche über den Tisch und lasse meine Finger wieder auf dem 9-mm-Lauf der Pistole in meinem Schoß ruhen.

Eric nimmt die Flasche und betrachtet kurz das Etikett. »Lemberger, 1987. Eigentlich nicht. Ist was damit?«

Könnte ich noch weinen, würde ich jetzt damit beginnen. Wie kann er diesen Tag vergessen? Mir krampft sich jetzt noch der Magen zusammen, wenn ich daran denke, wie naiv ich gewesen war. Erst meine Ersparnisse, dann das Geld aus dem Verkauf von Vaters Weinberg, und letztlich hatte ich sogar mein Elternhaus an die Bank überschrieben, nur um Erics Schulden zu begleichen.

»Ein Erinnerungsstück. Weißt du noch, als wir zum letzten Mal durch das Haus meiner Eltern gegangen sind? Es war …«

»O nein, Cora!« Er donnert die Weinflasche auf den Tisch.

»Daher also das Theater. Ich hab mich die ganze Zeit gefragt, was du eigentlich im Schilde führst. Erst dein Gezeter vorgestern, wegen der geplatzten Bürgschaft, und keinen Tag später deine Nachricht mit dieser herzigen Einladung. Und warum das alles? Nur damit du mir mit diesen alten Kamellen auf den Geist gehen kannst? Soll ich auf den Knien vor dir rutschen, damit du mir einmal entgegenkommst und hier ausziehst? Oder soll ich vielleicht mit dir in die Kiste springen, um dich gnädig zu stimmen? Ich lass mich doch nicht kaufen!«

Ausgezeichnet. Eric, reg dich ruhig weiter auf; das ist erst der Anfang.

»Nein, Eric, glaube mir, das habe ich nicht gedacht. Ich wollte nur ... aber lassen wir das, du hast Recht. Was vorbei ist, ist vorbei. Es tut mir leid!«

Dieser Brocken ist für dein mickriges Ego, möge er dir im Halse stecken bleiben.

»Okay, Cora! Schwamm drüber. Ich gebe ja zu, dass damals nicht alles so toll gelaufen ist, wie ich gedacht hatte, aber wir sollten jetzt an die Zukunft denken. Wir haben doch noch alle Möglichkeiten.«

Du meinst wohl, du hast bereits diverse Möglichkeiten aufgetan, dich auf meine Kosten wieder aus dem Sumpf zu ziehen. Aber daraus wird nichts. Selbst wenn deine Gläubiger persönlich vor der Tür stehen, meine Wohnung bekommst du niemals, nie!

»Was meinst du?«, frage ich leise, lehne mich zurück und bewege meine Finger, um sie gelenkig zu halten.

»Na ja. Das hab ich dir doch schon erklärt. Du verkaufst deine Wohnung hier in Stuttgart, wir begleichen die Rückstände beim Inkassobüro, und den Rest investieren wir so, dass du innerhalb eines Jahres bequem wieder hier einziehen kannst. Es gibt da eine einmalige Gelegenheit bei ComCo, in eine todsichere Immobilienanlage oben auf den Fildern einzusteigen. Ich sage nur: Flughafenerweiterung. Kein Aufwand, nur ein kleines Startkapital und kaum Risiko.«

Eric neigt sich vor, greift nach dem Lemberger und will sich ein Glas einschenken.

»Nein, warte, er ist noch zu kühl. Ich hab ihn zu spät geöffnet. Erzähl weiter!«

Puh, noch mal gutgegangen. Wäre doch zu schade, wenn er mir die ganze Show vermasselt. Ich spüre erst jetzt, dass sich meine Finger fest um den Griff der Smith & Wesson geschlossen haben, und öffne die Hand wieder.

»Cora, zugegeben, manche meiner Finanzaktionen waren

nicht so profitabel, wie ich mir das erwünscht hatte, eine unglückliche Phase, aber ich schwöre, diesmal ist es etwas ganz anderes. Garantiert. Ich hab mich bestens informiert, du kannst mir absolut vertrauen.«

Ein tiefer Seufzer rutscht mir aus der Kehle. Ich lasse den Kopf sinken und versuche, mich wieder neu zu konzentrieren. Wie hatte ich nur die ganzen Jahre auf dieses Gefasel hereinfallen können?

»Komm schon, Cora. Hab ich dich jemals ins Messer laufen lassen? Nein. Du bist eben ein Sicherheitstyp, und dir muss man manchmal etwas auf die Sprünge helfen.«

»Ich weiß, so bin ich eben.« Ich kann kaum glauben, dass ich selbst diese Worte ausspreche. Vertrauen, ihm? Belogen hat er mich, ausgenommen und hintergangen. Mein Leben ist ruiniert. Alles, was mir jemals etwas bedeutet hat, ist zerstört, und das werde ich ihm niemals verzeihen.

»Also, ein Volumen von fünfzigtausend sollte schon drin sein, vorsichtig gerechnet.«

Hat er das nicht wieder schön verpackt, so ganz nebenbei, als wäre es eine absolute Belanglosigkeit, mal eben fünfzigtausend Euro auf Nimmerwiedersehen über den Tisch zu schieben?

Für einen Moment starre ich ihn an. Seine Pupillen zucken.

»Vielleicht kann ich auch noch etwas drehen für dich, aber zwanzig sind das absolute Minimum.«

Wie großzügig du doch bist, mein lieber Eric. Nichts würde ich lieber tun, als dir das Geld augenblicklich in den Rachen zu stopfen. Was sind schon zwanzigtausend Euro?

Das Aufheulen mehrerer Martinshörner reißt mich aus meinen Gedanken. Auch Eric wendet seinen Kopf zum Fenster.

Ich rücke etwas auf dem Stuhl umher und räuspere mich kurz, bis er mich wieder ansieht.

»Also gut, Eric. Noch dieses eine Mal werde ich dir …«

»Ist ja super! Ich wusste doch, dass ich mich auf dich verlassen kann. Vergessen wir die Vergangenheit. Am einfachsten wird es sein, du …«

»Nein, Eric!« Mein harter Einwurf lässt ihn verstummen.

»Was? Okay, über die genaue Abwicklung können wir noch reden, das ist nicht so wichtig.«

»Nein, Eric, nein.« Ich spüre meine Fußsohlen fest auf dem Boden. Eric, genug Geplänkel, jetzt beginnt mein Spiel.

»Cora, ich versteh dich nicht. Wir waren uns doch eben einig. Was ist denn heute mit dir los?« Er schüttelt den Kopf, sodass seine schwarzen Locken auf seiner Stirn tanzen.

»Du bekommst die Wohnung und kannst damit machen, was du willst, aber zuerst wirst du mir dein Glück beweisen müssen.«

»Spinnst du jetzt?« Seine Augen flackern.

»Es ist ein Spiel, Eric, nicht mehr und nicht weniger.« Meine Finger schließen sich um den Griff der Pistole, ich hebe sie an, lasse den Lauf über die Tischkante gleiten und ziele auf ihn.

»Bist du wahnsinnig? Nimm die Knarre weg!« Seine Stimme vibriert. »Wenn das ein Scherz sein soll, ist er mehr als daneben.«

Es ist so still, dass ich meinen Pulsschlag hören kann.

Erics Augen werden schmal. »Das wagst du nicht. Ich hau ab! Dein Theater geht mir wirklich auf die Nerven.«

»Bleib sitzen! Ich meine es ernst.«

»Pah, du bluffst ja nur! Wahrscheinlich ist das Ding nicht einmal geladen!«

Ich gebe ihm so lange Zeit, bis er tatsächlich Anstalten macht, seinen Hintern vom Stuhl zu bewegen, neige den Lauf der Smith & Wesson zur Seite und drücke ab. Ich weiß nicht, was mich mehr erschüttert, der ohrenbetäubende Knall der abgefeuerten Kugel, die sich in das Futter meines Polstersessels bohrt, oder der harte Rückschlag der Pistole, der mir beinahe die Hand vom Tisch reißt.

Jegliche Farbe weicht aus Erics Wangen, und er beginnt zu zittern. Irritiert lässt er sich wieder auf den Stuhl fallen.

»Ich sagte doch, ich meine es ernst. – Aber du hast mich unterbrochen, ich wollte dir gerade das Spiel erklären.«

Noch immer ist Eric viel zu verstört, um einen Laut von sich zu geben.

»Nimm den Rotwein.«

Er sitzt nur reglos da und starrt auf die Waffe in meiner Hand.

»Los, mach schon! Den Lemberger. Weißt du noch, wie du damals versprochen hattest, mit mir ein neues Leben zu beginnen, sobald ich Haus und Weinberge meiner Eltern verkaufen würde? Reisen wollten wir, Theater, Museen, Konzerte besuchen. Die Welt wartet nur darauf, von uns entdeckt zu werden. Welche Illusion!« Mein Blick fällt auf die bräunliche Flasche. Weinreben schneiden, Kisten schleppen, Fässer ausschrubben, wie ich das gehasst habe. Ich wollte nur weg – mit dir, Eric! Für einen Moment sehe ich meinen Vater im Weinkeller stehen. Er schenkt mir ein Probiergläschen von diesem Wein ein. Mir ist, als könne ich den weichen, samtenen Geschmack auf meinem Gaumen spüren, und fühle eine wohlige Wärme in mir aufsteigen.

»Cora, bitte …«

Ich hebe den Lauf der Pistole etwas höher.

»Noch nie in meinem Leben hatte ich mich so glücklich gefühlt. Aber für dich war alles nur ein Spiel. Neues Leben, Liebe, o Gott, wahrscheinlich hattest du sogar irgendwo eine Wette laufen, nach wie vielen Tagen du mich zum ersten Mal vögeln würdest. – Gieß ein, los!«

Erics Finger beben so sehr, als sie sich um die Flasche legen, dass er die Linke dazunehmen muss, um sie überhaupt anheben zu können. Der Rotwein schwappt ins Glas, über den Rand hinweg und ergießt sich wie eine Blutlache über die Tischdecke.

»Und jetzt den Riesling!«

»Cora!«, schreit Eric aus voller Kehle.

Ohne lange zu überlegen, greife ich selbst nach der Flasche und fülle das andere Glas.

»Jetzt liegt es an dir, Eric. Deine Chancen stehen fünfzig zu fünfzig. Sieh dir die prächtigen Farben an, dieses matte Gold und das schwere Rot, rein und klar. Nur in einem der Gläser befindet sich etwas, das nicht hineingehört. Aber sei beruhigt, du wirst es nicht schmecken. Es wird ein leichter Tod sein. Du kannst mir vertrauen.«

Entsetzt reißt Eric die Augen auf. Er glaubt mir immer noch nicht.

»Trink!«

Ich warte, verfolge, wie sich seine Finger zu Fäusten ballen und sein Blick zwischen den beiden Weingläsern und meiner Pistole hin und her wandert.

»Das kannst du nicht verlangen!« Von seiner unbeschwerten Stimme ist nur noch undeutliches Gestammel geblieben.

»Ich kann. Trink!«

Den ganzen Tag schon hatte ich diesen Moment vor Augen, hab mir vorgestellt, wie er sich winden und mich mit immer neuen Varianten von meinem Vorhaben abzubringen versuchen würde. Aber Eric sagt nichts. Ich weiß, dass er jetzt alle Wahrscheinlichkeiten durchspielt, dabei ist es ganz einfach. Weiß oder Rot!

»Eric, entscheide dich, riskier was, los!« Ich fühle, dass sich auch in meine Stimme ein leichtes Zittern mischt.

»Okay!« Noch bevor ich überhaupt verstanden habe, was er gesagt hat, steht Eric auf, beugt sich nach vorne, greift nach dem Rotweinglas und hebt es an.

Mit einem Mal spüre ich, wie meine Finger vibrieren. Er diskutiert nicht, er macht es tatsächlich!

Seine Hand schnellt nach oben. Ich sehe den Lemberger im Glas schwanken. Was hat er nur vor? In diesem Moment fühle ich bereits kühle Nässe auf meiner Hand. Etwas trifft mich. Ein brennender Schmerz durchfährt mein Handgelenk bis zu den Fingerspitzen. Ich schreie auf. Die zersplitterten Ränder des Glases haben sich tief in mein Fleisch gebohrt. Blut strömt hervor und mischt sich mit dem Samtrot des Weines zu einer bräunlichen Brühe.

»Cora, du falsche Schlange! Denkst du wirklich, dass du es jemals mit mir aufnehmen kannst? Weißt du, was dir fehlt? Der Gewinnerinstinkt! Den hat man oder eben nicht.«

Ich kann nicht denken. Das Einzige, was ich wahrnehme, ist das quälende Pochen in meiner Hand und die Pistole, die Eric nun auf mich gerichtet hat.

Jetzt geht er langsam um den Tisch herum, bis ich ihn dicht

an meiner Seite und die Mündung des Laufes hart an meiner Schläfe spüre. Ich kann mich nicht rühren, die Schmerzen lähmen mich.

»Na, was ist jetzt mit der waghalsigen Spielerin? Pechsträhne, was? Oh, sieht ja böse aus mit deiner Hand. Ich wollte dir nicht wehtun, bestimmt nicht.« Er hebt sie an, lässt sie jedoch angeekelt wieder auf die Tischplatte zurücksinken.

»Cora, Cora. Eigentlich müsste ich dir jetzt sogar dankbar sein. Ehrlich, ich hab mir schon Gedanken gemacht, wie ich dich endlich loswerden kann. Mit deinen ewigen Quengeleien bist du mir schon lange zuwider. Wolltest wohl, dass ich dir wie ein Hündchen aus der Hand fresse, was? Aber wie wäre es, wenn wir den Spieß jetzt einfach umdrehen? Wie hast du so schön gesagt, die Chancen stehen fünfzig zu fünfzig.«

Er greift sich die Rotweinflasche und drückt mir rüde den Kopf nach hinten. Kalt läuft mir die Flüssigkeit über das Gesicht. Ich schlage um mich, winde mich und versuche, mir jeden Tropfen aus der Kehle zu würgen. Der Stuhl kippt, ich falle und schlage hart mit dem Kopf auf den Boden auf. Meine Hand kann ich kaum noch spüren, sehe nur das Blut, das wie der Wein an mir klebt. Mühsam versuche ich, auf die Knie zu gelangen, und krieche zur Seite.

»Hoch gesetzt und tief gefallen. Künstlerpech.«

Wieder spüre ich Eric neben mir. Wie ein besorgter Vater kniet er an meiner Seite, schiebt mir den Arm unter, sodass ich mich aufrichten und gegen die Wand lehnen kann. Immer noch habe ich das Gefühl, ersticken zu müssen. Ich huste, meine Schleimhäute brennen und bitzeln, während mir die rote Flüssigkeit aus der Nase tropft.

»Nur zur Sicherheit. Zum Wohl, liebe Cora!«

»Eric, nein, bitte!«, flehe ich.

»Zu spät, verloren.«

Ich spüre das kühle Glas an meinen Lippen, rieche das fruchtige Aroma des Rieslings und fühle, wie der Wein in meine Mundhöhle eindringt und sie überflutet. Der Drang zu atmen zwingt mich, zu schlucken. Mir steigen die Tränen in die Augen.

»Das war's dann wohl, meine liebe Cora. Hätte wirklich nicht so enden müssen mit dir, aber wer zu hoch pokert, muss eben die Konsequenzen tragen. Du kannst dich jedoch völlig auf mich verlassen. Wenn du tot bist, werde ich alles zu deiner Zufriedenheit regeln. Für dein kleines Schmuckstück hier, direkt im Herzen Stuttgarts, wird sich ein sauberer Preis erzielen lassen. Und wer wird schon daran zweifeln, dass jemand wie du, der immer nur auf Sicherheit bedacht war, seinem Leben nach solch gewaltigen Fehlinvestitionen selbst ein Ende bereitet hat? ›Frustrierte Spekulantin stürzt sich aus Penthousewohnung.‹ Welch Aufmacher für die Zeitung.«

Meine Lungenflügel rasseln, doch ich fühle frische Luft ein- und ausströmen. Noch lebe ich, Eric.

Ich streiche mir über das Gesicht, als könne ich damit Wein und Blut von mir abwischen. Eric sitzt wieder am Tisch und schiebt sich eine Locke aus der Stirn.

»Wie lange, hast du gesagt, wird es dauern? Nun, ich habe Zeit!« Einige Sekunden trommelt er mit seinen Fingern auf dem Tisch herum, bricht ab und nimmt sich eines der Mandelplätzchen vom Teller. Eric öffnet den Mund, lässt das Gebäck darin verschwinden und lächelt mich an.

»Ich auch, Eric!«, flüstere ich, während sich Erics Lippen mit einem Mal grässlich verziehen, er den Mund röchelnd aufreißt und sich gleichzeitig mit beiden Händen an den Hals fasst. Seine Wangen färben sich unnatürlich rot.

Ich schließe die Augen.

Diesmal ist es mein Spiel, und ich habe gewonnen, Eric.

Ein lauter Schlag ertönt, gefolgt von einem dumpfen Poltern. Ich öffne die Augen und blicke durch die Tischbeine auf die Smith & Wesson und Erics leblosen Körper, die nur wenige Schritte neben mir auf dem Boden liegen. Erschöpft lehne ich meinen Kopf gegen die Wand. Der Stuttgarter Verkehrslärm dringt leise zu mir herauf. Ich atme tief durch und mache mich daran, behutsam die ersten Glassplitter aus meiner Hand zu ziehen.

Susanne Mischke

Tod einer Weinkönigin

»Für das Protokoll: Sie sind Herr Heiner Kiebitz, geboren am 11. Mai 1967 in Wiesbaden, wohnhaft in Wiesbaden, von Beruf Weingroßhändler …«

»Jawohl, Herr Richter. Spezialisiert bin ich auf Rheingauer Rieslinge und toskanische Rote, aber Sie können bei mir auch …«

»Schon gut, schon gut, das gehört jetzt nicht hierher. Herr Kiebitz, geben Sie zu, Ihre Frau Petra Kiebitz, geborene Werner, am Abend des 10. September 2006 im Wohnzimmer Ihres Hauses mit einer Weinflasche erschlagen zu haben?«

»Einer *Weinflasche*! Also wirklich!«

»War es denn keine Weinflasche, Herr Kiebitz?«

»Nichts für ungut, Herr Richter, aber es war ein 88er Tignanello. Außerdem war die Flasche leer. Einen solchen Tropfen dekantiert man selbstverständlich schon Stunden vorher.«

»Sie geben aber zu, dass Sie mit dieser leeren Flasche Ihrer Gattin vier Mal auf den Kopf geschlagen haben.«

»Vier Mal?«

»Das geht aus dem forensischen Gutachten hervor.«

»Wissen Sie, Herr Richter, ich kann mich kaum daran erinnern. Ich war zu dem Zeitpunkt völlig weggetreten.«

»Es wurde Ihnen eine Blutprobe abgenommen, Herr Kiebitz. Zur Tatzeit hatten Sie lediglich einen Alkoholgehalt von 0,8 Promille im Blut. Nicht gerade die Menge, bei der ein kräftiger Kerl wie Sie nicht mehr weiß, was er tut, oder?«

»Ich meine damit nicht, dass ich betrunken war. Ich bin ja gar nicht zum Trinken gekommen! Ich war außer mir vor Wut – über dieses Weibsbild!«

»Warum waren Sie so wütend auf Ihre Frau, Herr Kiebitz?«

»Herr Richter, sind Sie Weintrinker?«

»Meine Trinkgewohnheiten tun hier nichts zur Sache.«

»O doch, Herr Richter. Denn sonst können Sie mich gar nicht verstehen.«

»Na schön. Ich trinke abends gern einmal ein Glas Rotwein. Und jetzt beantworten Sie bitte meine Frage, Herr Kiebitz. Warum waren Sie an dem besagten Abend so wütend auf Ihre Frau?«

»Es war ja nicht nur der Abend. Ich war schon ziemlich lange stinksauer auf sie.«

»Können Sie uns die Gründe dafür vielleicht näher erläutern?«

»Das kann ich, Herr Richter, das war nämlich so: Als ich die Petra kennengelernt habe, das war im Sommer 1998, da war sie die Weinkönigin von Trier gewesen. Sie hätten sie sehen müssen, Herr Richter, mit ihren blonden Haaren und dem Krönchen! Und so knackig wie eine reife Rieslingtraube ... Ich hab mich gleich in sie verliebt. Wir haben ja auch gut zusammengepasst. Mein Vater, müssen Sie wissen, ist Winzer. Wenn Sie mal einen ehrlichen, anständigen Rheingauer Riesling haben möchten ...«

»Bitte, Herr Kiebitz. Bleiben Sie beim Thema.«

»Das ist das Thema, Herr Richter. Eine Weinkönigin! Also, ich möchte wirklich mal wissen, nach welchen Kriterien die in Trier ihre Weinköniginnen aussuchen. Wahrscheinlich nur nach der Schönheit. Ich meine, mal unter uns, Herr Richter: Von einer Weinkönigin kann man doch wohl erwarten, dass sie sich ein klein wenig für Wein begeistert, oder?«

»Herr Kiebitz, hat das mangelnde önologische Interesse Ihrer Gattin denn irgendetwas mit der Tat zu tun, die man Ihnen zur Last legt?«

»Doch, das hat es. Also ... zuerst hat sich die Petra schon für die Sache begeistert, zumindest, solange sie Weinkönigin war. Erst später hab ich gemerkt, dass sie eigentlich gar kein Verständnis für die Materie hat. Aber da war es schon zu spät. Da waren wir schon verheiratet.«

»Es war für Sie als Weingroßhändler also ein Problem, dass Ihre Frau Ihre Leidenschaft für das Weintrinken nicht teilte.«

»Was heißt Problem? Sie hätte ja nicht unbedingt mittrinken müssen, so ein Fläschchen am Abend schaff ich auch allein. Aber ein wenig Verständnis kann man doch erwarten.«

»Inwiefern?«

»Schauen Sie, Herr Richter, das war so: Wir haben das Haus auf dem Neroberg gekauft und renoviert, und ich habe mir einen schönen, großen Weinkeller eingerichtet – nur so für mich, privat, sozusagen. Dafür musste natürlich der Betonboden raus und Lehmziegel verlegt werden. So was ist nicht billig. Allein bis ich die Ziegel aus Rumänien importiert hatte ... Und natürlich braucht es ein bisschen Kapital, bis so ein Grundstock an Wein vorhanden ist, das muss doch jeder Frau klar sein, besonders, wenn sie mal Weinkönigin war und einen Winzersohn heiratet, nicht wahr, Herr Richter?«

»Aber Ihrer Frau war das nicht so klar, oder, Herr Kiebitz?«

»Nein. Sie wollte einen Swimmingpool. Meinetwegen, habe ich gesagt, aber erst kommt der Keller, dann der Pool. Danach hat mir dieses Frauenzimmer sozusagen den Krieg erklärt. Mir und vor allen Dingen meinem Weinkeller. Wann immer eine Weinlieferung eintraf, hat sie wegen der Rechnung gezetert, und dass sie noch immer keinen Swimmingpool hat. Danach ist sie aus purem Trotz losgezogen und hat halb Wiesbaden leergekauft. Designerfetzen und so Tinnef, die meisten davon hat sie nie angezogen! Ich trinke meinen Wein wenigstens! Bis auf den, den man lange lagern muss. Ich bin da vor Jahren schon relativ günstig an eine Kiste Château Margaux aus dem Jahr 1973 gekommen, ein grandioser Jahrgang ...«

»Herr Kiebitz!«

»Schon gut, Herr Richter. Ich komm gleich zum Punkt. Nur Geduld.«

»Strapazieren Sie sie nicht zu sehr, Herr Kiebitz.«

»Wissen Sie, Herr Richter, ich koche auch gerne. Deshalb habe ich öfter Kunden zu einem schönen Essen mit Wein eingeladen. Als Weingroßhändler muss man seine Kundschaft sorgfältig hegen und pflegen. Das grenzt manchmal schon an Bestechung, Sie wissen, was ich meine ...«

»Herr Kiebitz ...«

»Na ja, auf Sie trifft das vielleicht weniger zu, Herr Richter, Sie müssen sich um Ihre Kundschaft nicht sorgen. Schon gut, Sie brauchen nicht so bös zu gucken. Ich bin ganz bei der Sache. Wo war ich stehengeblieben?

»Beim Essen.«

»Ah ja. Einmal waren vier Ehepaare eingeladen, und es gab einen unübertrefflichen 96er Riesling vom Schloss Johannisberg zum Zander. Ein ganz schmissiger Tropfen, sag ich Ihnen, der duftete nur so nach Holunderblüten, nach Minze, Zitrone und frisch gemähtem Gras. Dann kam sie. Hat am Glas gerochen wie ein Hund an seiner Schüssel und sagte: ›Der riecht wie Heiners Socken nach drei Tagen.‹ Sie können sich vorstellen, was danach für eine Stimmung herrschte. Ein andermal hat sie vor versammelter Runde meinen Lieblings-Sangiovese als Katzenpisse bezeichnet. Ich hab es bald nicht mehr gewagt, Kunden zu uns nach Hause einzuladen. Freunde kamen auch immer seltener.«

»Wenn das für Sie so ein Problem war – warum haben Sie sich dann nicht von Ihrer Frau scheiden lassen, Herr Kiebitz?«

»Tja, gute Frage Herr Richter. Natürlich habe ich ihr das vorgeschlagen. Sie war auch einverstanden damit. Sie wollte mein halbes Vermögen, auch das aus der Firma, und jetzt halten Sie sich gut an Ihrem Stuhl fest, Herr Richter – sie wollte die Hälfte des Inhalts meines Weinkellers. Von jeder Kiste die Hälfte. Und mein Anwalt hat mir bestätigt, dass sie damit vor Gericht womöglich durchkommt. Da habe ich zu ihr gesagt, ich würde sie eher umbringen, als mich unter diesen Bedingungen von ihr scheiden zu lassen.«

»Eine Morddrohung also.«

»Ach, so was sagt man halt mal, wenn man in Wut ist. Jedenfalls hätte ich nie zugelassen, dass sie die Hälfte meines Weinkellers kriegt. Unter diesen Umständen kam also eine Scheidung nicht in Frage. Daraufhin habe ich versucht, unsere Beziehung, so gut es geht, wieder zu kitten.«

»Wie denn, Herr Kiebitz?«

»Ich habe schweren Herzens die Kiste 73er Margaux versteigert und ihr im Garten diesen verdammten Swimmingpool bauen lassen. Sie bräuchte das Schwimmen für ihre Figur, hat sie gesagt. Sie schwamm dann tatsächlich von Frühjahr bis Herbst jeden Tag ihre Bahnen. Unser Verhältnis schien besser zu werden. Zumindest glaubte ich Idiot das. Sie trank ab und zu wieder ein Glas Wein mit mir und wollte sogar manchmal was über diesen und jenen Wein wissen. Mit der Zeit aber merkte ich, dass aus dem Weinkeller Flaschen fehlten. Ich führe nämlich ganz genau Buch darüber, was reinkommt und was rausgeht, und es fehlten jeden Monat so zehn, zwölf Flaschen. Meistens teure. Ich installierte also heimlich eine Überwachungskamera – und schon am nächsten Tag war Petra zweifelsfrei überführt.«

»Was tat sie mit dem Wein?«

»Tja, genau das habe ich mich auch gefragt, Herr Richter!«

»Und?«

»Ich habe einen Detektiv engagiert, der hat es rausgefunden. Sie hatte einen Liebhaber. So ein Jüngelchen aus der Staatskanzlei. Wissen Sie, Herr Richter, das wäre mir egal gewesen, sie kann rumficken, mit wem sie will ...«

»Herr Kiebitz! Achten Sie bitte auf Ihre Wortwahl.«

»Verzeihung, Herr Richter. Ist mir so rausgerutscht. Also, der Liebhaber wär mir wurscht gewesen, aber dass sie Wein aus meinem Weinkeller klaut und ihn mit zu ihren Schäferstündchen nimmt, das geht doch zu weit, oder, Herr Richter?«

»Nun, ›klaut‹ kann man dazu nicht sagen. Von Rechts wegen gehörte ihr der Weinkeller zur Hälfte.«

»Genau das hat sie auch gesagt, als ich sie darauf angesprochen habe. Also wirklich, Herr Richter, das mag ja gesetzlich so sein, aber das war eine kolossale Sauerei! Ich muss zugeben, als sie mir das kalt lächelnd ins Gesicht sagte, da reiften in mir tatsächlich Mordgedanken.«

»Welche Sie am Abend des zehnten September in die Tat umgesetzt haben.«

»Aber nein, Herr Richter, es war doch ganz anders. Wissen Sie, die letzten Jahre über ist mein Geschäft nicht mehr ganz so gut gelaufen. Schon allein wegen Petra, und dann die allgemeine Krise ... Die Leute achten immer weniger auf Qualität ...«

»Das interessiert jetzt nicht, Herr Kiebitz! Hatten Sie am

Abend des zehnten September Streit wegen des vermeintlich gestohlenen Weins? Oder wegen des Liebhabers? Erklären Sie mir jetzt um Himmels willen endlich, was geschehen ist!«

»Beruhigen Sie sich, Herr Richter, nur keine Aufregung. Ich bin doch die ganze Zeit schon dabei, Ihnen alles zu erklären. An dem Abend, als das mit Petra passiert ist, hatten wir keinen Streit. Ich hatte an dem Tag seit Langem mal wieder einen neuen Großkunden gewonnen und wollte dieses Ereignis feiern. Deshalb hatte ich schon am Mittag ein ganz besonderes Fläschchen aus dem Keller geholt, nämlich den 88er Tignanello. Ich hatte ihn geöffnet und in eine Karaffe gefüllt. Die Flasche stand noch auf der Anrichte. Petra ging am Abend oft noch mal in ihren Pool. Auch an diesem Abend schwamm sie, obwohl es draußen schon recht kühl und herbstlich war. Kurz nach acht, es war schon dunkel, kam sie herein. Sie trug ihren Bademantel und schnatterte vor Kälte. Ich bot ihr ein Glas Tignanello an, das sie auch annahm. Dann sagte sie, sie müsse sich erst aufwärmen.«

»Ja, und weiter? Was geschah dann?«

»Was sie dann tat, kann ich kaum beschreiben, Herr Richter, es treibt mir – wie Sie sehen – noch heute die Tränen in die Augen.«

»Versuchen Sie es trotzdem.«

»Petra ging mit dem Glas in die Küche. Ich ahnte nichts Böses, noch nicht. Ich hörte die Tür der Mikrowelle auf- und zugehen, und zwei Minuten später piepste es. Petra kam zurück ins Wohnzimmer. Sie hielt eine Tasse in der Hand, aus der es dampfte und nach Wein roch. Mir schwante Furchtbares, und ich sagte: ›Du hast doch nicht etwa den Tignanello …?‹ Sie grinste nur. Herr Richter, dieses teuflische, boshafte Grinsen, das hätten Sie sehen sollen.«

»Und da haben Sie die Beherrschung verloren und sie erschlagen.«

»Nein, Herr Richter.«

»Nein?«

»Erst als sie vor meinen Augen einen Beutel Glühfix in die Tasse hängte – da habe ich sie erschlagen.«

Rike Moerschner

Mausetot

Er liebt mich. Jetzt weiß ich es ganz sicher. Er muss mich lieben, denn er hat für mich getötet.

Es war im März, als mein Schwiegervater starb. Zu dieser Zeit befand sich meine Ehe bereits in einer tiefen Krise. Das mag daran gelegen haben, dass mein Mann Gregor seit Jahren darauf gehofft hatte, dass sein Vater zurücktreten und ihm die Geschäftsführung der familieneigenen Weinkellerei übertragen würde. Seit zwanzig Jahren hatte er nur darauf gewartet, endlich sein eigener Herr zu sein, nicht mehr wie ein kleiner Junge jeden Freitagabend mit seinem Vater und dem Notar der Familie essen gehen und Rechenschaft über die Geschäfte ablegen zu müssen. Sein Vater war würdevoll gealtert und hatte bis zu seinem Tod keinen Gedanken daran verschwendet, sich aufs Altenteil zurückzuziehen. Er war ein großer, schlanker, humoriger Herr gewesen, der sein Geschäft souverän und mit Leidenschaft geführt hatte. Mein Mann hingegen schien mit der Zeit die Unzufriedenheit in Person zu werden. Wenn ich ihn morgens am Frühstückstisch sitzen sah und sein Profil betrachtete, drängte sich mir immer öfter der Gedanke auf, dass alles an ihm irgendwie abwärtszeigte. Seine Mundwinkel, die permanent verkniffen und missbilligend wirkten, sein Doppelkinn, auf das sich sein Kopf stütze, und sein Bauch, der immer umfangreicher wurde. Von der Seite wirkte er wellig und nörgelig, und er lachte nur noch selten. Wenn er es doch tat, klang es gehetzt und viel zu laut.

Dann starb sein Vater, und in das Leben meines Mannes kam hektische Betriebsamkeit. In kürzester Zeit gehörte ihm nun ganz allein eines der ältesten Weinhäuser Stuttgarts, wo man

Qualität von zweitrangigen Produkten durchaus zu unterscheiden weiß. Gregors Wangen schienen von nun an permanent gerötet, seine Augen fast immer zu Schlitzen zusammengekniffen, und ich erwartete ständig, er würde sich die Hände reiben. Während mir der alte Herr durchaus fehlte, lief mein Mann zu unangenehm großer Form auf. Es fiel ihm nicht schwer, in die Rolle des Chefs zu schlüpfen, die er nun auch zu Hause nicht mehr ablegte.

Seine zunehmende Kritik an allem, was ich tat und sagte, fing an, mich zu zermürben. Besonders fürchtete ich mich vor Gesprächen über seinen Beruf im Allgemeinen und über Wein im Besonderen. Ich trinke Wein sehr gern, am liebsten rot und im Barrique ausgebaut, wenn er nicht zu viel Tannin hat, aber ich weiß nicht wirklich viel darüber. Das hatte ihn schon immer gestört, aber jetzt sah er offensichtlich eine Aufgabe darin, mir das rund um die Uhr vor Augen zu führen.

Oft ging es bereits beim Frühstück los, so auch an dem Tag, den ich heute als Beginn der Katastrophe sehe, auf die letztlich alles hinauslief.

Gregor hatte sich kaum am Tisch niedergelassen, als er, ein halbes Brötchen schon im Mund, meinte: »Ich denke, es wird Zeit für meine Einstandsparty als Geschäftsführer, meinst du nicht? Wir haben lange genug um Vater getrauert, die Anstandsfrist ist rum. Kümmerst du Dich drum? Aber bau nicht wieder Mist, du weißt …« Ja, ich wusste. Natürlich. Wie immer traute er mir nicht zu, irgendetwas zu seiner Zufriedenheit zu erledigen.

»Was nehmen wir für Wein, einheimischen?«, fragte ich.

»Selbst im Baumarkt kannst du heutzutage spanischen Rotwein kaufen, neulich hab ich welchen aus Kanada gesehen, und du kommst mir hier mit dem einheimischen Kram. Afrikanische Weine, australische, man muss doch mal was Neues ausprobieren! Du hast überhaupt keine Ahnung!«

»Wenn Du meinst …« Ich zuckte die Schultern. Er hatte Recht, ich hatte keine Ahnung, und darum fand ich diese Gespräche überflüssig. Ich hegte den Verdacht, sie dienten lediglich dazu, mich klein und ihn größer zu machen. Am meisten ärgerte mich, dass ihm das sogar gelang.

Das erste Mal begegnete er mir an einem grauen, verregneten Sonntagmorgen. Obwohl es nach November aussah, war es mitten im April, und so war der Regen angenehm sacht und mild. Es roch erdig und nach Frühling, auf den zu warten ich eigentlich schon fast aufgegeben hatte. Zu lang hatte sich in diesem Frühjahr der Winter gehalten, die Knospen der Bäume begannen erst jetzt, sich zu öffnen, und immer wieder schlug der Wind, der über die Fildern heranbrauste, von lau in scharf und kalt um.

An diesem Morgen hatte mich das nicht aufgehalten, und die angenehmen Temperaturen belohnten meinen kleinen Sohn und mich dafür, trotz des Regens einen ausgedehnten Sonntagsspaziergang durch die Streuobstwiesen unternommen zu haben, während mein Mann und meine Tochter Katja lesend auf dem Sofa lagen.

Wir waren fast wieder zu Hause angelangt, als wir einer riesengroßen Pfütze gegenüberstanden. Der Frost hatte einem tiefen Loch im Gehweg einen langen Riss hinzugefügt, und jetzt sah es aus, als hätte ein großer See einen Zulauf. Fasziniert hockte sich Jakob hin und betrachtete die Pfütze. Vorsichtig öffnete er seine Hand und ließ die unterwegs gepflückten Gänseblümchen wie Seerosen ins Wasser gleiten. Der Wind kräuselte kleine Wellen in die Oberfläche, und im Spiegelbild konnte man die grauen, schnell dahinfliegenden Wolkenfetzen ziehen sehen und Vögel, die der Wind scheinbar über den Himmel trieb.

Ich hatte mich neben ihn gekauert und sah ihm zu. Völlig vertieft in das Universum dieser Pfütze hockte er da. Inzwischen hatte er sich einen Kronkorken vom Gehweg geschnappt und ließ ihn als kleines Boot zu Wasser.

In diesem Moment schob sich ganz langsam ein weiterer Kopf in das Spiegelbild unseres Sees. In dem sich bewegenden Wasser konnte ich keine wirklichen Gesichtszüge erkennen, aber rote Haare fielen mir auf, und grüne Augen. Wir sahen uns an, alle drei. Es war ganz still.

Noch nie hatte ich so grüne Augen gesehen, der Kontrast zu den roten Haaren war unglaublich. Ich hielt unwillkürlich die Luft an. Doch da schlug Jakob mit der flachen Hand auf die Pfütze, und das kalte Wasser spritzte uns ins Gesicht. Er erschrak und fing an zu weinen. Während ich nach einem Taschentuch suchte und ihn tröstend in den Arm nahm, streifte mein Blick die Wasseroberfläche, aber in den aufgepeitschten Wellen waren nur noch die Spiegelbilder meines Sohnes und mir zu sehen.

Es dauerte eine Weile, bis er mir wieder über den Weg lief. Der Frühling war mit Macht nun auch auf den Fildern eingezogen, und die Streuobstwiesen schienen in rosa Wolken aus Blütenknospen getaucht. Die Stille verregneter Apriltage war dem lebendigen Treiben eines warmen Maianfangs gewichen, und der sich stetig drehende Wind trieb den Lärm des Flughafens zu meinem Haus hinüber. Ich kniete inmitten meines Rosenbeetes und versuchte, der Brennnesseln Herr zu werden. Mir war warm, die Sonne brannte mir im Nacken, nebenan dröhnte laut ein Rasenmäher, und auf der benachbarten Baustelle lief das Radio.

Während ich mit rotem, erdverschmiertem Gesicht vor mich hinarbeitete, hatte ich das Gefühl, beobachtet zu werden. Ich konnte Blicke spüren, direkt in meinem Rücken. Neugierig wandte ich mich um. Da stand er, am Zaun, und sah mir zu. Die Sonne schien in seine roten Haare, sodass sie regelrecht strahlten. Er stand ganz still da, den Blick auf mich geheftet. Es schien plötzlich keine Geräusche um uns herum zu geben, als würde ganz kurz die Zeit anhalten. Er sah mir in die Augen, und ich sah zurück. Sekundenlang, minutenlang. Ich wagte kaum zu atmen. Immer wieder hatte ich an ihn gedacht, und jetzt wollte ich ihn nicht mit einer unbedachten Bewegung oder zu lauten Worten vertreiben.

Die Seifenblase, in der wir uns befanden, platzte, als mein Mann aus dem Haus kam und sich im Liegestuhl auf der Terrasse niederließ. Mit einem lauten Seufzen öffnete er sich ein Bier und fragte: »Ist dir nicht viel zu heiß?«

Ich warf einen Blick zum Zaun, aber erwartungsgemäß stand dort niemand mehr. »Nein, nein, eigentlich nicht«, antwortete ich abwesend und war ärgerlich, dass er meinen Verehrer vertrieben hatte.

»Du denkst noch an das Fest, ja? Ich fliege nächsten Monat nach Afrika, und wenn ich wiederkomme, können wir die Party steigen lassen. Mach es hier zu Hause, das wirkt familiär.« In Gedanken beendete ich den Satz: »… und du kannst mal wieder richtig angeben«

»Edel«, fuhr er fort. »Ich möchte es gleichzeitig edel und leger. Lass dir was einfallen. Ich bringe Wein aus Afrika mit, und du lässt dir aus dem Geschäft welchen liefern. Eine Liste lasse ich dir da. Aber mach bloß keinen Blödsinn. Vor allem – keine Experimente. Du hast kein Gespür für Wein. Nimm nur den, den ich aufschreibe!«

Mein Blick blieb an seinen fleischigen Lippen hängen. Ganz leise stieg Wut in mir auf. Dann setzte er die Bierflasche an. Das Etikett der Flasche sah merkwürdig aus, irgendwie verrutscht. Und in diesem Moment hatte ich die Idee.

Er musste in der Nähe wohnen, so viel war klar. Man lief sich nicht einfach so zufällig über den Weg, nicht zwei Mal. Und er wusste, wo ich wohnte, also musste er mich gesehen haben, wie ich nach Hause ging. Das Rätsel löste sich noch an diesem Tag. Das Glas Rotwein, das ich zum Mittagessen getrunken hatte, tat in Verbindung mit der Wärme und der Sonne seine Wirkung. Ich legte mich mit einem Buch ins Bett. Die offenen Dachfenster ließen den Frühsommerwind durch mein Schlafzimmer streichen, den Duft von frisch gemähtem Gras und Grillwürstchen und das Lachen meiner Kinder, die im Garten spielten. Schließlich schlief ich ein. Als ich träge und warm wieder aufwachte, hörte ich aufgeregt meine Nachbarin schnattern: »Du kommst jetzt her, sofort! Was glaubst du, wie oft ich das noch sage? Ich habe die ganze Zeit auf dich gewartet.«

Neugierig trat ich ans Fenster um zu sehen, mit wem sie sprach. Er stand auf der gegenüberliegenden Straßenseite. Traurig sah er aus. Dann ging er langsam zu ihr hinüber und folgte ihr ins Haus. Er lebte bei meiner Nachbarin. Ich war einen Moment vor Überraschung ganz still. Wie lange schon? Wieso hatte ich das nie bemerkt? Mein Nachbar. Er war mein Nachbar! Verehrer wagte ich ihn angesichts der Tatsache, dass seine Lebensumstände nun offenbar geworden waren, nicht mehr zu nennen. Einen Moment schaute ich noch aus dem Fenster, ließ meinen Blick über die Fildern und die Alb streifen. Ich war melancholisch geworden, und der wunderschöne Anblick war mir gleichgültig.

An einem Abend voller Fliederduft trieb es mich ins Freie. Die Kinder lagen rotwangig und tief schlafend in ihren Betten, und ich hatte das Bedürfnis, noch einmal in die laue Abendluft zu gehen. Vom Ort her hörte man leise die Musik des Maifestes heranziehen, vermischt mit dem Blöken der Schafe, die ein Stück oberhalb meines Hauses auf einer der Wiesen am Waldrand eingepfercht waren. Ich beschloss, dorthin zu laufen und noch einmal nach den Lämmern zu schauen.

Nur ein paar Schritte die Straße hinauf, und ich hatte sie erreicht. Friedlich standen sie im dämmerigen Licht unter den alten Apfelbäumen. Im Hintergrund zeichnete sich schwarz der Wald ab, hinter dem gerade die letzten Sonnenstrahlen verschwanden und alles in ein diffuses Licht tauchten. Die weißen Körper der Schafe bewegten sich vor dieser Kulisse wie ein träges Meer.

Ich setzte mich auf eine Bank am Wegrand. Trotz der etwas späteren Stunde waren noch eine Menge Leute unterwegs, Jogger, Radfahrer und Hundebesitzer. So recht konnte ich keine Ruhe genießen, und gerade als ich mich entschlossen hatte, wieder umzukehren, sah ich ihn. Er kam langsam den Weg entlang, direkt auf mich zu. Bisher hatte er mich nicht gesehen, und ich konnte ihn ungestört betrachten. Sein rotes Haar war staubig, sein Gang müde, und er schien völlig gedankenverloren zu sein.

Als er auf der Höhe meiner Bank angelangt war, bemerkte er mich, sah mich kurz an und ging weiter. Ich war enttäuscht und blieb noch einen Moment sitzen, um nicht den Eindruck zu erwecken, nur wegen ihm aufzubrechen.

Plötzlich blieb er stehen. Verharrte einen Augenblick und wandte sich dann zu mir um. Als würde er mich das allererste Mal sehen, schaute er mich eine Weile an. Dann kam er zurück und setzte sich zu mir auf die Bank. Und wieder hatte ich das Gefühl, als würde es um uns herum ganz still. Wir saßen einfach nebeneinander auf einer Bank im lauen Wind einer Sommernacht. Lauschten gemeinsam dem Zirpen der Grillen, dem Gesang der Vögel. Als ich mich erhob, um endlich nach Hause zu gehen, stand er auch auf und ging mit mir. Er war wohl etwas unentschlossen, denn manchmal lief er ein paar Schritte vor, dann ließ er sich wieder zurückfallen, um direkt neben mir zu gehen. Viel zu schnell gelangten wir bei unseren Häusern an. Zögernd blieb er stehen und warf einen Blick in Richtung seiner Haustür. Im Küchenfenster darüber brannte Licht, und hinter der Gardine konnte man die Silhouette meiner Nachbarin sehen. Ich nickte ihm zu, schloss meine Tür auf und ging ins Haus.

Danach sah ich ihn wochenlang nicht. Eine Weile dachte ich auch nur selten an ihn, weil mich die Planung der Gartenparty in Anspruch nahm. Akribisch hatte ich das Essen geplant und mir Gedanken über die Dekoration gemacht. Die Weinwerbung hatte ich natürlich nur heimlich studiert, war aber fündig geworden. Man hatte mir die Kiste rechtzeitig vor der Party geliefert.

Die Einladungen waren handgeschrieben und in leeren, besonders hübschen Weinflaschen ihren Empfängern vor die Tür gestellt worden. Im Keller lagerten ein paar Kisten Wein aus dem Geschäft, wovon ich eine etwas abseitsgestellt und die Etiketten der Flaschen mit einem Dampfreiniger vorsichtig abgelöst hatte. Nach dem Antrocknen auf den Flaschen des von mir ausgesuchten Weines fiel der Tausch nicht mehr auf.

Eines Nachmittags wurde es endlich Zeit, Biertische und Bänke in den Garten zu schleppen, Servietten zu falten und Gläser zu polieren. Im Kühlschrank standen abgedeckt Platten mit Lammsteaks, Scampi-Spießen und Schweinefilet, Salate, Nachtisch, und in großen Körben stapelten sich Baguettes. Auf der Terrasse wartete der Grill darauf, dass mein Mann ihn entzünden würde. Endlich, eine Stunde bevor die ersten Gäste eintreffen sollten, war alles fertig, sodass mir noch Zeit für eine Dusche, ein frisches Kleid und ein bisschen Make-up blieb. Gregor, der gerade erst vom Flughafen gekommen war, trommelte ungeduldig gegen die Badezimmertür und war vor Erschöpfung und wohl auch vom Jetlag übellauniger und ungeduldiger als je zuvor. Als ich mit noch feuchten Locken in den Garten kam, wurde es ganz langsam dämmerig. Ich zündete die Gartenfackeln an und genoss die letzen ruhigen Minuten. Die Luft war erfüllt vom überwältigenden Duft meiner Rosen, in den sich langsam der Geruch glimmender Holzkohle mischte. Auf dem Tisch mit den Getränken standen in einem Kühler voller Eis Sekt und Roséflaschen, beschlagen von der Feuchtigkeit. Überall im Garten waren große gläserne Windlichter mit brennenden Kerzen verteilt, und das Ganze gab ein so stimmungsvolles Bild ab, dass ich einen Augenblick stehen blieb und es bewunderte. Dann, mit einem Schlag, war die Ruhe vorbei, es klingelte, und anscheinend kamen alle Gäste auf einmal. Wo es eben noch friedlich und romantisch gewesen war, wurde jetzt fröhlich und ausgelassen gelacht. Wir hatten einander so lange nicht gesehen, es gab so viel zu erzählen, und über dem Essen, Trinken, den launigen Gratulationsreden und dem Nachholen versäumter Gespräche verging der Abend. Strahlend stand mein Mann im Mittelpunkt, er sog die Aufmerksamkeit in sich auf und freute sich, aber ich kam ein paar Mal nicht umhin zu bemerken, wie arrogant und selbstgefällig er wirkte.

Ab und zu schaute ich nach, ob genügend Wasser und Wein bereitstanden, und schließlich wurde die letzte, die spezielle Kiste geöffnet. Wie in Zeitlupe schien mein Mann zum Korkenzieher zu greifen, um elegant die erste Flasche zu entkorken.

»Das ist was ganz Besonderes«, dröhnte er. »Mit dem wollen wir richtig anstoßen!« Die Gäste scharten sich um ihn, er schenkte ein, und ich fühlte, wie meine Schultern sich lockerten. Auf meinem Gesicht machte sich ein Lächeln breit, und ich lehnte freundlich ab, als er mir ein Glas anbot. Das würde der Höhepunkt des Abends werden, und ich genoss jeden Augenblick.

Einen Moment lang war es still, alle tranken einen Schluck, und die ersten Gesichter verzogen sich gequält. Ich sah Gregor rot anlaufen, seine Augen schienen aus den Höhlen zu quellen.

»Was ist das denn für ein Scheiß-Zeug? Das schmeckt ja wie Essig!«, stöhnte er. Dann sah er mein Lächeln und verstand. »Bist du wahnsinnig? Du blöde Kuh, wie kannst du mir das antun!« Gregor ruderte mit den Armen, Speichel lief aus seinem Mundwinkel, und seine Nasenlöcher erschienen mir riesig. Schließlich wurde ihm klar, wie unmöglich er sich benahm. Mit einem Schlag schloss sich sein Mund, er drehte sich um und verschwand im Haus. Wir standen alle wie erstarrt und hörten die Haustür laut ins Schloss fallen. In diesem Augenblick wünschte ich mir von ganzem Herzen, er wäre tot.

Nach und nach nahmen meine – ja, nun waren es meine – Gäste die Gespräche wieder auf. Wir bemühten uns um Normalität, zögerlich erklang das erste Lachen. Über uns funkelten die Sterne, es war immer noch angenehm warm. Und da sah ich ihn. Wieder stand er am Zaun und sah zu mir herüber. Er wirkte angespannt, und ich war sicher, er hatte alles mit angehört. In seinem Rücken schien groß und fast orange der Mond, und das Licht der Gartenfackeln ließ seine grünen Augen funkeln. Wie hypnotisiert ging ich langsam durch meine Gäste hindurch auf ihn zu. Er machte einen Schritt zurück, und einen Moment lang schien es, als würde er davonlaufen. Dann entspannte er sich und setze sich ins Gras. Ich stieg über den Zaun und ließ mich neben ihm nieder. Wir saßen so eng beieinander, dass ich die Wärme seines Körpers spüren konnte. Es fühlte sich tröstlich an, langsam wurde ich ruhiger und vergaß zumindest für diesen Augenblick die schreckliche Szene, die sich abgespielt hatte. Unfähig, mich länger zu beherrschen, streckte ich ganz langsam meine Hand nach ihm aus. Er schloss die Augen, als meine Fingerspitzen durch sein rotes Haar fuhren und sanft über seine Wange streichelten. Ich konnte fühlen, wie sehr er die Berührung genoss. Umgeben vom Gelächter meiner Freunde saß ich mit ihm wie auf einer Insel. Ich legte meinen Kopf an seinen. Mitten in diesen magischen Augenblick tönte die schrille Stimme meiner Nachbarin, die nach ihm rief. Er fuhr zusammen und öffnete die Augen. »Du musst gehen«, flüsterte ich ihm zu. Er erhob sich und hastete davon. Bedauernd sah ich ihm nach, bis er um die Ecke verschwunden war.

Am nächsten Morgen erwachte ich viel zu früh und mit einem leichten Druck in den Schläfen. Im Garten warteten die Überreste des Abends auf mich, und nach einem ausgiebigen Frühstück mit meinen Kindern ging es ans Aufräumen. Gregor war noch nicht wieder aufgetaucht, also würde ich es allein machen müssen.

Ich bemerkte die Leiche nicht sofort. Sie lag neben der Hecke, und als ich mich nach einer heruntergefallenen Serviette bückte, sah ich das Bein unter den Zypressenzweigen herausragen. Ich hielt inne, starrte paralysiert auf das Blutbad und nahm, unfähig den Blick abzuwenden, alle Details auf. Das völlig entstellte Gesicht, das blutige Auge, das aus der Höhle hing und den aufgerissenen Bauch.

Mir drehte sich der Magen um, und schockiert übergab ich mich neben den toten Körper. Mir war klar, was geschehen war, und mir blieb keine Zeit zum Überlegen. Die Kinder ... die Kinder durften das nicht sehen. Mit bleichen Wangen und wackeligen Knien ging ich zum Gartenhäuschen. Meine Hände zitterten, als ich den Spaten holte und hastig zu graben begann.

Als ich endlich fertig war, flimmerte es vor meinen Augen. Erschöpft ließ ich mich auf einer Decke im Schatten nieder und schlief ein.

Ich erwachte von einem Gewicht auf meinem Köper. Sein Kopf lag auf meinem Bauch und er schlief. Ich hielt den Atem an. Das Bild, das sich mir bot, war so faszinierend ruhig. Zärtlich und ganz langsam legte ich einen Arm um ihn und bewachte seinen Schlaf. Ich genoss den Frieden dieses Augenblicks und hoffte inständig, es würde uns nicht schon wieder jemand stören. Ich betrachtete in Ruhe die schimmernden roten Haare, seine sanften und doch männlichen Gesichtszüge, seinen schmalen, aber athletischen Körper mit dem muskulösen Rücken. Es war schön, ihn im Arm zu halten, sein Herz schlagen zu fühlen und mit ihm allein zu sein. Ich fühlte ein Lächeln auf meinen Lippen und ließ mich von seiner Friedlichkeit anstecken.

Als er schließlich aufwachte, streckte er sich wie ein Kind, ausgiebig und lange, bevor er seine Augen öffnete. Einen Moment lang sah er sich verträumt um, so als wüsste er nicht, wo er war. Dann sah er mich an und zwinkerte mir verschwörerisch zu. Wir hatten ein Geheimnis, wir waren Komplizen. Als wäre er sich sicher, dass dieser Gedanke mir gerade durch den Kopf ging, und als berührte ihn das unangenehm, stand er auf, sprang über den Zaun und verschwand. Ich fühlte mich unbehaglich so allein im Garten und ging ins Haus, um die Polizei zu verständigen.

Gregors Verschwinden schien für die beiden Polizisten nachvollziehbar. Die Gäste, die noch am gleichen Tag befragt werden sollten, würden bestätigen, wie er wütend die Party verlassen hatte. Die Polizei vermutete, er habe wohl in einer Kneipe einen über den Durst getrunken und würde wieder auftauchen. Vorerst wollten sie abwarten. Ich hatte keine Eile, die Ermittlungen voranzutreiben.

Von meinem Komplizen hörte ich eine Weile nichts mehr. Erst wieder an einem verregneten Tag, als ich schon daran gezweifelt hatte, ihn überhaupt noch einmal zu treffen, sah ich ihn auf der anderen Straßenseite stehen. Ich lief nach draußen, und als er mich sah, kam er auf mich zu. Blieb vor mir stehen und sah mich an, so wie immer. »So geht das nicht«, sagte ich. »Ich muss wissen, wie du dir das vorstellst mit uns«. Wortlos wandte er sich ab. »Ich brauche ein Zeichen«, sagte ich zu seinem Rücken.

Natürlich passierte nichts. Der Sommer hing schwer und brütend über Filderstadt, der Lärm der Flugzeuge nervte mich mehr als sonst, und meine Rosen schienen wie ausgeblichen. Die Baustelle nebenan ärgerte mich mit Lärm und Baudreck, und die Tage schienen in der Hitze dahinzukriechen. Ich sehnte mich nach dem Herbst, dem Leuchten der Herbstsonne über der Alb, nach buntem Laub, dem Geruch der letzten Lagerfeuer und den Nebelschwaden, die in den Baumkronen der Streuobstbäume hingen. Und endlich kam er – schlagartig kalt in der Nacht und sonnig am Tag. Die Bäume wurden rotgrüngelb, die Hitze zog endlich ab, und mir ging es wieder besser. Wenn ich jetzt im Garten war, legte ich Holzscheite in den Feuerkorb auf der Terrasse und genoss den Duft und das leise Knacken des verbrennenden Holzes. Geduldig schnitt ich Rosen und verpackte sie winterfest, baute Laubhaufen unter die Hecke, damit sich die Igel dort einnisten konnten, genau über dem Grab, und stellte das Vogelhäuschen auf. Nur manchmal … manchmal fragte ich mich, wie es ihm ging, warum er mir auswich. Und dann sehnte ich mich zurück zu dem Moment, als er in meinen Armen geschlafen hatte.

Gregor ist seit einigen Wochen aus der Reha zurück. Er hatte in jener Nacht, ganz wie die Polizei vermutet hatte, eine Zechtour erster Güte hingelegt, die ihm aber im Zusammenhang mit dem Jetlag nicht bekommen war und schließlich in einem schweren Herzinfarkt geendet hatte. Wir gingen kühl und sachlich miteinander um, es war nur noch eine Frage der Zeit, bis einer von uns den ersten Schritt tun und einen Anwalt konsultieren würde. Meine Gedanken drehten sich aber nicht um meinen Mann, sondern um ihn. Was war aus ihm geworden und aus seinen Gefühlen für mich? Hatte er mich vergessen?

Aber seit heute, seit heute weiß ich, dass er mich liebt. In der Nacht hat es das erste Mal geschneit. Das Vogelhäuschen hatte eine weiße Mütze auf, als ich auf die Terrasse schaute. Und dann sah ich sein Geschenk. Er hatte es genau vor die Tür gelegt. Zuerst hielt ich es für eine rote Rose mitten im Schnee. Aber dann sah ich, dass es Blut war. Er hat getötet. Noch einmal und nur für mich. Die Maus hat eine spitze Nase, und an ihren zarten Barthaaren hängen rote Tropfen. Ansonsten sieht sie aus, als schliefe sie, und hat nichts gemein mit der ersten, völlig zerfetzten, die er mir am Morgen nach der missglückten Party wie zum Trost unter die Hecke gelegt hat. Ich verstehe seine Geste. Ich weiß, was er mir sagen will – der faszinierend rothaarige, grünäugige Kater meiner Nachbarin.

Lilli Beck

Gefährlich samtig

Es endete, wie es begonnen hatte: mit Scherben. Sogar das Wetter war gleich. Eiskalt. Nur damals empfand Norbert es nicht kalt, weil er nur Greg sah. Und selbst als Toter sah dieser Mann immer noch verdammt gut aus. Wie er dalag und der teure Albali sich mit seinem Blut mischte und die Glasscherben dazwischen glitzerten – ziemlich dekoratives Bild, fand Norbert. Nur der Baseballschläger störte. Es war Gregs Schläger. Er hatte ihn als Waffe gegen Einbrecher angeschafft. Jetzt war er überfallen worden, wenn auch nicht von Dieben. Was die Polizei aber glauben würde. Alles sah nach einem klassischen Überfall aus, einschließlich des fehlenden Geldes aus der Kasse.

Als Norbert vor einem Jahr im »Glashaus« neue Weingläser kaufte und Greg in den Karton und in sein Leben krachte, hatte er noch geglaubt, dass ihm diese Scherben Glück bringen würden. Und noch bevor sie aufgesammelt waren, wollte er diesen blonden muskulösen Mann mit dem Knackarsch haben. Greg schien das Gleiche zu denken. Die Blicke und seine Körpersprache waren deutlich. Beim Einladen der Gläser tasteten sie sich mit Worten ab. Beim anschließenden Prosecco in einer Cafébar zogen sie sich mit den Augen aus.

Gleich am nächsten Tag kam Greg in Norberts Weinladen vorbei. Kurz vor Geschäftsschluss. Norbert komplimentierte den letzten Kunden hinaus, verschloss die Tür und führte Greg voller Stolz durch seinen Laden. Der Rundgang endete im Weinkeller. Zwischen den Kisten mit Norberts spanischem Lieblingsrotwein fielen sie gierig übereinander her. Norbert war happy. Endlich ein Mann, der ihn genauso scharf fand wie er ihn. Später, bei einer Flasche Albali, den sie beide gefährlich samtig fanden, entdeckten sie weitere Gemeinsamkeiten: zu hoher Blutdruck, bedingt durch zu viele »Weinproben«, und eine Vorliebe fürs Absurde. Die Situation, in der sie sich kennengelernt hatten, zählten sie unbedingt dazu. Bei der zweiten Flasche stellten sie fest, dass sie alte Weingläser sammelten, Barbra Streisand verehrten, die Ferien am liebsten in Griechenland verbrachten und dass sie beide keine Lust mehr auf Szenekneipen hatten. Für Norbert war die Kontaktsuche in diesen Lokalen immer eine Qual. Als kleiner unscheinbarer Mann mit Bauch und Glatze war er kein Objekt der Begierde, sondern höchstens derjenige, der bezahlen durfte. Greg schienen Äußerlichkeiten egal zu sein, obwohl er zehn Jahre jünger war und wie ein wahr gewordener Traum aussah. Besonders wenn er seinen Bauch trainierte. Jeder einzelne Muskel – Testosteron pur. Norbert, der Sport hasste und Essen liebte, war so verliebt, dass er ebenfalls mit Situps und einer Diät anfing. Ohne Erfolg. *»Diet resistent fat«*, lachte Greg und tätschelte zärtlich Norberts Bauch, wenn sie im Bett lagen und er über seinen Umfang jammerte. An anderen Tagen störten Greg die überflüssigen Pfunde. »Weniger fressen oder Fett absaugen lassen«, sagte er dann streng und drehte sich angewidert weg. An solchen Tagen gab es weder Zärtlichkeiten noch Sex. Vielleicht hätte Norbert schon bei den vielen Gemeinsamkeiten misstrauisch werden sollen. Spätestens jedoch bei den Stimmungsschwankungen. Doch er war alt genug, um zu wissen, dass man in jeder Beziehung Kompromisse machen musste, und einfach glücklich, endlich den Traummann gefunden zu haben, der bei ihm blieb. Okay, der Sex wurde bald weniger. Und oft hatte Greg überhaupt keine Lust, nicht nur, weil der Bauch störte. Doch Norbert suchte keinen geilen Hengst, der den Sprung vom Kronleuchter beherrschte. Oral, anal ... egal, mit fünfzig kannte er bereits alle Varianten. Zumindest erinnerte er sich daran. Denn vor Greg hatte er den letzten Sex, als Lady Di noch lebte. In den vielen einsamen Jahren sehnte er sich immer nur nach Zuneigung und einer festen Beziehung. Sex war nicht so wichtig, auch wenn viele Heteros glaubten, Schwule würden nichts anderes wollen. Nach einem anstrengenden Tag im Laden genügte ihm eine Flasche seines geliebten Albalis und eine Runde Kuscheln vor dem Einschlafen.

Als Greg dann seinen Job in der Werbeagentur verlor, zogen sie zusammen. Das heißt, Greg zog zu Norbert. Seine schicke Altbauwohnung in der Innenstadt war nicht nur groß genug für zwei, sie war auch viel edler und gemütlicher als Gregs Ein-Zimmer-Loch am Stadtrand. Von da an gab es nur noch »Wir« und keinen Grund zum Grübeln. Außer darüber, wie man den Umsatz des Weinladens steigern könnte. Der Gewinn musste jetzt zwei Menschen ernähren. Greg schlug vor, die Weinproben als Events zu gestalten, mal eine Jazzband zu engagieren oder zusammen mit einer Galerie Ausstellungen zu veranstalten. Dazu könne man gut gewürztes Finger Food reichen und so den Weinkonsum steigern. Norbert war begeistert, ach was, er schmolz dahin. Etwas Ähnliches hatte er schon einmal veranstaltet: Eine Krimilesung mit Mordfällen, in denen Wein eine Rolle spielte. Doch allein machte die Organisation und die Bewirtung der Gäste viel Arbeit. Deshalb hatte er es nicht wiederholen wollen. Zusammen mit Greg war das Ganze ein Klacks. Leider stellte sich heraus, dass Greg nicht besonders geschickt in der Küche war, weshalb sie die Arbeit aufteilten. Norbert erledigte die Einkäufe, bereitete die Häppchen zu und kümmerte sich um das Kulinarische. Greg übernahm den organisatorischen Teil. Rechnungen schreiben, zur Bank gehen und das Wichtigste: die Planung der Events, die leider sehr zeitraubend war. Greg war deshalb oft unterwegs. Doch der Umsatz stieg. Und obwohl Norbert manchmal bis spät in die Nacht arbeiten musste und Greg immer seltener sah, war er zufrieden. Denn ein erster gemeinsamer Urlaub war bereits geplant – das Leben war schön. Bis zu dem Tag, an dem Greg überfallen wurde.

»Ein unglücklicher Zufall. Schließlich wusste niemand, dass ich auf dem Weg zur Bank war und eine Menge Geld bei mir hatte«, sagte Greg und erzählte, wie der Dieb ihm den Rucksack im Vorbeilaufen entrissen hatte. Zum Glück war ihm nichts passiert. Viel schlimmer war: Der Schlüsselbund mit Laden- und Wohnungsschlüssel war ebenfalls weg. Vorsorglich kaufte Greg am nächsten Tag den Baseballschläger. Norbert war gerührt, fühlte sich geliebt und beschützt. Wie sehr er den Schläger brauchen würde, ahnte er an dem Tag noch nicht.

Noch bevor die Schlösser ausgetauscht werden konnten, wurde die Wohnung ausgeraubt. Tagsüber, als sie beide im Laden waren. Es fehlten der neue LCD-Fernseher, die wertvolle Bang&Olufsen-Anlage, die Dose mit dem Urlaubsgeld sowie die Flugtickets. Merkwürdigerweise hatten die Nachbarn nichts gehört und nichts gesehen, obwohl sie sonst immer genau wussten, wann die Musik oder die Gäste zu laut waren. Die Polizei nahm an, dass es der Rucksackdieb war. Nur so sei zu erklären, warum die Tür nicht gewaltsam geöffnet wurde und es keine verwertbaren Spuren gab.

Die fehlenden Spuren und die gestohlenen Wertsachen waren Norbert egal. Er war enttäuscht: Der Mykonos-Urlaub war geplatzt. Greg fand das weniger schlimm. Was Norbert noch trauriger machte. Als kurz danach das 57er Mustang-Cabriolet geklaut wurde, glaubte er nicht mehr an Gregs Zufallstheorie oder an die Polenmafia. Und je länger er darüber nachdachte, umso seltsamer fand er es, dass die Diebe die Wohnung nicht durchwühlt hatten. Nicht einmal die Schubladen waren geöffnet worden. Als ob sie sich auskannten. Greg dagegen meinte, die fehlenden Fingerspuren würden auf Profis schließen lassen, und die hatten sich offensichtlich nicht mit Vandalismus aufgehalten. Er versuchte Norbert zu trösten und versprach ihm ein Wochenende in den Bergen. Doch seit dem Einbruch war nichts mehr wie vorher. Gregs Stimmungsschwankungen entpuppten sich als Depressionen, weshalb er viel schlafen musste und Norbert immer öfter allein im Laden stand. In manchen Stunden fühlte Norbert sich wieder so einsam wie früher. Und Tage, die im Weinkeller zwischen den Rotweinkisten endeten, gab es kaum noch.

Anfang Dezember, Norbert kam früher als angesagt von Weihnachtseinkäufen zurück, fand er heraus, was hinter den Zufällen und Gregs Depressionen steckte. Er hatte den Laden über den Hintereingang betreten und sah Greg mit einem anderen Mann an der Kasse stehen. Nicht nur die Vertrautheit zwischen den beiden, auch das Gesicht des anderen und was er hörte, ließen Norbert erstarren.

»Lange halte ich das nicht mehr aus. Der langweilige Mops macht mich krank. Nur dieser wunderbare Albali hat mich das überhaupt ertragen lassen. Du weißt, ich mag eigentlich keinen Wein, aber der ist gefährlich. Samtig, weich und unglaublich süffig. Trotzdem mache ich hier Schluss. Bei der nächsten Gelegenheit werde ich die Sache beenden. Und zwar endgültig.«

Im ersten Moment wollte Norbert in den Keller gehen und seine Wut und Enttäuschung an den Weinkisten abreagieren. Doch dann wartete er, bis der andere gegangen war, zog ein Paar Einmalhandschuhe über, griff nach dem Baseballschläger und schlug mit aller Kraft zu. Welchen der Zwillingsbrüder Norbert erschlagen hatte, konnte er aber nicht sagen. Er hatte sie ja nicht mal im Bett unterscheiden können.

Christine Lehmann

Rotkuss

»Wein und Frauen, das passt halt einfach nicht zusammen, Lisa«, sagte Richard.

»Und Wein, Weib und Gesang? O küsst und trinkt! Die Freude winkt! Kuss und Wein, Wein und Kuss – Wonneverein! Wonnegenuss!« Ich vollendete meinen Krawattenknoten. »Eine leere Flasche, eine tote Frau.«

Richard zupfte unbehaglich an seinen mit Platinknöpfen bestückten Manschetten. »Dass es am Wein lag, ist keineswegs erwiesen.« Er war empfindlich, wenn es um den plötzlichen Tod ging. Deshalb war er auch nicht Staatsanwalt für Tötungsdelikte, sondern für Wirtschaftsstrafsachen. Immer elegant in cognacfarbenem Dreiteiler, sparsam im Temperament, aber nachhaltig im Abgang. In seinen asymmetrischen braunen Augen kreiselte eine pietistisch munitionierte Rachsucht, die er in Rechtsstaatlichkeit ummünzte.

»*Omnia vincit vinum*«, lautete der Wahlspruch der Weinbruderschaft Hohenlohe, die an diesem Samstag zur Kapitelsitzung und Verkostung nach Ingelfingen bei Künzelsau geladen hatte, »der Wein besiegt alles«.

Darum hatte ich mit ziemlich korkigen Methoden darauf bestanden, dass Richard mich mitnahm. »Sonst gebe ich der Presse einen Tipp. Wenn eine Frau am Kuss ihres Mannes stirbt, nachdem er den Wein eines Landtagsabgeordneten getrunken hat, dann ist das durchaus eine Geschichte mit Bouquet, Richard!«

»Aber bei der Degustation sind Damen nicht zugelassen, Lisa.«

»Bin ich etwa eine Dame?«

Richard schmunzelte. »Aber wenn du auffliegst, dann verleugne ich dich und werfe dich eigenhändig raus!«

Ich nahm Schlüssel und Leine und klemmte mir Cipión untern Arm. Der junge Dackel neigte dazu, das Treppenhaus so überstürzt hinunterzusausen, dass sein Hinterteil seinen Dickschädel überholte und er unten als jaulende Raufellkugel endete.

»Im alten Rom zu Catos Zeiten«, belehrte mich Oberstaatsanwalt Dr. Richard Weber, während wir in seinem diplomatendunklen Mercedes auf der Autobahn von Stuttgart nach Künzelsau rasten, »war es Frauen bei Todesstrafe verboten, Wein zu trinken. Daher der Kuss unter Familienmitgliedern. So konnte der Mann überprüfen, ob seine Frau Wein getrunken hatte. Hatte sie, konnte er sie verstoßen oder totprügeln.«

»In unserem Fall hat schon der Kuss gereicht«, bemerkte ich.

Vor nicht ganz einer Woche hatte sich in der »Blauen Traube« in Wangen im Allgäu ein Mann mit seiner Frau zum Diner niedergesetzt, um den zwanzigsten Hochzeitstag zu feiern. Es gab Fisch, Rindfleisch, Salat und Tiramisu, alles eigenhändig vom Koch aus frischen Zutaten zubereitet. Sie hatte sich an Wasser gehalten, ihm hatte man einen Rotkuss 2003 empfohlen, einen im Barrique gereiften blauen Spätburgunder aus Erzeugerabfüllung des Weinguts Zoll in Ingelfingen. Vorm Nachtisch hatte er seine Frau im Überschwang der Liebe geküsst. Nach dem Nachtisch war sie krabbenrot geworden und hatte begonnen, nach Luft zu schnappen. Als der Mann zum Zahlen rief, war ihr Gesicht bereits zum Kürbis angeschwollen. Er hatte das Wechselgeld noch nicht in der Hand, da kippte sie vom Stuhl, fiel ins Koma und verstarb an einem allergischen Schock.

»Eine Aspirinallergie war bei ihr bekannt«, erklärte Richard. »Der Wein hat aber nur Sulfite enthalten, deklariert auf dem Etikett. Geschwefelten Senf, Meerrettich und Trockenfrüchte hat die Frau bis dato gut vertragen. Und andere Zusätze enthält ein amtlich geprüfter Qualitätswein nicht.«

»Na ja, die amtliche Prüfung ist doch nur eine sensorische, sprich: Geruch, Geschmack und Harmonie. Und was im Herbst- und Kellerbuch steht, das hat der Winzer selbst in der Hand, wie bei einer Steuererklärung.«

»Die Weinkontrolleure unserer Lebensmittelüberwachung sind auch nicht naiv, Lisa. Außerdem ziehen sie Proben für eine chemische Analyse. Und Armin Zoll wird genauso oft unangemeldet überprüft wie alle anderen.«

»Bist du sicher?«

»Ich weiß, dass letzten Herbst einer da war. Eine Sonderbehandlung als Landtagsabgeordneter wäre Armins Todesurteil als Wengerter. Und das weiß er auch. Das Gut befindet sich seit fünf Generationen im Besitz der Familie Zoll. Und den Armin kenne ich seit bald zwanzig Jahren.«

Das war Politik. Das verstand ich ohnehin nicht. Auch nicht Richards Weigerung zuzugeben, dass er wieder einmal in heikler Mission unterwegs war, weil ein Würdenträger des Landes ins Gerüchle gekommen war, die Gesetze ein wenig zu sehr nach eigenem Gutdünken ausgelegt zu haben. Ich war mir sicher, dass Richard mehr wusste, als er mir sagte. Warum sonst fuhr er zur Kapitelsitzung einer Weinbruderschaft mit anschließender Verkostung ins Hohenlohische? Und vor allem, warum erlaubte er mir, ihn zu begleiten, und das im Mummenschanz?

Der Landtagsabgeordnete Armin Zoll hatte Gütle und Wahlkreis an der Württemberger Weinstraße in der Großlage Kocherberg. Außerdem war er Ordenskellermeister der Weinbruderschaft Hohenlohe, deren Ordensrat sich aus örtlichen Industriellen, Politikern und Weinkennern zusammensetzte. Mehr oder weniger zufällig genoss mein Oberstaatsanwalt aus Stuttgart dort Gastrecht als Legat der Weinbruderschaft Württemberg. Und das, obgleich Richard seit ungefähr zwanzig Jahren keinen Tropfen Alkohol mehr anrührte, von ein paar Entgleisungen abgesehen, an denen unter anderem ich schuld gewesen war. Richard war Krisentrinker oder das, was man einen trockenen Alkoholiker nannte. Eine alte Kriegsverletzung aus seiner Jugend. Deshalb blieb er Ordenszeremonien mit anschließender Degustation gewöhnlich fern.

»Nicht nur der Schwefel im Wein kann Allergien auslösen«, erklärte ich als Spezialistin meiner eigenen allergischen Eskapaden, »sondern auch der Konservierungsstoff Sorbinsäure.

Nicht zu vergessen die Histamine, die der Wein selbst enthält, der Alarmstoff unserer biologischen Kampfmaschinerie.«

»Dafür kann Armin nichts«, entgegnete Richard. »Das ist das normale Lebensrisiko für Allergiker.« Unerschütterlich kurvte er seinen noblen Wagen durch Wald und Klamm.

Künzelsau kam mir vor wie Stuttgart in Miniformat. Es lag im Kessel zwischen herbstlich rot gefärbten Hängen. Richards Navigator befahl uns seitlich am Stadtkern vorbei in ein enges Seitental, in dem am unteren Kocher Ingelfingen hockte, ein ehemaliges Residenzstädtchen in einem altehrwürdigen Weinbaugebiet.

»Und du spielst heute Abend nicht den Weinpolizisten!«, warnte mich Richard, während er seinen Mercedes auf den Parkplatz vorm »Schloss-Hotel Ingelfingen« lenkte. »Ich habe dich nur mitgenommen, weil du meintest, du müsstest aufpassen, dass ich mich nicht betrinke. Klar?«

»Klar.«

Cipión hob, kaum standen wir, auf meinem Schoß den Kopf, gähnte und schüttelte die Schlappohren.

Für die Kapitelsitzung, die der Verkostung und dem Diner vorausging, war die Parkstube des Hotels reserviert und mit Fahne, Wappen und Wahlspruch ausstaffiert. Das Kapitel bestand aus zehn bäuchigen und überwiegend bärtigen Männern.

»Ich habe einen … nun … Freund mitgebracht«, erklärte Richard mein Erscheinen mit Dackel. »Darf ich vorstellen: Herr Nerz.«

Ich schüttelte den Herren die Hände. Armin Zoll war ein Kleiner mit grauem Igelhaarschnitt. Der Säckelmeister wiederum hatte seinen Schnauzbart zu Antennen gezwirbelt. Der Ordensmeister prüfte meine Narbe im Gesicht – schlagende Verbindung oder nicht? –, zerquetschte mir die Hand und sagte: »Junge Zungen sind uns stets willkommen, Herr Nerz. Wir sind gespannt auf Ihr Urteil.«

Das war ich auch, denn ich trank sonst nur Pils oder Tequila.

Unnötig zu sagen, dass ich an der Kapitelsitzung nicht teilnehmen durfte. Zum Weinritter wurde man nur auf Empfehlung und nach einer Reihe geheimnisvoller Prüfungen geschlagen. Und dann war man noch lange nicht Amtmann oder Ratsherr.

Ich rauchte auf dem Hotelzimmer eine Zigarette, was Cipión zu Niesanfällen provozierte, und beschloss, nicht herumzusitzen. Glücklicherweise konnte ich einen Kellner, der Wasser ins Sitzungszimmer trug, bewegen, Richard den Autoschlüssel abzunehmen, bevor sich die Türen endgültig zu Kassenbericht und Geheimritualen schlossen, und fuhr hinaus ins Tal.

Die Nachmittagssonne feierte Herbst in den goldenen Rebenhängen am Schwemmkegel. Ich weidete die Augen an der Farbenpracht und überließ es Richards despotischem Navigator, mich zu Zolls Kellerei zu führen. Wo sie genau lag, habe ich deshalb nicht mitbekommen.

Dass schwäbische Diminutive nicht der Verkleinerung, sondern der Bescheidenheit dienten, zeigte sich am Gütle des Landtagsabgeordneten, das den Rahmen eines Familienbetriebs eindeutig sprengte. Es war eine gebäudereiche Kelter mit Verkauf, Restauration und Parkplatz. Eben versammelte sich ein kleines Grüppchen in Windjacken und Wanderstiefeln zur Kellerführung bei einem jungen Mann in Pullover und Jeans mit dem Aroma bacchantischer Inbrunst in dunklen Augen.

»Ich darf Sie ganz herzlich auf dem Weingut Zoll begrüßen. Mein Name ist Gernot Zoll …« Sein Blick fiel an mir herab. »Aber der Hund, der darf fei net mit nei.«

Ich zerrte Cipión zum Parkplatz zurück und band ihn an einem Pfosten der Parkplatzumfriedung fest.

In meinem smarten Anzug war ich eine Orchidee unter den Windjacken. Zoll Junior mochte mich für einen Düngemittelvertreter oder Spion chinesischer Produktpiraten halten, jedenfalls neigte er dazu, mich anzuschauen, als er im Keller vor beeindruckenden Mengen von Eichenfässern die önologischen Verfahren erläuterte. »Der Barriqueausbau ist teuer und aufwendig!«

Ich nickte unwillkürlich.

»Nur gerade gewachsene, über hundert Jahre alte Eichen

sind geeignet. Das Holz wird nicht gesägt, sondern gespalten, damit keinerlei Holzstaub den Wein beeinträchtigt. Zwei bis drei Jahre reift das Holz bei Wind und Wetter. Dann kommt das Einbrennen, *la chauffe*. Sie desinfiziert und vergrößert die Aromapalette des Weins. Nach der Chauffe wird das Fass mit Wasser gefüllt, damit der Rauchgeschmack nicht zu dominant wird. Dabei nimmt es eine gelbe Farbe an.«

Um mich herum nickten auch einige.

»Die Tannine im Eichenholz ergänzen die im Wein enthaltenen Tannine und verleihen ihm zusätzlich Struktur und Körper, etwa die samtige Vanille-Pfirsich-Nase oder eine kräftige Kirsch- oder Kaffeenote. Der Sauerstoffaustausch im Fass reduziert aber insgesamt die Tannine im Wein. Gerbstoffe machen den Wein übrigens nicht länger lagerfähig. Umgekehrt wird ein Schuh draus: Einen tanninreichen Wein sollte man länger in der Flasche reifen lassen, damit er seine gerbende Wirkung auf unsere Schleimhäute verliert.«

Aha-Gemurmel.

»Um Wein im Barrique zu vinifizieren, braucht es Geduld und Erfahrung. Wir lagern unsere Weine zwei Jahre im Fass. So ein Fass kostet bis zu achthundert Euro. Und verwenden kann man es höchstens drei Mal. Danach taugt es nur noch als Regentonne.«

Ich lächelte.

»Jetzt wellet ja sogar die Franzose Eiche-Chips neme«, echauffierte sich ein Mann. »Wie stehet Sie dazu?«

Gernot war auf die Frage gefasst. »Deutschland führt schon seit Jahren amerikanischen Wein ein, der mit Oak-Chips ausgebaut wurde. Das Ergebnis ist dasselbe wie im Fassausbau, vorausgesetzt, der Wein lagert nicht in Stahltanks, sonst fehlt der Sauerstoff fürs Barriquearoma. Es ist auch viel billiger und nebenbei umweltschonender. Man braucht weniger Eichen. Zum Vergleich: Der Ausbau im Fass kostet 89 Cent pro Liter, der mit Chips nur drei Cent. In der Forschungsanstalt Geisenheim hat man einen Lemberger mit Chips ausgebaut. Die Prüfer haben die Variante mit zweihundert Gramm pro Hektoliter als aromabeste bewertet und die höchste Punktzahl vergeben.«

Ich nickte, als hätte ich zu den Prüfern gehört.

Gernots Blick lutschte an mir. »Wenn in Deutschland der Barriqueausbau mit Chips zugelassen wäre, könnten wir unsere Fässer hier länger verwenden. Mittelfristig werden wir der Konkurrenz aus den USA und Australien nur standhalten können, wenn wir unsere Produktion kostengünstiger gestalten. Oder wir müssen unsere traditionellen Verfahren auf dem Etikett kenntlich machen dürfen. Aber das gilt momentan noch als Werbung mit einer Selbstverständlichkeit.«

Man nahm den nahen Weltuntergang traurig nickend zur Kenntnis.

Die Führung endete im Laden, wo ausgediente Barriques als Tische herumstanden. Ich fragte nach dem 2003er Rotkuss. Die Verkäuferin beschied mir lächelnd, von dem habe man keine Flasche mehr. »Sonscht hättet mir ebbes falsch gmacht.«

»Wenn Sie dafür den hier mal probieren wollen«, mischte sich Gernot ein und zeigte mir eine Flasche mit beigefarbenem Etikett und dem zorrozackigen Z. »Im Glas zeigt er tiefstes Rubin mit Reflexen von Ziegelrot, im Bouquet ein reichhaltiges Aromenspektrum von reifen dunklen Früchten bis zu gebackenen Pflaumen, Rosinen und Schokolade. Der Gaumen ausladend, generös die feinen Tannine, die Süße feminin ...« Er lächelte. »... unterstrichen von einer eleganten Zartbitternuance.«

Ich lächelte auch.

»Und im Abgang baut er noch einmal an Intensität auf mit seinen Aromen von Mokka, Kardamom und dunkler Schokolade.« Schokolade dampfte auch in den Augen des jungen Winzers. »Möchten Sie probieren?«

»Danke«, sagte ich, »lieber nicht. Ich habe im Schlosshotel Ingelfingen noch eine Weinprobe vor mir.«

»Bei den Weinbrüdern?« Gernots Blick tendierte nach unten oder vielmehr mittig unter den Saum meines Jacketts, ehe er mir in die Augen schmeichelte. »Dann sehen wir uns gleich wieder. Ich werde extra für Sie diese Flasche mitbringen.«

Mir schrumpelte der vorgetäuschte Schwanz.

Als ich zum Parkplatz zurückkehrte, war Cipión weg. Ich

löste die schlaffe Leine mit dem leeren Halsband, brüllte: »Cipión!«, stapfte auf den Hof zurück und lief gleich wieder in Gernots Saugnapfblick.

»Thipionn«, lispelte er. »Komischer Name für einen Hund.«

»Nach einem der beiden sprechenden Hunde von Cervantes. Berganza heißt der andere. Aber leider spricht mein Cipión nicht. Er bellt nicht mal! Vermutlich traumatisiert. Er ist als junger Hund in eine Schachthöhle gefallen, aus der ich ihn gerettet habe. Aber er ist und bleibt ein Ausreißer.«

»Wahrscheinlich ist er bei den Abfallcontainern.« Gernots Blick fraß sich erwartungsvoll an mir fest. Es war nicht mehr aufzuhalten. »Ich heiße Nerz«, sagte ich schicksalsergeben. »Und für besondere Freunde ...« Ich zwinkerte. »... Lisa.«

»Freut mich!« Gernot lächelte fruchtig – sofort trinkreif – und reichte mir die Hand. Sein Daumen züngelte in meiner Handfläche. »Gernot, aber das weißt du ja schon.«

»Und wo sind die Abfallcontainer?«

Wir umrundeten das Restaurant und stießen auf eine Batterie von Containern mit halboffenen Mäulern, aus denen Weinkartons, Plastikverpackungen von tiefgefrorenen Würsten und Eisbeinen ausquollen.

»Und wie wollt ihr das schaffen?«, erkundigte ich mich. »Euch gegen die billigen Edelweine aus den USA zu behaupten, wenn es mit der Werbung für die deutsche Wertarbeit auf dem Etikett nicht geht?«

»Gar nicht«, fatalisierte Gernot. »In Australien rechnet man mit fünfzig Arbeitsstunden pro Hektar im Jahr, inklusive Lese. In Deutschland braucht man mehr als achthundert Stunden, in steilen Lagen dreitausend. Wenn wir mithalten wollen, brauchen wir neue Bewässerungs- und Rebenerziehungssysteme und eine maschinelle Lese. Auch für Steillagen.«

Wir passierten hintenherum Remisen mit Traktoren, Laubsaugern, Pfahlrammen, Laubkreiseln, Laubheftern, Vorschneidern und Traubenvollerntern. »Aber ihr habt doch Maschinen.«

»Mein Vater ist für jeden technischen Schnickschnack offen!« Gernots Stimme hatte einen bitteren Abgang. »Aber in unseren Hanglagen gehen nur Sitzgrubber und Pendelschare.«

Das klang wie Minne. »Wer von euch beiden ist denn nun der Modernisierer, dein Vater oder du?«, fragte ich verwirrt.

»Das kommt darauf an, was man für zeitgemäß hält. Ich persönlich glaube, dass unser Weingut nur überlebt, wenn wir auf ökologischen Anbau umstellen. Ganz konsequent. Und ohne auf die Schleuderkegelkolonne zu schielen.«

Ich verkniff mir das »Bitte was?«.

»Damit«, erklärte Gernot, »könnte man zwar jeden Wein fraktionieren und neu komponieren, aber nur theoretisch. In Kalifornien benutzt man die Schleuderkegelkolonne derzeit nur dazu, den Alkohol zu reduzieren. Die haben halt zu viel Sonne dort. Bis zum Kunstwein ist es noch weit. In Geisenheim hat man auch mit der Schleuderkegelkolonne Versuche gemacht. Das Gerät kostet übrigens einige hunderttausend Euro. Man hat einen Spätburgunder Weißherbst entaromatisiert und entalkoholisiert. Dann hat man die drei Komponenten, Aroma, Alkohol und Wein ohne Aroma und ohne Alkohol, neu zusammengesetzt. Aber das Ergebnis war mäßig. Der Wein schmeckt ... wie soll ich sagen ...« Gernot fingerte mit seinem Blick die Kerben ab, die einst eine berstende Windschutzscheibe in meine mimischen Weichteile geschlagen hatte.

»Zerrupft«, schlug ich vor. »Vernarbt? Cipión! Verdammtes Vieh. Er gehorcht nur meinem Freund. Aber der sitzt für die Bruderschaft Württemberg in der Kapitelsitzung.«

»Etwa Dr. Weber?«, fragte Gernot rasch und ein wenig säuerlich. »Der Staatsanwalt? Tja, ein gutaussehender Mann. Aber nicht mehr der Jüngste.«

Von Angst oder Sorge keine Spur, obgleich wir an der Halle mit den Säcken und Tonnen angelangt waren: Boden- und Blattherbizide, Wuchsstoffe, Photosynthesehemmstoffe, damit der Wein nicht zu süß wurde, Zucker, für den Fall, dass die Süße fehlte, Rizinusschrot, Mineraldünger, Fungizide gegen Rotschimmel und Edelfäule, Schwefel und Kupfer gegen Mehltau, Insektizide gegen den Traubenwickler. Sicherlich alles legal, denn Gernot blieb ruhig.

»Tja, solange die Chemie stimmt«, bemerkte ich.

»Es geht auch anders«, säuselte Gernot. »Den Springwurm

kann man nur mit Pheromonen bekämpfen. Man nennt es Verwirrungsmethode. Der Sexualduftstoff der Springwurmfalterweibchen wird im ganzen Weinberg ausgebracht. Das verwirrt die Männchen so, dass sie ihre Weibchen nicht mehr finden.«

Ich sorgte dafür, dass ich untenherum aus dem Aktionsbereich von Gernots Springwurmfingern kam.

»Aber Papa mag das nicht.« In Gernots Schokoaugen stieg der Kakaoanteil auf siebzig Prozent. »Was ein rechter Mann ist, der schwingt die chemische Keule. Verstehst du?«

Ich verstand nur zu gut. »Cipión!«, rief ich und lief weiter. »Ah, da ist er ja, der Schlawiner!«

Von meinem Dackel waren in einem Haufen alter Pfähle, Weinkisten und Bretter nur das Hinterteil und eine freudig wedelnde Rute sichtbar. Ich zog ihn am Schwanz unter einer Kiste hervor, was den Holzhang darüber ins Rutschen brachte. Cipión würgte hastig. Der Schwanz einer Maus verschwand unter seinem Rauhaarbart. Gernot warf die herabgerutschten Latten auf den Holzberg zurück. Aber auch dieser Müll enthielt keine Hinweise auf eine groß angelegte Panscherei.

Ich knüpfte meinen kleinen Schnüffler wieder an die Leine. Er warf sich sofort ins Halsband und begann zu röcheln, während ich mich meinem Begleiter mit den Beerenlippen zuwandte. »Also, vielen Dank, Gernot, und ...« Ich legte Timbre in meine Stimme. »... bis später.«

»Ja, bis gleich. Ich muss mich nur noch ...« Er blickte an sich hinunter bis zu seiner Männlichkeit. »... ein bisschen in Schale werfen.«

»*In vino veritas!*«, zwinkerte ich, hob die Hand, zackelte mit den Fingern winkend über Kopf und wackelte im Gehen ein wenig mit meinem Hintern.

Richard stand vorm Hotel und rauchte. Ich gab ihm den Autoschlüssel zurück, während Cipión an ihm hochsprang und graue Matschpfoten auf dem cognacfarbenen Tuch hinterließ. Aber bei Richard durften kleine Hunde und kleine Kinder alles.

Er wirkte etwas angespannt um die Augen. »Stell dir das nicht zu leicht vor!«, warnte er mich zum wiederholten Mal.

»Die Weinbrüder kannst du nicht verarschen. Auch wenn du seit Tagen Vokabeln lernst.«

»Und was macht dir mehr Sorgen? Dass ich mich blamiere oder dich?«

Er lächelte. »Du kannst mich nicht blamieren, Lisa. Was auch immer du anstellst.«

Dafür hätte ich ihm gern einen Kuss auf die Lippen gedrückt, aber das war unter den Hotelfenstern riskant. Und bis wir in unserem Zimmer waren, war mein Anflug verflogen. Wir ließen Cipión oben.

Weinprobe ist, wenn alle die Nasen in die Gläser hängen und schlürfen, Flüssigkeit durch die Backen strudeln, schmatzen und Geräusche von sich geben, die man in einem feinen Restaurant nicht hören lässt. Alles noch aus Zeiten, da man sich als Affe auf die Brust trommelte und Krach Macht bedeutete.

Armin Zoll machte den Mundschenk. Er war ein drahtiger Mann mit einer gewissen im Weinberg trainierten Hupfgummienergie in den Knien. Seine Hand zitterte nicht, wenn er einschenkte. Dabei schubste er seinen dunkeläugigen Sohn in den Hintergrund, wo er sich verflüchtigte wie Aromen unter Vakuumdruck aus dem Flüssigkeitsfilm in der Schleuderkegelkolonne. Übrig blieb der Vater ohne Sohn, dessen Fragmente sich dann neben mir wieder zusammensetzten.

Richard saß mir gegenüber.

Links und rechts am Tisch, dessen Teller ein Menü versprachen, das aber auf sich warten ließ, saßen die Herren Ordensbrüder und gurgelten und strudelten Tannine. Schon der erste Schluck Wein stieg mir zu Kopf. In Richards Augen trat ein verwegener Zug. Er gönnte sich einen zweiten Schluck in der falschen Gewissheit, die Sache mit dem Alkohol im Griff zu haben. Eine Grauburgunder Spätlese vom Kaiserstuhl.

»Ebbes süß«, murmelte der Säckelmeister mit dem gezwirbelten Schnauzbart neben Richard.

»Bisch du wohl still!«, zischelte der Ordensmeister auf Richards anderer Seite. »Wir wollen doch unseren jungen Freund nicht beeinflussen.«

Damit war ich gemeint. Zum Glück kam Aufschub mit einem Salat aus Sprossen, Rucola und Tomaten auf Allgäuer Emmentaler. Mit Richards Hilfe konnte ich nicht rechnen, denn er war noch zu verblüfft über das, was Alkohol in seinem Gehirn anrichtete.

Ich ließ einen zweiten Schluck in meinen Backen rollen und erklärte: »Ich reagiere ein bisschen allergisch auf zu viel Restsüße.«

Die Herren runzelten die Stirn.

Gernot tätschelte mir unterm Tisch das Knie.

Zum Lachs in Blätterteig gab es einen sonnigen Wein aus Südafrika, einen Buitenverwachting Sauvingnon Blanc. Gernot soufflierte mir: »Aromatisch, fruchtig, sehr komplex mit lang anhaltendem Nachhall.«

»Gute Wahl zum Fisch!«, erklärte Richard gut gelaunt.

Der Tisch war zu groß, als dass ich ihm gegen das Schienbein hätte treten können.

»Und was wollt ihr machen, Armin«, erkundigte sich der Herr mit dem gezwirbelten Schnauzer, »jetzt, nachdem die Amerikaner Weinlimonade erlaubt haben und Brüssel das anerkannt hat? Zuckerwasser und Aromazusätze ohne Deklaration.«

»Das betrifft nur den Billigsektor«, antwortete Armin.

»Keineswegs!«, widersprach Gernot.

Sein Vater ignorierte ihn komplett und fuhr in seinem Honoratiorenschwäbisch fort: »Des isch ja auch unsere Chance, gerade, was die Diskussion über das Potenzial des Terroirs betrifft. Individualität, Authentizität und Qualität in Abgrenzung zum industriell gefertigten Kunstwein. Das isch ja nix Neues für uns! Es wird für beides einen Markt geben.«

»Kunstwein für die Säufer und Ingelfinger Hoher Berg für die Kulturelite«, bemerkte ich.

Richard zuckte zusammen.

»Es müsste halt nur auf dem Etikett stehen«, sagte einer der Herren.

Gernot lachte. »Da würde sich mancher deutsche Winzer aber umgucken. Schon die Deklaration der Sulfite hat uns nicht gefallen, erweckt es doch den Eindruck, es gebe gänzlich schwefelfreien Wein. Ich glaube, es gibt nur eine Hand voll Winzer, die eine Deklaration von Weinzusätzen auf dem Etikett wünschen können. Alle anderen werden sich freuen, dass die Amerikaner und Australier den Weg freigemacht haben für Laborweine. Und wer will das schon aufs Etikett schreiben!«

Seine Augen zuckten zu seinem Vater hinüber, der im Gegenzug Verachtung in seinen Blick füllte. »So spricht unser Fachmann für falsche Etiketten!«

Gernot schnaubte.

Richard zog die Brauen zusammen und versuchte, seine ins Schleudern geratenen Verstandeskräfte zu sammeln. Ich hätte ihm gern gesteckt, dass es hier nicht um Schwefel ging, sondern um Vater und Sohn und um Homosexualität.

Zum Hauptgang kam der Château Lafite-Rothschild 2003 Primeur. 96 Punkte, Platz 7 der Top 100 im »Wine Spectator« 2004. Natürlich gefiel es den Herren, dem Guru Parker hohenlohischen Eigensinn entgegenzusetzen. »Saftiges Ganzes«, urteilte der Zwirbelschnauzer. »Prächtiges Finale, aber ...« Er schnalzte mit Zunge und Lippen, »... der Cassis schlägt doch etwas durch. Was meinen Sie, Herr Nerz? Würden Sie vierhundert Euro für diese Flasche ausgeben?«

Nie! Ich brach Brot und kaute. Dann ein zweiter Schluck, wobei ich versuchte, Richard einen warnenden Blick zuzuwerfen, aber er war mit allen Sinnen im Vierhunderteurobouquet untergegangen. »Dieser Wein, meine Herren, ist zu groß für mich«, erklärte ich. »Dazu fehlt mir die Reife.«

Richard riss Blick und Nase aus dem Kelch und lachte.

Der Zwirbelschnauzer lächelte.

»Außerdem weiß ich nicht genau, was wir hier tun. Trinken wir Wein zum Essen, oder degustieren wir ihn? Im ersten Fall ist Alkohol schön zum Entspannen, was ihn im zweiten Fall zum Nachteil macht.«

Richard stellte sein Weinglas hin. »Frauen gehen ohnehin viel entspannter an Wein heran«, bemerkte er. Das allgemeine Verwundern bemerkte er nicht. »Für sie ist er kein Statussymbol. Sie wählen den Wein, den sie trinken wollen. Eine Degustation ist für sie kein Wettkampf. Außerdem haben Frauen die feineren Geschmacksnerven.«

»Hört, hört!«, raunte der Tisch unter Fahnen und Wahlspruch. *Omnia vincit vinum.*

»Da mögen Sie nicht ganz Unrecht haben, Herr Dr. Weber«, antwortete der Zwirbelschnauzer, »aber was weiblichen Degustatorinnen fehlt, ist die Entschlossenheit des Urteils. Sie haben Angst vor der Macht über den Markt, den ein Spitzendegustator wie Parker beispielsweise hat.«

»Dafür liegt in ihnen die Chance«, widersprach Richard mit vom Alkohol potenziertem Eigensinn, »eine Gegenbewegung zu den auffälligen und zurechtgemachten Weinen anzustoßen, die unserem Herrn Parker und seinem Gefolge so gefallen.«

»Da haben Sie Recht«, rief Gernot überrascht. »Die Herren der Schöpfung mögen's halt üppig ausgebaut, nicht nur beim Weib, sondern auch beim Wein. Dabei ist es eigentlich viel schöner, einen natürlichen Wein zu erforschen und die Umstände auszutüfteln, unter denen er uns höchsten Genuss verschafft.«

»Woher willsch'n du das wissen?«, grummelte sein Vater.

Gernot legte die Serviette nieder und stand auf. »Ich bin gespannt, was Sie zu dem hier sagen.« Dabei blickte er nicht nur mich, sondern auch Richard an.

Armin Zoll runzelte die Stirn. »Aber du versaust uns jetzt nicht das Essen mit einem deiner kastrierten Ökoweine!«

»Keine Angst, Papa. Es ist ein Wein aus deinem eigenen Hause!«

»Das auch deines ist!«

»Wenn ich was zu sagen hätte, hättest du Recht«, sagte Gernot fast zu ruhig. »Ich habe hier einen Rotkuss 2004er Blauburgunder Beerenauslese mitgebracht, über den ich gern das Urteil unserer Gäste gehört hätte.«

Ich begegnete Richards jäh entalkoholisiertem Blick aus asymmetrischen Augen. Währenddessen trugen die beiden Kellner den Nachtisch auf, eine *création au chocolat.*

»Für mich nicht, danke«, sagte Richard, »Wein und Schokolade, das ist Weiberkram.«

Gernot runzelte die Stirn, ich auch, denn selten rutschte meinem Staatsanwalt die Begrifflichkeit dermaßen ins Vulgärchauvinistische. Aber man durfte Richard nie unterschätzen.

»Dabei«, warf ein vollbärtiger Weinritter ein, »steckt auch hinterm Kakao eine alte Kultur. Die großen Chocolatiers lassen sich aus bestimmten Lagen ganz bestimmte Sorten liefern. Die aus Bohnen aus Java haben eine Zimtnote, die aus Kuba einen Rauchton, die aus Südamerika sind würzig. Und *grand cru* steht auch hier für eine besonders erlesene Qualität.«

»Und das Fruchtbouquet eines Rotweins«, sagte Gernot, während er einschenkte, »findet seinen geschmacklichen Gegenspieler in der feinen Herbe der Schokolade. Weiche Tannine, eine dichte, vollmundige Struktur …«

»Ein trockener Lemberger, ein kraftvoller Dornfelder oder Regent«, schmatzte der Vollbartritter ergänzend.

»Oder ein Rotkuss«, sagte ich und hielt das Glas gegen das Licht der Deckenlampen. Wie hatte Gernot mir vorhin den Wein beschrieben? »Tiefstes Rubin mit Reflexen von Ziegelrot.« Ich schwenkte den Kelch und hängte meine Nase hinein. »Reichhaltiges Aromenspektrum im Bouquet von reifen dunklen Früchten bis zu gebackenen Pflaumen, Rosinen und Schokolade.« Ich schlürfte Wellen in den Weinspiegel. »Der Gaumen ausladend, generös die feinen Tannine, die Süße feminin …«

Armin Zoll lachte dreckig.

Richard blickte ihn verwundert an. Dann wanderte sein Blick hinüber zu Gernot, dessen Augen mich anglänzten, und schließlich zu mir. Endlich hatte er's kapiert.

»Ein furioser Abgang«, schnalzte ich, »mit Aromen von Mokka, Kardamom und … igitt! …« Mein Magen zuckte. »Saure Gurken! Bismarck-Hering! Widerlich!«

»Wie meinen Sie?«, erkundigte sich der Zwirbelschnauzer.

Ich spürte meinem Ekel nach. Er trieb mir den Schweiß aus den Poren und jagte ein Kribbeln über meinen Körper.

»Ist was mit dem Wein?«, fragte Gernot gespannt.

Ich atmete durch. Nur ruhig! Ein Schluck würde mich nicht umbringen.

»Meine Mutter«, erklärte ich den staunenden Rittern, »war ziemlich katholisch. Frühmesse, Totenmesse, Mitternachtsmesse, Kommunion natürlich, Beichte. Als Kind habe ich mich vor allem am Weihrauch berauscht. Aber im Katholischen wird jede Wollust zügig bestraft. Ich bekam Husten, Asthma und Hautausschläge. Immer nach der Kirche. Unser Dorfarzt war ratlos. Man kannte damals eigentlich nur Heuschnupfen. Und noch was wurde mir in meiner Kindheit zur Qual: saure Gurken, Rote Beete, Maiskölbchen, sauer eingelegter Fisch. Nur einen Versuch hat meine Mutter gemacht, mir Bismarck-Hering einzuprügeln. Das Ergebnis war Atemnot und Notarzt. Danach durfte ich selbst entscheiden, was von dem konservierten Zeug ich esse. Was Weihrauch mit sauren Gurken zu tun hat, das wurde mir kürzlich klar, als ich erfuhr, dass man dem Weihrauch zuweilen das Harz des Benzoebaums zusetzt, weil man seinen Duft für wärmend und tröstend hält. Er ist menschlichen Pheromonen ähnlich. In Lebensmitteln findet sich eine synthetische Variante, die Benzoesäure, E 210. Für mich hat sie einen süßlich-giftigen Vanilleabgang. Die Allergie, die sie auslöst, gehört zur selben Gruppe wie die Aspirinallergie.«

Richard hob seinen Rotkuss, zwinkerte mir zu und leerte das Glas in einem Zug.

»Herr Zoll«, sagte ich, »Ihr Wein enthält Benzoesäure.«

»Unsinn!«

»Sie kann in unserem Körper nicht abgebaut werden und belastet die Leber. Bei Katzen und Hunden wirken schon winzige Mengen tödlich. Sie haben Glück, dass ich kein ganzes Glas getrunken habe. Weniger Glück hatte leider vor einer knappen Woche eine Frau …«

»Hab ich's nicht gesagt?«, störte mich Richard im freien Flug durch den Triumph des Ermittlers. »Frauen haben einfach die besseren Geschmacksknospen.«

Ein Tritt vors Schienbein wäre dringend nötig gewesen.

»Das war's dann, Papa!«, sagte Gernot zufrieden.

Richard stand auf und griff nach der Karaffe, in welcher der Rotkuss atmete. »Der Wein ist beschlagnahmt. Und alle Flaschen, die du noch hast, Armin.«

Der Abgeordnete ließ sich gegen die Rückenlehne fallen. »Das glaubst du doch nicht, Richard! Da hat mir jemand was untergejubelt.«

»Ha!«, lachte Gernot.

»Was wollt ihr denn?«, bäumte sich Armin auf. »Wer sind Sie überhaupt, Herr Nerz? Ein Polizist? Von Wein haben Sie jedenfalls keine Ahnung!«

»Herr Zoll«, polizistelte ich, »haben Sie Ihren Qualitätswein mit Benzoesäure versetzt?«

»Armin«, griff Richard ein, »ich würde dir empfehlen, nichts zu sagen. Du wirst zum geeigneten Zeitpunkt Gelegenheit erhalten, zu den Vorwürfen Stellung zu nehmen.«

Der alte Winzer blickte den Staatsanwalt fassungslos an. »Was für Vorwürfe denn? Wie lange kennen wir uns jetzt, Richard? Traust du mir wirklich zu, dass ich meinen Wein mit unerlaubten Zusätzen verschandle? Benzoesäure? Absurd! Wozu denn auch? Was täte mir das nützen?«

»Barriquearoma, Vanille!«, sagte ich hustend. »Geringere Lagerzeit, längere Verwendbarkeit der Fässer. Bargeld!« Krawatte und Kragen wurden mir plötzlich zu eng. Ich würgte. »Wenn Sie mich nun einen Moment entschuldigen würden ...«

Ich stürzte hinaus. Nein, nicht bei den Damen rein, sondern bei den Herren. Auch dort gab es Waschbecken. Ich kühlte mir Gesicht und Handgelenke mit Wasser, warf ein Antihistamin ein, von dem ich in einem Anfall intuitiver Weitsicht ein Kärtchen in die Jackentasche gesteckt hatte, und trank in langen Zügen kaltes Wasser.

Als ich wieder hochkam, sah ich durch einen Schleier von Wasser Gernot in der Tür.

»Danke!«, sagte er. »Genial! Wenn du wüsstest, wie lange ich schon darauf warte, dass endlich einmal einer dieser famosen Weinkenner bei der Degustation draufkommt. Die tun immer so, als schmeckten sie alles heraus. Aber nix schmecken sie, was man ihnen nicht vorher sagt. Du bist da anders! Du bist genial!«

Ehe ich »Hups!« sagen konnte, hatte er mich gegen den

Handtuchspender geschoben und seine Weinbeerlippen auf meine gedrückt.

»He!«, knurrte es von der Tür her. Richard packte den Jungen, riss ihn herum und zentrierte ihm die Faust aufs Kinn.

Gernot japste und schlug der Länge nach unters Pissoir.

»Richard!«, staunte ich.

Er rieb sich verwundert die Fingerknöchel. Schmerz zuckte auf seinen Lippen, aber seine Augen funkelten. »Und wenn Sie meinem Mädchen noch einmal zu nahe kommen!« Zufrieden und mitleidlos schaute Richard zu, wie der Junge sich am Pissoir hochzog und auf wacklige Beine zurückstellte.

»Ganz ruhig, Richard!«, sagte ich. »Ist doch nix passiert. Die Schokobeere hat sich nur in der Adresse geirrt.«

»So?« Richard fuhr sich über die braunen Haare und versuchte, sein revoltierendes Testosteron zu zügeln. »Trotzdem! Verdient hat er's. Er hat ein Menschenleben auf dem Gewissen.«

Selbstjustiz war sonst auch nicht Richards Ding.

»Jetzt versteh ich gar nichts mehr«, nuschelte Gernot mit wackligem Kinn.

»Ja, Sie hatten Glück, Herr Zoll, dass Lisa von Ihrem Schoko-Rotkuss nicht mehr getrunken hat. Bei einer anderen Frau hat kürzlich ein ehelicher Kuss genügt, um sie ins Jenseits zu befördern. Ein allergischer Schock wegen Benzoesäure im Wein auf seinen Lippen, wie wir nun wissen. Wenn wir den Ehemann noch einmal befragen, wird er sich vermutlich erinnern, dass seine Frau nicht nur Aspirin mied, sondern auch bei eingelegtem Gemüse und Fisch extrem vorsichtig war.«

Gernot starrte uns an. Dann lachte er auf. »Lisa Nerz! Herrgottsack! Du bist gar kein Bub!«

»Habe ich das behauptet?«

Gernot stöhnte und hielt sich den Kiefer. »Lisa für deine Freunde! Und dann faselt dein betrunkener Staatsanwalt auch noch ständig von den besseren Geschmacksnerven der Frauen, und keiner von uns hat's gecheckt! Du gefällst mir, Lisa. Na wie wär's mit uns? Mein Vater wär happy. Auf den Hof gehört eine Frau, sagt er. Und bevor ich nicht eine anbringe, habe ich nichts zu melden.«

»Und da haben Sie gedacht«, schnarrte Richard, »Sie tun ihm ein paar unerlaubte Stoffe in den Wein. Wenn das rauskommt, ist er als Winzer erledigt, und Sie sind dran mit Ihren Ökoweinen.«

»Es hätte bei den Weinkontrollen auffliegen sollen«, nuschelte Gernot. »Aber es hat ja niemand ein Interesse daran, durch öffentliches Geschrei den deutschen Wein in Verruf zu bringen, nur weil sich mal einer mit der Chemie vertan hat. Ich habe die Strafe bezahlt, und gut war's.«

»Gar nicht gut!«, sagte Richard. »Eine Frau ist daran gestorben!«

»Wer hat denn damit rechnen können?«

»Eben darum gehört aufs Etikett, was im Lebensmittel drin ist. Damit die Allergiker eine Chance haben. Verdammt!« Richard packte den Jungen unversehens am Revers und schüttelte ihn. »Du Schlappschwanz, warum konntest du deinen Streit mit deinem Vater nicht wie ein Mann klären? Direkt!«

»Ist gut!«, rief ich, pflückte Richards Fäuste von Gernots Kragen und schob den tatendurstigen Staatsanwalt aus der Toilette hinaus in den Gang. »Das ist jetzt Sache des Gerichts.«

»Ach was! Man wird diese Schokobeere vermutlich nicht einmal wegen Fahrlässigkeit mit Todesfolge anklagen können. Benzoesäure ist zwar im Wein verboten, gehört aber nicht zu den zwölf deklarationspflichtigen Allergenen.«

»Jaja, nun komm!« Ich zerrte den sperrigen Herrn weiter, hinaus vors Hotel an die kalte Nachtluft. »Drogenkonsum gehört zum allgemeinen Lebensrisiko!«

»Aber die Frau hatte nichts getrunken«, widersprach Richard verzweifelt. »Ein Kuss war ihr Tod! Ein liebevoller römischer Kuss!«

Er stolperte von der Bordsteinkante auf die Straße. Ich fing ihn wieder ein. Ingelfingens Straßen waren still und leer. Ich schleppte Richard bis in die finsteren Weinlagen hinauf.

»Von mir aus«, sagte ich und hakte mich bei ihm unter, »kannst du ruhig öfter mal was trinken. Dann bist du richtig süß!«

Richard knurrte und legte seine Hand auf meine.

Rita Hampp

Die letzte Liste

Dröhnendes Gelächter schwappte aus der Florian-Geyer-Stube, dem Nebenzimmer des traditionsreichen Würzburger Gasthauses Stachel, als die Bedienung ein Tablett voller Weingläser durch die Tür jonglierte. Seit zwanzig Jahren trafen sich die selbst ernannten zwölf Verschworenen jeden letzten Dienstag im Monat hier. Da war, bis auf eine Ausnahme, gutes Trinkgeld zu erwarten, aber auch Verschwiegenheit gefordert. So versuchte sie, nicht allzu genau hinzuhören, als der ehemalige Landgerichtspräsident Adalbert Kruse seine Bassstimme erhob.

»Hähähä, ausgerechnet unserem Musterschüler, ausgerechnet dem passiert so was. Also, ich sage euch, das Etikett habe ich mir aufgehoben. Schöner Reinfall, hähä, aber eure Gesichter! Zu komisch!« Wieder prustete er los, dann wedelte er der Bedienung mit seiner Zigarre zu. »Noch einen Bocksbeutel Würzburger Stein für mich, den trockenen Silvaner. Da weiß man wenigstens, was man kriegt, hähä, stimmt's Gucki? Und was Gescheites zu essen, bitte. Mir ist es egal, dass ihr das Essen jetzt Slowfood nennt, ich will meine Bratwürscht und eine Portion Spargel dazu. Sonst noch wer?«

Ein paar Hände gingen in die Höhe. Nur Oberstaatsanwalt Dr. Zacharias Guckenberger winkte dünnlippig ab. Er zählte drei Euro achtzig ab und legte nach kurzem Zögern zehn Cent Trinkgeld dazu. Gleich halb acht. Wenn es von der Marienkirche zweimal läutete, würde er sich verabschieden. Wie jedes Mal. Ohne Regeln war das kein Leben für ihn.

Kriminalhauptkommissar Udo Armbruster gab seinem überkorrekten Nachbarn einen versöhnlichen Stoß in die Seite. »Komm, Gucki, ärgere dich nicht«, raunte er dem langjährigen Freund zu, »du weißt doch, wie er ist nach drei Schoppen. Blöde alte Geschichten aufwärmen, auf Kosten anderer.«

»Ich sag dir, das wird ein Nachspiel haben. Ich lass mich nicht betrügen. Ich bin nah dran. Nächstes Mal lacht ihr nicht mehr über mich. Und nennt mich nicht immer Gucki, verdammt. Das ist albern.« Damit erhob sich Guckenberger und strich sich mit seinen knochigen Händen über die wenigen, ordentlich geteilten dünnen Haarsträhnen.

Armbruster sah ihm schmunzelnd zu. Manchmal war er direkt versucht nachzuzählen, ob Gucki tatsächlich jedes Mal dieselbe Anzahl von Haarsträhnen nach links und nach rechts scheitelte. Zuzutrauen war es ihm. Aber selbstverständlich ließ er auch heute das Nachzählen bleiben. Er würde ja auch nicht wollen, dass Gucki sich Gedanken über seine stets wachsende Kleidergröße machte.

Diese Weingeschichte vor einem halben Jahr war jedoch zu schön gewesen! Die Verschworenen hatten Kruses Verabschiedung in den Ruhestand nachgefeiert, und Gucki hatte alles perfekt geplant. Im Planen war er Spitze. Sie hatten Kruse eine ganz besondere Weinprobe im Kellergewölbe des Staatlichen Hofkellers spendiert, mit einem sündhaft teuren Höhepunkt: drei Flaschen 1995er Château Mouton-Rothschild, das Stück zu zweihundertneunzehn Euro, aber Gucki hatte sie über einen Bekannten zehn Prozent billiger bekommen. Zwei Flaschen wollten sie gemeinsam in der Runde verkosten, eine sollte Kruse nach Hause nehmen, zum stillen Genießen.

Gucki hatte die bekannte Sommelière Natalie Lumpp angeheuert, die humorvoll durch den Abend führte. Ganz zum Schluss hatte Gucki endlich die Überraschung hervorgezaubert, und die Expertin hatte die beiden Flaschen mit anerkennender Miene entkorkt. Sie hatte am Korken gerochen, die Stirn gekräuselt, eingeschenkt, den Wein heftig im Glas geschwenkt, sich aus der zweiten Flasche eine Kostprobe genommen. Dann hatte sie, ohne das Gesicht zu verziehen, weitergemacht:

»Dies ist nun also der Höhepunkt«, hatte sie gesagt und noch einmal gekostet. Ein fast unmerkliches Beben hatte sich in ihre Stimme gestohlen. »Ein ganz ausgezeichneter 2003er Tauberedition Rot, im Barrique gereift, in tiefem, dunklem

Rubinrot. Im Duft zeigt er Aromen von dunklen Beeren, Bitterschokolade und gerösteten Kaffeebohnen. Er hat Schmelz, aber auch kräftige Muskeln und wirkt insgesamt sehr kraftvoll. Im Gaumen ist er schon erstaunlich weich und cremig.«

Dann hatte sie aufgehört und schelmisch kichernd in die verblüfften Gesichter und die leeren Gläser geblickt. »Dieser ordentliche Qualitätswein kann zwar durchaus mit der badischen Spitze vom Kaiserstuhl mithalten. Aber ein Château Mouton-Rothschild, das ist er gewiss nicht. Sie haben nicht wirklich gedacht, dass Sie mich täuschen könnten, oder? Allerdings muss ich gestehen: Fast hätten Sie es geschafft. Etikett und Korken sehen aus wie echt.«

Guckenberger war aufgesprungen, mit roten Flecken am Hals. »Das gibt es nicht. Das muss ein Château Mouton-Rothschild sein. Ich habe ihn mir eigens empfehlen lassen. Hier, hier habe ich mir eine Besprechung von dem Wein aus dem Parker Weinführer ausgedruckt.« Hektisch wedelte er mit einem Zettel herum, was die Sache nur noch schlimmer machte.

Aus dem Unglauben in den Gesichtern der Runde war längst ein breites Grinsen geworden, das sich nun in herzhaftem Gelächter entlud. Bis heute sorgte der Vorfall für Heiterkeit. Ausgerechnet Gucki hatte sich leimen lassen! Das war doch zu komisch gewesen! Sie hatten daraufhin natürlich auch die letzte Flasche geköpft, denn nun wollte niemand mehr heimgehen: Jeder hatte nun plötzlich mit Geschichten von persönlichen Fehlschlägen aufwarten können.

»Auch noch einen Silvaner«, rief Armbruster der Bedienung hinterher und sah Gucki nach, wie er sich von dannen trollte. Punkt acht Uhr würde er zu Hause sein Nachtessen einnehmen. Und wenn er nicht diese tüchtige Haushälterin gehabt hätte, die alle seine Marotten seit dem Tod seiner Mutter vor fünfzehn Jahren offenbar klaglos ertrug, würde er wahrscheinlich jeden Abend dasselbe essen, nur, um sich keiner Veränderung im Leben auszusetzen.

Was für ein pedantischer Langweiler er nur war! Und in vier Wochen würde er wieder neben ihm sitzen, weil jede Änderung der Sitzordnung für ihn Weltuntergang bedeuten würde. Wie gut, dass er den Stammtisch immer so früh verließ. Da blieb noch genügend Zeit für richtige Gaudi!

Gaudi! Am nächsten Morgen kurz nach sechs schüttelte Armbruster vorsichtig den Kopf über sich. Gaudi! Über die Stränge geschlagen hatte er gestern, und zwar gewaltig! Aber nur, weil er, ohnehin schon der Letzte der Runde, nicht den kürzesten Heimweg gewählt hatte, sondern noch über das Weindorf am Marktplatz gezogen war. Diese hübsche, ehrgeizige neue Staatsanwältin in der Abteilung für Tötungsdelikte war ihm über den Weg gelaufen, und sie hatten ein Kennenlern-Gläschen zusammen getrunken. Oder zwei? Jedenfalls ganz eindeutig eines zu viel.

Und so hatte er, trotz des frühen Dienstbeginns, zur Strafe beschlossen, den Weg von der Sanderau zur Polizeidirektion zu Fuß zu laufen. Am Mainkai entlang, natürlich, an dem sich Würzburg von der schönsten Seite zeigte.

Wegen der Kopfschmerzen genoss er den Marsch nur bedingt. So früh am Morgen war es herrlich ruhig in der Stadt. Ein paar Jogger kamen ihm entgegen. Unter dem Schattendach der mächtigen Bäume war es angenehm kühl. Linker Hand lachte ihm hoch droben die Festung Marienberg entgegen, schräg links bimmelten die hellen Glöckchen vom Käppele zur Morgenandacht. Die Sonne glitzerte wie flüssiges Gold auf den ruhigen Wellen des Mains – aber nein, das war nicht nur pures Gold, was da vorne blinkte: Es war eindeutig ein Blaulicht, direkt unterhalb der Löwenbrücke, auf dem großen Parkplatz. Er trabte los.

Er hatte das Grüppchen Uniformierter fast erreicht, das sich über etwas am Boden beugte, als das Handy zu klingeln begann. Er ignorierte es. Er wusste auch so, dass ihn die Einsatzzentrale über das informieren wollte, was er gerade mit eigenen Augen sah: leblose Person unterhalb der Mainbrücke. Extrem leblos, das konnte er selbst auf die Distanz ausmachen, schließlich war er als Leiter der Mordkommission auf genau solche Anblicke trainiert. Schwerfällig sprintete er für die letzten Meter los.

Oberstaatsanwalt Dr. Zacharias Guckenberger war fast nicht

wiederzuerkennen. Sein Anzug triefte, er hatte einen Schuh und seine dünne Goldrandbrille verloren, die nassen Haare klebten ihm wirr über den geschlossenen Augen und auf der blassen Wange. Armbruster unterdrückte den Impuls, dem toten Freund die Haare zu ordnen und die Krawatte geradezuziehen.

»Wer hat ihn wann gefunden?«, fragte er stattdessen und wunderte sich, dass seine Stimme so klar zu verstehen war. Innerlich schnürte es ihm die Luft ab. Gucki trug noch denselben Anzug wie gestern Abend. War er also direkt nach ihrem Treffen auf dem Weg nach Hause überfallen worden? Aber da war es noch hell gewesen, ein Überfall an diesem belebten Platz war extrem unwahrscheinlich.

Auch ein weinseliges Unglück schloss Armbruster aus. Nach einem einzigen Schoppen fiel niemand alkoholbedingt in den Main. Oder hatte Gucki, wie er selbst, auf dem Marktplatz jemanden getroffen und war versackt? Gucki und versackt? Niemals! Hilflos stand er da und starrte den toten Freund an.

»Wahrscheinlich ertrunken«, murmelte der Rechtsmediziner wenig später. »Da kann man nichts machen.«

Armbruster schüttelte den Kopf. »Gucki war Rettungsschwimmer. Sein einziges Hobby. Den Kampf gegen die Uhr, den hat er geliebt. Jeden Mittwoch, achtzehn bis neunzehn Uhr. Seht mich nicht so an, wir haben ein einziges Mal unseren Stammtisch verschieben wollen, deshalb weiß ich das so genau.«

»Hier«, antwortete der Spurensicherer, statt den Kopf über mögliche Marotten von Juristen zu schütteln. »Das hatte er mit seiner rechten Hand umklammert. Wir haben ihn fast nicht herausgebracht aus der Faust, diesen Weinkorken. Sieh mal: extra lang. Bestimmt französischer Rotwein. Tja, ja, die kleinen Geheimnisse überkorrekter Oberstaatsanwälte.«

»Rotwein? Kann überhaupt nicht sein. Gucki hat nie Rotwein angerührt. Der konnte Rotwein nicht ausstehen. Und neuerdings hatte er fast ein Trauma deswegen. Aber das ist eine andere Geschichte.«

Armbruster nahm den Korken und begutachtete ihn. Der

Abschied von Kruse fiel ihm wieder ein, Guckis wahrscheinlich erster und einziger Fehler im Leben. Ein Nachspiel würde das haben, hatte Gucki gestern Abend düster prophezeit. Nachspiel! Schönes Nachspiel war das jetzt!

Armbruster wollte den Korken schon ins Plastiktütchen des Spurensicherers werfen, da stutzte er. Dieser Korken war jungfräulich, neu wie aus der Fabrik. Weder hatte irgendein Wein das eine Ende benetzt, noch hatte sich je ein Öffner in das andere Ende gebohrt. Ein Verdacht stieg in ihm auf, und er beugte sich tiefer über das Stück. Der Aufdruck überraschte ihn nicht mehr: Château Mouton-Rothschild. Das war doch kein Zufall!

»Die ganze Prozedur!«, rief Armbruster aufgeregt in die Runde. »Nie und nimmer war das ein Unfall! Oberstaatsanwalt Guckenberger ist ermordet worden! Wahrscheinlich hat ihn jemand niedergeschlagen und dann in den Main geworfen. Oder was weiß ich. Das herauszufinden ist eure Sache! Ich fahre zu seinem Haus. Vielleicht finde ich dort etwas, das uns weiterhilft.«

Als Armbruster in der stillen Straße im Frauenland vor Guckenbergers bescheidenem Nachkriegshaus parkte und das Blaulicht an seinem Wagen ausschaltete, schlug es sieben Uhr. Er grinste. Auf den Gongschlag! Das hätte Gucki gefallen. Eine ältere Frau stand vor der Haustür, mit einem Handy am Ohr. Als Armbruster näher kam, fuchtelte sie mit den Armen.

»Sind Sie von der Polizei? Das ging ja schnell. Hier stimmt etwas nicht! Sehen Sie selbst, die Zeitung steckt im Briefkasten, der Rollladen in seinem Schlafzimmer ist unten, das Licht im Flur brennt noch. Da ist etwas passiert, ganz bestimmt. Da geh ich nicht allein rein.«

Armbruster versuchte, die Frau zu beruhigen, und betrat das blank gewienerte Anwesen. Einmal war er abends hier gewesen, vor zehn oder elf Jahren, im Wohnzimmer mit diesem großartigen Blick über die Stadt bis zur angestrahlten Festung. Er war nur kurz geblieben, weil er sich nicht wohlgefühlt hatte, und hatte sich gewundert, wie jemand so leben konnte, so aufgeräumt, so porentief rein, so – unwirklich. Er jedenfalls hatte die Luft angehalten, sogar seine Schuhe hatte er ausgezogen, und Gucki hatte ihn nicht daran gehindert.

Nichts hatte sich seitdem hier verändert, fiel ihm auf. Gar nichts. Wahrscheinlich wurde hier nur die Fernsehzeitschrift regelmäßig ausgetauscht.

Die Frau hinter ihm holte eine Art Plastikduschhaube aus ihrer großen Tasche und stülpte sie sich über ihre Dauerwelle. »Dr. Guckenberger will das so«, flüsterte sie und trippelte in die Küche. Dort stieß sie einen spitzen Schrei aus.

»Die Liste!«, rief sie. »Er hat die Liste nicht geschrieben. Er schreibt mir jeden Tag eine, ganz genau schreibt er auf, was ich wann zu tun habe. Hier!«

Armbruster warf einen flüchtigen Blick in das Schulheft auf dem Küchentresen. Er erkannte Guckis akribische Handschrift. Junge, Junge, was für ein Stundenplan. Er hatte der armen Frau tatsächlich Tag für Tag vorgeschrieben, wann sie welches Fenster lüften, in welcher Zeit sie wie viele Hemden bügeln und wie viele Minuten sie welche Handgriffe im Garten zu verrichten hatte. Schon im Studium hatte sich jeder über seine berühmten Listen lustig gemacht. Mit der Zeit waren sie ja noch viel schlimmer geworden!

Die Haushälterin deutete mit zittrigem Zeigefinger zur Treppe. »Da oben! Ich geh da nicht rauf. Bestimmt ist er tot.«

»Stimmt«, erwiderte er trocken. »Das ist er tatsächlich. Aber er starb nicht friedlich im Bett, sondern im Main. Ermordet.«

Die Frau sah aus, als würde sie gleich umfallen.

»Machen Sie mir einen Kaffee, Frau …?«

»Franke, Anni Franke. Dr. Guckenberger hat keinen Kaffee im Haus. Nur Kamillentee.«

Typisch! Armbruster seufzte und holte seinen Notizblock heraus. »Dann erzählen Sie doch bitte, was Sie sonst noch über Ihren Arbeitgeber wissen.«

Wenig später streifte er durch das Haus und wusste selbst nicht, was er suchte. Hier war niemals im Leben irgendetwas versteckt, das auf einen Mord schließen lassen würde. Niemals. Alles war wie in einem Möbelhaus. Die Bücher staubfrei, die wenigen Cocktailkissen in der Mitte geknickt. Es gab keine doppelten Böden, keine Geheimfächer, keine noch so kleine Nachlässigkeit. Socken nach Farben geordnet, Krawatten wie beim Herrenausstatter sortiert, im Schrank hingen Anzüge und passende Hemden zusammen, keine Falte, kein fehlender Knopf. Das Bett musste angeblich jeden Tag bezogen werden; es war diese Nacht nicht benutzt worden.

Auch die Küche war steril. Sogar die Spülmaschine war leer und blitzte wie nie benutzt. Im Flurschrank standen die Schuhe wie eine Batterie Zinnsoldaten, blank geputzt – wie sonst!

Der Vorratsraum im Keller war so gut wie leer. Ein Kasten Mineralwasser und eine Flasche Château Mouton-Rothschild standen dort, wie Ausstellungsstücke in einer modernen Galerie. Im Kellerraum nebenan ein Laufband, ein Trimm-dich-Rad, ein paar Hanteln, kein Staub, nicht einmal im Heizungskeller. Armbruster wollte nur noch raus, an die frische Luft, heim in sein gemütliches Chaos.

Aber noch war er nicht fertig. »Liste nicht geschrieben, Küche unbenutzt«, überlegte er laut. »Dann war er also gestern Abend gar nicht zu Hause gewesen.«

»Aber natürlich war er hier!«, unterbrach ihn Frau Franke. »Die Küche ist doch blitzblank«

»Eben.«

Sie sahen sich verdutzt an. Dann dämmerte es Armbruster. »Sie meinen, er hat selbst …?«

Die Frau ließ ihn nicht ausreden. »Früher habe ich mit dem Essen auf ihn gewartet und anschließend noch sauber gemacht. Aber seit einem halben Jahr gehe ich früher, um halb acht. Wissen Sie, mein Sohn hat sich selbstständig gemacht. Ich habe meine ganzen Ersparnisse in sein Geschäft gesteckt. Man kann ja ins Grab nichts mitnehmen, nicht wahr? Gib die Blumen den Lebenden, hat meine Mutter immer zu mir gesagt. Nun gehen die Geschäfte im Moment nicht gut. Wo tun sie das überhaupt? Da helfe ich abends ein bisschen …«

»Das Essen!«, unterbrach Armbruster den Redeschwall ungeduldig und wunderte sich, wie Gucki es mit so einer geschwätzigen Person ausgehalten hatte.

»Nudeln mit Bärlauchpesto. Er brauchte es nur warm zu

machen. Sehen Sie selbst! Alles weg. Also war er hier und hat gegessen. Als seine Mutter noch lebte, hat er die Küche auch immer aufgeräumt. Ich glaube, das hat ihm Spaß gemacht. Seine Mutter ist so eine nette Person gewesen …«

Armbruster unterdrückte ein Gähnen und brachte die Frau mit einer Handbewegung zum Schweigen. Guckis Arbeitszimmer hatte er sich als Letztes aufgehoben. Mit gemischten Gefühlen öffnete er die Tür. Das ganze Getuschel über all die Jahre schoss ihm durch den Kopf. Warum lebte Zacharias mit seinen fünfundfünfzig Jahren allein? Was trieb ihn dazu, den Jahresurlaub auf einmal zu nehmen und niemandem zu verraten, wohin die Reise jedes Jahr ging? Warum hatte er keine Frau, nie eine Freundin gehabt? Hatte er Neigungen, die ihn erpressbar machten? Hoffentlich waren keine Kinderpornos auf dem Computer abgespeichert. Oder ging jetzt die polizeiliche Phantasie mit ihm durch?

Als er die Tür öffnete, fiel sein erster Blick auf die große Fotografie hinter Guckis Schreibtisch. Eine streng blickende ältere Dame, die weißen Haare zu einem dünnen Dutt zusammengezurrt, kein einziges Haar war ihr entschlüpft. Die Mutter jeglicher Ordnung, eindeutig.

In einem halbhohen Wandregal hielten Strafrechtskommentare Appell, begleitet von juristischen Fachzeitschriften, jeweils ein Jahrgang pro Fachboden, ab 1979, dem Jahr, als Gucki sein Staatsexamen mit Glanz und Gloria ablegte und er selbst das Studium abgebrochen hatte und zur Polizei gewechselt war. Für jedes Jahr hatte Gucki eine Inhaltsliste verfasst, die die Reihe jeweils anführte.

An der anderen Wand lockten, alphabetisch sortiert, farbenprächtige Bildbände mit Reisezielen in der Südsee, auf den Malediven, in der Karibik. Taucherurlaube hatte Gucki also während seiner langen Winterreisen unternommen, fernab von Uhrzeiten, Listen, geschriebenen und ungeschriebenen Gesetzen und anderen persönlichen Überlebensregeln.

Akten erwartete Armbruster nicht in diesem Zimmer. Gucki hatte schon in der Referendarzeit seine Abende lieber einsam in der Kanzlei verbracht, als auch nur einen Aktenteil aus dem Büro zu entfernen. Er hatte Angst gehabt, zufällig eine solche Akte zu Hause vergessen zu haben, während sie im Dienst gebraucht wurde, hatte er Armbruster einmal gestanden.

Erstaunlicher fand es der Hauptkommissar da schon, dass Gucki keinen privaten Computer besaß, laut Auskunft der Haushälterin niemals einen besessen hatte. Wie konnte ein Mensch heutzutage ohne Internet leben? Wie hatte er seine Reisen gebucht? Wie sich informiert? Egal. Ein fehlender Computer erleichterte die kriminalistische Arbeit in diesem Haus jedenfalls erheblich, und das ließ Armbruster, auch wegen seiner schlimmen Befürchtungen, aufatmen. Auf dem Computer im Dienst hatte Gucki mit Sicherheit nichts Sachfremdes oder Unrechtes gespeichert.

Etwas ratlos verließ er das Haus. Frau Franke hörte ihn nicht gehen, sie saugte Staub. Wahrscheinlich bestand ihr Leben inzwischen aus den gleichen Regeln wie Guckis, und selbst der Tod konnte sie nicht davon scheiden.

Auf dem Weg zu Guckis Arbeitsplatz wurde es ihm etwas mulmig. Wahrscheinlich war die junge Staatsanwältin für den Fall zuständig. Was hatte er ihr gestern nur alles erzählt? Hatte er sich lächerlich gemacht? Wenig später verstärkte sich sein Gefühl.

Doris sah in der grellen Morgensonne längst nicht so jung, hübsch und verführerisch aus wie gestern Abend, obwohl ihr schmales Businesskostüm und die hohen Absätze ihre langen Beine gut zur Geltung brachten. Die dunklen Haare hatte sie hochgesteckt, was ihr eine gewisse Unnahbarkeit verlieh.

Als sie ihn erblickte, kräuselte sie spöttisch ihre Lippen, die sich gestern so warm und weich angefühlt hatten. Sie tat so, als hätte es den Abend nicht gegeben, sondern schlug einen ironischen Tonfall an: »Schön, dass der Kollege von der Kripo auch endlich Zeit findet, herzukommen.«

Armbruster sagte erst einmal nichts. Er kannte sich mit Frauen nicht sonderlich gut aus.

Unbeirrt fuhr Doris im gleichen spöttischen Ton fort: »Mord, meinen Sie? Wie kommen Sie darauf? Die Rechtsmedizin arbeitet fieberhaft, aber bis jetzt haben sie keinerlei Zeichen äußerer Gewalteinwirkung gefunden, keinen Schlag, keinen Einstich, keine Kugel. Und das Wasser in Dr. Guckenbergers Lunge deutet darauf hin, dass er tatsächlich ertrunken ist, und zwar im Main. Herzinfarkt, Kammerflimmern, das ist die Diagnose. Wir haben jemanden gefunden, der ihm gestern Abend in der Nähe vom Main Hilfe angeboten hat, weil ihm offenbar schlecht geworden war. Tja, später ist er dann wohl in den Main gefallen.«

Das klang plausibel, aber es musste falsch sein. Wie kam es überhaupt, dass die Rechtsmedizin so schnell zu einem Ergebnis gekommen war, wo sie doch sonst viel länger brauchte?

»Gift?«, wollte er noch einwerfen, aber er konnte sich gerade noch rechtzeitig beherrschen. Er wollte sich ja nicht lächerlich machen, erst recht nicht vor Doris, die ihn schon ganz mitleidig ansah. Nun, Gift war vielleicht wirklich etwas weit hergeholt. Aber was hatte Gucki dann in den Tod getrieben? Die Listen? Der Korken? Vielleicht hingen diese Dinge zusammen? Und überhaupt: Herzinfarkt! Lächerlich!

»Dr. Guckenberger war vollkommen gesund. Er war Rettungsschwimmer, passionierter Taucher …«, protestierte er.

Der Anflug eines Lächelns glättete Doris' strenges Staatsanwältinnengesicht. »Ihr wart befreundet, nicht wahr?«, fragte sie leise. Ihre Stimme klang überhaupt nicht mehr spöttisch, und ihre Augen, ach …

»Fragt doch den Hausarzt«, unterbrach Armbruster seine Gedanken trotzig, ehe sie ihn ins Verderben führen konnten.

Er ließ sich auf Guckis Arbeitsstuhl plumpsen. Ein antiquiertes, unbequemes Ding, das den Modernisierern beim großen Umbau vor ein paar Jahren auf wundersame Weise entgangen war. Er zwinkerte. Seine Augen brannten. Die Nase ging ihm zu. Heuschnupfen. Ausgerechnet jetzt. Jeder, der ihn so sah, musste doch denken, er würde heulen. Doch nicht wegen Gucki! Sie hatten zwar zusammen studiert, aber sie hatten so wenige Gemeinsamkeiten, dass sie genauso gut auf verschiedenen Planeten hätten leben können.

Doris stand an den Türrahmen gelehnt und ließ ihn nicht aus den Augen. Verlegen blätterte er Guckis Kalender durch. Ende November der letzte Eintrag: Urlaubsbeginn.

Armbruster schlug die Seite des gestrigen Tages auf. Um Viertel nach acht hatte sein Freund einen Prozesstermin wahrgenommen. Steuerhinterziehung, wie langweilig. Aber ihm hatte das bestimmt Spaß gemacht. »Achtzehn Uhr, Stachel«, lautete der zweite Eintrag. Und dann stand dort noch »zweiundzwanzig Uhr, Mainkai«.

Wie elektrisiert fuhr Armbruster hoch. Eine Spur! »Hier«, rief er aufgeregt und klopfte auf den Eintrag. »Der Beweis: Er hat sich gestern Abend mit jemandem am Mainkai getroffen. Hat die Rechtsmedizin schon etwas zum Todeszeitpunkt gesagt?«

Doris rührte sich nicht von der Stelle und beobachtete ihn weiter mit diesem sanften Ausdruck um den Mund. »Dreiundzwanzig Uhr bis dreiundzwanzig dreißig«, sagte sie. »Sprich mit dem Betrugsdezernat!«

»Dreiundzwanzig Uhr, das passt. Ich kriege den Mörder!«

»Hier gibt es keinen Mord, Udo. Es war ein Unfall. Ich wollte es dir nicht so brutal sagen, aber es hilft ja nichts, wenn du so stur bist. Keine Zeugen, keine Indizien, keine Hinweise. Vergiss es. Du verrennst dich, weil er dein Freund war. Eigentlich sollte ich dich von dem Fall abziehen lassen, hat unser Chef gemeint. Persönliche Gefühle führen doch zu nichts. Nie!«

Wieso sagte Doris das?

Verwirrt starrte er mitten hinein in ihr bezauberndes Lächeln.

»Betrugsdezernat, nicht vergessen«, sagte sie noch einmal und entschwand.

Als sie weg war, untersuchte er den Schreibtisch aufs Gründlichste. Je mehr Schubladen er aufzog, umso ungeduldiger wurde er. Wie konnte ein Mensch nur so durch und durch ordentlich sein! Ein Mann ohne Fehl und Tadel. Aber gerade deshalb war es vollkommen unverständlich, dass es keine Hinweise darauf gab, was es mit dem Mainkai-Termin auf sich hatte. Gucki musste irgendwo Unterlagen darüber haben! Aber wo?

Armbruster versuchte, sich in den Diensteifer seines Freundes hineinzuversetzen. Bestimmt hatte er eine Akte angelegt. Oder eine Liste! Irgendetwas. Garantiert! Sein Blick überflog die dicken Stapel, die sich in diesem Büro zu ordentlichen Bergen türmten. Gegen die chronische Unterbesetzung in der bayerischen Justiz kämpfte auch ein Dr. Guckenberger vergeblich an.

Stöhnend machte er sich an die Arbeit. Wenn es sein musste, würde er alle rosa Aktendeckel öffnen und durcharbeiten, und wenn es Wochen dauern sollte. Aber nach zwei Stunden hörte er auf. So hatte es keinen Zweck. Er musste logisch an die Sache herangehen. Wenn Gucki gestern um zweiundzwanzig Uhr den Termin gehabt hatte, musste die Akte in Reichweite sein, nicht irgendwo zwischen diesen Haufen, die nun mittlerweile ziemlich zerzaust aussahen. Er konnte förmlich spüren, wie sich Guckis strafender Blick in diese Unordnung bohrte.

»Wo denn, du verdammter Pedant!«, brummte er. Es kam keine Antwort. Ein Verdacht kroch in ihm hoch. Vielleicht war es gar kein offizieller Fall, in dem Gucki höchstpersönlich ermittelte? Warum sonst hatte er den Termin am Mainkai auf eine Zeit weit außerhalb der Dienststunden gelegt? Zweiundzwanzig Uhr – das bedeutete doch, dass Gucki die Akte oder die Liste am nächsten Morgen als Erstes gebraucht hätte. Armbrusters Blick fiel auf den Ausgangskasten. Gucki hatte sich auch hier erfolgreich dem Zugriff der Moderne widersetzt und seine uralten Holzladen behalten.

Mit wenigen Schritten war Armbruster am Kasten und hob ihn vorsichtig hoch. Er hatte richtig vermutet. Hier war sie, eine dünne Akte, beschriftet von Gucki höchstpersönlich, ohne offizielles Aktenzeichen, ohne Namen, ohne Delikt. Zwischen den Aktendeckeln lagen Listen, Zeitungsausschnitte, Internetausdrucke und eine Rechnung von Arno Schlereth, über fünfhundert Euro Anzahlung. Armbruster pfiff leise. Er kannte den Mann. Ein ehemaliger Kollege, der seit ein paar Jahren »private Ermittlungen« durchführte und sich als Matula fühlte. Ein Schnüffler. Er war wegen massiver Alkoholprobleme aus dem Polizeidienst entlassen worden. Mit Anspruch auf eine hübsche Pension, übrigens.

Auch eine Notiz mit einem offiziellen Aktenzeichen befand sich bei den Unterlagen, die Strafsache gegen einen Würzburger Weinhändler, einen gewissen Heribert Franke, wegen Betrugs. Bei dem Namen klingelte etwas bei Armbruster, aber dann zuckte er mit den Schultern. Franke war in Würzburg ein Allerweltsname, wie Ott oder Endres oder Flammersberger. Er hatte im Laufe der Jahre manches Protokoll über jemanden mit dem Namen Franke verfasst.

Gucki hatte offenbar Kruses Abschiedswein aus diesem Geschäft bezogen und gleich nach der unsäglichen Weinprobe ein offizielles Ermittlungsverfahren in Gang gesetzt, doch Franke war kein Betrug nachzuweisen gewesen, weil die Verschworenen das Corpus Delicti ja bis auf den letzten Tropfen geleert hatten. Andere Stichproben waren negativ verlaufen. »Eingestellt«, hatte jemand das Verfahren schließlich abgestempelt.

Armbruster konnte sich gut vorstellen, wie Gucki das gewurmt haben musste. Kein Wunder, dass er sich daraufhin über all seine Grundsätze hinweggesetzt und Schlereth, trotz dessen bekannt unsauberer Methoden, angeheuert hatte.

Er nahm den Aktendeckel an sich und stürmte aus dem Justizgebäude, rannte fast durch die Neubaustraße und erreichte atemlos die Direktion am Main. Kollege Felgenhammer vom Betrugsdezernat erwartete ihn schon.

»Udo, Mann! Dein Handy ist aus!«, fuhr der ihn an. Richtig! Das hatte er ja heute Morgen am Main abgedreht. Armbruster zog ein schuldbewusstes Gesicht.

Er kam gar nicht dazu, alles zu erklären, denn Felgenhammer berichtete seinerseits ausführlich, was er selbst schon wusste. Der Vorgang war klar: Hier war günstiger Wein in superteure Tropfen umetikettiert und mit einem hübschen Gewinn von über zweihundert Euro vor allem an die Gastronomie der Umgebung weiterverkauft worden.

Ex-Kollege Schlereth kam hinzu und zeigte sich ehrlich betroffen. Er hatte, nachdem das Verfahren eingestellt worden war, auf Guckis Anweisungen herausgefunden, dass der Weinhandel Franke gestern aus dunklen Kanälen eine Lieferung Originalkorken vom Château Mouton-Rothschild erwartete, und hatte die Übergabe eigentlich dokumentieren sollen. Aber er hatte eine Verabredung auf dem Weindorf nicht absagen können, und da hatte sich Gucki selbst auf die Lauer gelegt.

Armbruster wie auch Kollege Felgenhammer schüttelten nur den Kopf. Etwas Derartiges sah dem überkorrekten Oberstaatsanwalt Dr. Guckenberger doch überhaupt nicht ähnlich. Wie sehr musste ihm sein Fehler an die Nieren gegangen sein, wenn er sich zu einem solchen Schritt hatte hinreißen lassen! Observierung ohne offizielles Verfahren, noch dazu vom Oberstaatsanwalt höchstpersönlich! Das war doch unmöglich!

Jetzt war Gucki tot und konnte ihnen keine Erklärung geben. Sie waren sich ohne große Worte einig, dass seine kleine Unregelmäßigkeit niemals bekannt werden durfte. Sie beratschlagten den ganzen Nachmittag, was sie tun konnten, um ihm posthum doch noch zu einem Sieg zu verhelfen, kamen aber zu keinem Ergebnis. Schließlich mussten sie es akzeptieren: Es konnte keine neuen Ermittlungen gegen Franke geben, ohne dass sie Guckis unrühmliche Beteiligung verraten mussten und damit seinen Ruf ruiniert hätten. Das aber wollten sie nicht.

Welch eine Ironie des Schicksals: Da war diesem überkorrekten Menschen ein einziger Fehler unterlaufen, und er hatte dies gleich mit dem Leben bezahlen müssen. Noch schlimmer: Sein Tod würde wahrscheinlich für immer ungesühnt bleiben.

Noch zwei Wochen nach der Urnenbeisetzung kochte Armbruster vor Zorn, wenn er sich das überlegte. Und jetzt auch noch das: Gucki hatte ihm testamentarisch die Flasche Château Mouton-Rothschild aus seinem Keller vermacht, wie dessen Bruder gerade telefonisch mitgeteilt hatte.

Armbruster fand das merkwürdig. Warum bekam ausgerechnet er diesen Wein? Auf dem Weg zu Guckis Haus schöpfte er einen Funken Hoffnung: Konnte es sein, dass diese Flasche Guckis Vermächtnis an ihn war, Grundstock für ein neues Verfahren gegen Franke?

Als er klingelte, war nichts mehr, wie es vorher in und an Guckis Haus gewesen war. Im Vorgarten versperrte ein umgefallenes Kinderfahrrad den Zugang, im Flur lag ein bunter Ball zwischen Umzugskisten. Guckis Bruder sah verlegen aus, als er öffnete.

»Wir sind gestern eingezogen«, sagte er entschuldigend. »Das Erbe kam wie gerufen. Nächsten Monat bekommen wir unser drittes Kind. Ich habe Ihnen die Flasche schon zurechtgestellt. Viel hatten mein Bruder und ich nicht gemein. Wir haben uns die letzten Jahre ziemlich aus den Augen verloren. Aber dass Zacharias teure Rotweine schätzte, das hat mich jetzt umgehauen. Das hätte ich nie von ihm gedacht.«

Armbruster verbiss sich eine ehrliche Antwort. Er hatte, mit der kostbaren Flasche im Arm, das Gartentor fast erreicht, da hörte er jemanden hinten im Garten arbeiten. Die ehemalige Haushälterin, die, mit Schürze und Haube, ein Beet umgrub.

»Frau Franke, was machen Sie denn hier? Ihr Chef ist tot! Sie brauchen seine Listen nicht mehr abzuarbeiten!«

Sie zuckte zusammen. »Genau«, sagte sie, als sie sich wieder gefasst hatte, und stützte sich kurzatmig auf den Spatengriff. »Herzschlag, na so was! Und ich hatte gedacht ... na, wie man sich täuschen kann, nicht wahr? Hatte er nicht zuletzt an einem besonderen Fall gearbeitet?«

Armbruster biss sich auf die Lippen. Von ihm würde niemand auch nur ein Wort oder eine Andeutung über Guckis letzten Fall erfahren, schon gar nicht diese Frau. Irgendwie sah ihr Lächeln selbstgefällig aus, oder bildete er es sich nur ein? Ach, wahrscheinlich war sie einfach froh, ihren peniblen Arbeitgeber gegen einen freundlichen Familienvater eintauschen zu können.

»Machen Sie beim Bruder weiter?«, fragte er schnell, um sie abzulenken.

Frau Franke schmunzelte versonnen. »Nein, nein, ich werde ab sofort ganztags bei meinem Sohn im Laden sein. Das Blatt hat sich gewendet: Er beliefert inzwischen die großen Restaurants in ganz Unterfranken, und da braucht er Unterstützung. Aber das hier, das wollte ich noch schnell erledigen. Giftige Herbstzeitlose und harmloser Bärlauch in einem Beet so nah beieinander, und dann zwei, bald drei Kinder im Haus –

das ist viel zu gefährlich. Man kann die Blätter zu leicht verwechseln, viel zu leicht. Das könnte tödlich enden.« Wieder kicherte sie unpassend in sich hinein. »Das grabe ich lieber um, ehe noch ein Unglück geschieht.«

Summend stieß sie den Spaten in die schwarze Erde. Armbruster hatte schon gar nicht mehr richtig hingehört, sondern lief zum Auto. Ihm war eingefallen, dass er Doris anrufen und den Wein mit ihr zusammen testen könnte. Rein dienstlich natürlich, nur, um eine Zeugin zu haben.

»Übrigens, viel Spaß mit dem Wein«, rief ihm Frau Franke nach. »Der legendäre Jahrgang 1995! Das ist, als würde man die Seekiste eines Indienfahrers öffnen, habe ich gestern gelernt. Gewürznoten von Pfeffer über Zimt bis hin zu Koriander und Gewürznelken, auch ein wenig Kakao und Kaffee ist dabei. Ein köstlicher, lieblicher Tropfen. Wenn Sie eine neue Flasche ordern wollen, dann rufen Sie mich an.«

Armbruster blieb wie angewurzelt stehen. Wieso kannte sich diese Putzfrau so gut mit Weinraritäten aus? Ihm wurden die Knie weich. Alle mysteriösen Puzzleteile fielen plötzlich an die richtige Stelle. Weinhandel Franke – das war der Betrieb ihres Sohnes! Und der hatte Allerweltsweinflaschen in teuerste Kostbarkeiten verwandelt und so sein Geschäft angekurbelt. Gucki hatte wahrscheinlich aus Versehen drei Flaschen aus der falschen Kiste erhalten. Als er gegen den Sohn zu ermitteln begann, hatte seine Putzfrau das mitbekommen. Wahrscheinlich hatte Gucki eine Liste zu viel geschrieben, und Frau Franke hatte sie gelesen. So hatte er sterben müssen.

Gift. Also doch. Und Gucki selbst hatte mit seiner Pedanterie alle Spuren vernichtet, hatte Topf und Teller gespült und in seiner letzten Liste verfügt, im Falle seines Todes verbrannt zu werden. Keine Obduktion mehr möglich. Ohne Obduktion kein Beweis für einen Mord. Verdammte Listen!

Aber ungeschoren würde die Mörderin nicht davonkommen. Ihm würde schon etwas einfallen, und Doris vermutlich erst recht.

»Jawohl!«, knurrte Armbruster, »ich werde Sie anrufen, keine Sorge. Früher, als Ihnen lieb ist!«

Die Autorinnen

Nessa Altura
Als dieses Jahrtausend anbrach, fand Nessa Altura, dass es an der Zeit wäre, einmal etwas Neues zu wagen. Sie tauschte ihren Namen mit obigem Pseudonym und verkaufte ihre erste Kurzgeschichte an einen Verlag. Seither hat sie zwei Kurzgeschichtenbände und viele Beiträge für Anthologien geschrieben und damit etliche Preise gewonnen. Wein trinkt sie seit jeher gerne, Roten aus der Pfalz und aus dem Piemont, Weißen aus der Pfalz und aus Frankreich, und wenn es etwas zu feiern gibt, ganz besonders gerne Cremant aus dem Elsass.

Lilli Beck
geboren und aufgewachsen in der Oberpfalz, war als Model, Schauspielerin und Visagistin erfolgreich. Unter dem Namen Gisela L. Bock hat sie zahlreiche Kurzkrimis in Anthologien und Zeitschriften veröffentlicht und war 2005 Gewinnerin beim Textwettbewerb des Uschtrin Verlags. Ihr englischer Lern-Thriller »Ein fast perfekter Coup« (Compact Verlag 2004) wurde zum Bestseller. Sie ist Mitglied bei den »Sisters in Crime« und lebt als freie Autorin in München. Ihr Lieblingswein ist der spanische Albali, der gefährlich samtig schmeckt.

Ruth Borcherding-Witzke
»Lieber Wein lesen als gar keine Lektüre!« – Die gebürtige Hamburgerin, die seit zehn Jahren in Sachsenburg bei Chemnitz lebt, ist gelernte Juristin. Derzeit managt sie den Haushalt mit zwei Kindern; zwischendurch greift sie gern zur Tastatur und schreibt amüsante Kurzkrimis, von denen schon einige veröffentlicht wurden. Bei so vielen Aktivitäten stärkt sie sich abends gern mit einem Gläschen Wein. Ruth Borcherding-Witzke ist Mitglied bei den »Sisters in Crime«.

Ilse Burkert-Sauer
hat das heimatliche Flachland der Hohenloher Ebene gegen die idyllischen Weinberge rund um Brackenheim getauscht. Das Leben in der größten Weinbaugemeinde Württembergs eröffnet ihr nicht nur die Möglichkeit, aus einer Vielzahl von Riesling-, Lemberger- und Trollingerweinen nach Gusto zu wählen, sondern inspiriert sie auch zu immer neuen Kriminalgeschichten, in denen authentische Schauplätze, schwäbische Charaktere und natürlich ein Gläschen Brackenheimer nicht fehlen.

Martina Fiess
Erstklassiger Jahrgang 1964, Südhang. Aufgewachsen im Weinort Keltern an der Badischen Weinstraße. Als Kind statt Trauben vom Weinstock die Marienkäfer aus den Zubern gelesen. Nach langer Vorliebe für Guinness kürzlich badischen Spätburgunder wiederentdeckt. Studium der Philosophie und Kunstgeschichte. Promotion. Als Lektorin und Werbetexterin tätig. Seit sie 2001 einen Krimi-Wettbewerb gewann, veröffentlicht sie viele raffiniert konstruierte Krimistorys, scharf gewürzt mit schwarzem Humor und Action. Im Frühjahr 2006 erschien ihr erster Roman »Tödlich schön« im Emons Verlag, ein unterhaltsamer Stuttgart Krimi. Martina Fiess managt seit sechs Jahren die »Sisters in Crime« von Baden-Württemberg und ist Mitglied im »Syndikat«.

Monika Geier
1970 in Ludwigshafen/Rhein geboren. Sie ist Bauzeichnerin für Tief-, Straßen- und Landschaftsbau und außerdem Diplomingenieurin für Architektur. Darüber hinaus jobbte sie in den verschiedensten Branchen, machte weite Reisen und ist Mutter zweier Söhne. Seit 2000 arbeitet sie hauptberuflich als Autorin. Sie ist wohl Pfälzerin, aber ihr Wohnort Kaiserslautern liegt in einem kalten Waldtal. Daher kennt sie als reine Konsumentin vom Wein eigentlich nur die Nebenwirkungen. Monika Geier hat zahlreiche Kriminalromane und -Erzählungen veröffentlicht und ist Mitglied bei den »Sisters in Crime«.

Madeleine Giese
1960 im Saarland (französisches Grenzland) geboren. Schon früh mit dem Weintrinken konfrontiert: Das übliche Getränk beim Abendessen war Wein beziehungsweise für Kinder ab Einschulung Weinschorle. Trotz dieser Prägung 1980 Abitur. Danach (wahrscheinlich durch Alkoholschäden im frühkindlichen Hirn) Besuch der Schauspielschule. Bühnenreifeprüfung, anschließend zwanzig Jahre als Schauspielerin und Erkunderin deutscher Weingebiete unterwegs. Ab 2001 freiberufliche, trinkende Autorin, ihr dritter Kriminalroman »Die Antiquitätenhändlerin« erschien 2006 bei Rowohlt.

Juliane Göttinger
Im Bergischen Land aufgewachsen, nun seit vierzehn Jahren am Niederrhein beheimatet, hat sie regional wenig Bezug zu Anbau, Lese und Wein. Zum Glück waren da ihre reiselustigen Eltern. Durch sie knüpfte sie ihren ersten Kontakt mit einem Roten aus Italien. Heute genießt sie nicht nur »Ausländer«, sondern auch gute heimische Weine, und das gerne, wenn sie am PC mordet, Leichen durch den Drucker schickt und unschuldige Familienmitglieder mit ihren Mordtheorien verunsichert. Juliane Göttinger ist freiberuflich in einem kleinen Verlag tätig, hat einige Kurzgeschichten in Anthologien veröffentlicht und arbeitet an ihrem ersten Kriminalroman.

Rita Hampp
kam genau im richtigen Alter nach Würzburg, um ihren ersten Probeschluck aus einem Bocksbeutel zu nehmen. Als sie nach dem Jurastudium als Lokalredakteurin ausgerechnet im Weinlandkreis Kitzingen landete, baute sie Trinkfestigkeit und Weinkenntnisse auf Weinfesten, Weinproben und Krönungen von Weinprinzessinnen aus. Zehn Jahre später machte sie sich als Rita Spirk unterfrankenweit einen Namen als kritische Gerichtsreporterin. 1994 verliebte sie sich ausgerechnet im Würzburger Weinhaus Stachel in ihren jetzigen Ehemann und ging wenig später mit ihm für einige Jahre nach New York, wo sie den täglichen Kampf um die stets zu knappe Zeilenzahl beendete und endlich in die epische Breite ging. Seit 2000 hat sie im idyllischen Baden-Baden

ihre neue Heimat gefunden, und damit stand sehr schnell der Schauplatz für ihre Regionalkrimis fest. In ihnen wird natürlich gern gekocht, gegessen und – wie könnte es anders sein – badischer Wein getrunken. 2005 erschien ihr Baden-Baden-Krimi »Die Leiche im Paradies«; 2006 folgte »Tod auf der Rennbahn«.

Silvija Hinzmann
ist 1956 in Čakovec/Kroatien geboren und hat schon als Kind im Weinberg ihres Großvaters mitgeholfen. Sie lebt seit über dreißig Jahren in Stuttgart und schätzt die Württemberger Weine. Im Urlaub genießt sie gerne ein Gläschen Riesling aus ihrer Heimat. Sie ist freie Übersetzerin und Dolmetscherin, u.a. für die Justizbehörden, und hat somit mit echten Kriminalfällen zu tun. Sie ist Autorin zahlreicher Kurzkrimis, eines Kriminalromans (»Die Farbe des Himmels«, Emons Verlag 2005, gemeinsam mit Britt Reißmann) und Mitherausgeberin einer Kurzkrimianthologie mit kulinarischem Hintergrund. Silvija Hinzmann ist Mitglied im »Syndikat« und bei den »Sisters in Crime«.

Eva Klingler
Eva Klingler ist – obwohl 1955 im Oberhessischen geboren, wo man eher Bier als Wein und wenn schon Wein, dann Äppelwoi trank – eine Weinliebhaberin! Studium und Lehrerausbildung in Mannheim, da noch bekennende Export-Trinkerin. Mit dem Umzug 1981 nach Baden-Baden und dem Volontariat im SWR sowie der Nähe zum Elsass kam langsam die Neigung zum »Viertele« – damals noch Riesling. Jahre später (mittlerweile freiberufliche Dozentin und Autorin) findet sie sich im Kraichgau, genauer gesagt, in Kürnbach wieder. Wer da keinen köstlichen Schwarzriesling trinkt, ist selbst schuld! Heute lebt sie mit Mann, Katzen und Hund Lissy in Karlsruhe und hat sich inzwischen auf trockenen Dornfelder eingetrunken. Eva Klingler hat zahlreiche Kriminalromane und -Erzählungen veröffentlicht: Ihr Goethe-Krimi *Warte nur, balde ruhest du auch* (1997) wurde in der Frankfurter Rundschau vorabgedruckt; zuletzt erschien ihr Krimi *Erbsünde* (2005), der im und um das Kloster Maulbronn spielt. Eva Klingler ist Mitglied bei den »Sisters in Crime«.

Tatjana Kruse
Jahrgang 1960, verträgt keinen Alkohol und tanzt schon nach einer einzigen Weinschorle auf dem Tisch. Aber der Faszination Wein ist sie dennoch erlegen. Neben zahlreichen Kurzkrimis hat sie die Bücher »Die Wuchtbrumme« (Verlag der Criminale), »Achtung: Wuchtbrumme«, »Die Wuchtbrumme kehrt zurück« und »Wuchtbrummenalarm« (alle Goldmann) veröffentlicht. Tatjana Kruse ist Mitglied im »Syndikat« und bei den »Sisters in Crime«.

Christine Lehmann
ist 1958 in Genf geboren, in Stuttgart aufgewachsen, lebt zuweilen auch in Wangen im Allgäu und arbeitet als Nachrichten- und Politikredakteurin beim SWR. Sie »schreibt mit Herz und, eine Rarität im D-Krimi, (Wort)-Witz« (Die Zeit). Sie hat zwölf Romane veröffentlicht, davon sechs Krimis und sechs Unterhaltungs- bzw. historische Romane. Zuletzt erschien bei Ariadne der fünfte Lisa-Nerz-Krimi »Höhlenangst«; im Oktober neu herausgekommen: »Gaisburger Schlachthof«, ebenfalls bei Ariadne. Für die ARD verfilmt: »Der Bernsteinfischer«.

Susanne Mischke
»Schreibt richtig schön gemein« (»Brigitte«). Geboren ist sie am 15.8.1960 in Kempten im Allgäu bei Föhn – eine ideale Voraussetzung, um einen Knacks fürs Leben zu bekommen. Mit vier konnte sie »Max und Moritz« auswendig, mit acht Jahren entschloss sie sich, zu publizieren: eine Geschichte über ihren Hamster für die Vitakraft-Packungen. Das Werk wurde nie gedruckt. Aus Verlegenheit studierte sie BWL und machte den Jagdschein. Ein zweiter Schreib-Anlauf hatte Erfolg. Beim Piper-Verlag erschien 1993 der satirische Berlin-Roman »Stadtluft«. Ins Krimigenre wechselte sie 1996 mit dem Roman »Mordskind«. Das erste Opfer: ein Hamster. Es folgte u.a. »Wer nicht hören will, muß fühlen«, für den sie 2001 den Frauenkrimipreis der Stadt Wiesbaden erhielt. Nach Umwegen über Berlin und Hessen lebt sie seit 2002 südlich von Hannover, dem Schauplatz von »Wölfe und Lämmer« (Piper, 1995), ihrem zehnten Roman. Im Herbst 2006 erscheint ihr neues Buch »Liebeslänglich« (Piper, HC).

Rike Moerschner
Jahrgang 1971, Sonntagskind mit ausgeprägtem Hang zu gutem, aromatischem Rotwein – bevorzugt Chianti – und dunkler Schokolade. Sie lebt in Filderstadt bei Stuttgart, in der Nachbarschaft eines rothaarigen, grünäugigen Katers, der ihr regelmäßig Leichen auf die Terrasse legt.

Heidi Rehn
Heidi Rehn, Jahrgang 1966, wuchs im Rheintal auf. Die geschichtsträchtige Kulisse weckte in ihr schon früh die Begeisterung für vergangene Zeiten. Seit ihrem Germanistik- und Geschichtsstudium stöbert sie mit großer Leidenschaft in Archiven und Bibliotheken. Das 19. Jahrhundert hat es ihr dabei ganz besonders angetan. Mittlerweile lebt sie schon zwanzig Jahre in München und arbeitet dort als freie Journalistin und Autorin. Ihr Romandebüt, »Das Institut«, wurde im Rowohlt Verlag veröffentlicht. Im Emons Verlag erschienen der Rheintal-Krimi »Theos Erbe« sowie die historischen Kriminalromane »Thonets Gesellen« und »Blutige Hände«. Heidi Rehn ist Mitglied im »Syndikat« und bei den »Sisters in Crime«.

Britt Reißmann
Geboren 1963 in Naumburg/Saale, ist sie im Weinbaugebiet von Saale und Unstrut aufgewachsen. Bis 1991 wohnhaft in Sachsen-Anhalt, wechselte sie nach der deutschen Wiedervereinigung von Saalhäuser Sonnenwinkel zu württembergischem Trollinger und landete durch ihre Vorliebe für ungelöste Kriminalfälle als Angestellte bei der Mordkommission Stuttgart. Inspiriert durch das spannende Umfeld veröffentlichte sie neben zahlreichen Kurzkrimis den Roman »Die Farbe des Himmels« (zusammen mit Silvija Hinzmann) 2005 und »Der Ruf der Schneegans« 2006 im Emons Verlag Köln. Britt Reißmann lebt mit ihrer Familie im Süden Stuttgarts und ist Mitglied bei den »Sisters in Crime«.